O PEDIDO

KATIE ASHLEY

O PEDIDO

Segunda edição

PandorgA

2014

The proposal

Coordenação Editorial	**Silvia Vasconcelos**
Tradução	**Tais Nunes Garcia Semaan**
Preparação	**Project Nine**
Projeto gráfico e Diagramação	**Project Nine**
Composição de capa	**Genildo Santana**

Texto de acordo com as normas do Novo Acordo Ortográfico da Língua Portuguesa (Decreto Legislativo nº 54, de 1995)

Dados Internacionais de Catalogação na Publicação (CIP)
(Câmara Brasileira do Livro, SP, Brasil)

Ashley, Katie
O pedido / Katie Ashley ; tradução Tais Nunes Garcia. -- 2. ed. -- Carapicuiba, SP : Pandorga Editora e Produtora, 2014.

Título original: The proposal.

1. Ficção erótica 2. Ficção norte-americana
I. Título.

13-12274 CDD-813

Índices para catálogo sistemático:
1. Ficção : Literatura norte-americana 813

2014
IMPRESSO NO BRASIL
PRINTED IN BRAZIL
DIREITOS CEDIDOS PARA ESTA EDIÇÃO À
EDITORA PANDORGA
Avenida São Camilo, 899
CEP 06709-150 - Granja Viana - Cotia - SP
Tel. (11) 4612-6404
www.editorapandorga.com.br

Sumário

Dedicatória

Para minha avó, Grande Mama, uma mulher de estatura pequenina cuja coragem, fé e convicção de caráter honraram sua classificação como grande. Que você sempre possa viver não apenas através de milhares de recordações maravilhosas que eu tenho, mas por todas as mulheres sobre as quais eu escrevo que são fortes e lidam com o que a vida lhes oferece com coragem, sem reclamar, que têm um imenso amor pela família e uma grande fé, e que são inteligentes, atrevidas e, às vezes, só um pouco malcriadas.

PREFÁCIO

Aidan tentou acalmar as rápidas batidas que seu coração deu quando ele correu pela calçada da frente. Tropeçando nos degraus da varanda, se jogou na porta da frente. E bateu com os dois punhos na madeira o mais forte que conseguiu.

– Por favor! Por favor, abre! Eu preciso falar com você! – ele gritou. Sua mão deslizou até a campainha. O dedo insistia implacavelmente, como uma chamada de socorro em código morse.

Finalmente, seu apelo desesperado foi recompensado pela abertura da porta da frente. Ao ver o rosto dela manchado de lágrimas, a alma dele se transformou em agonia.

– Por favor... Por favor, eu só quero falar com você!

Ela balançou a cabeça.

– Não há mais nada a ser dito, Aidan. Nós já fizemos isso muitas vezes. Eu cheguei à conclusão de que suas ações sempre falarão mais alto do que suas palavras.

– Não, o que aconteceu ontem à noite *não* é o que eu quero. Eu só estava assustado com o bebê e com tudo o que tem acontecido entre nós nas últimas semanas.

Quando ela tentou rapidamente afastá-lo da porta, ele se colocou na frente dela como um escudo.

– Aidan, *anda*. Eu tenho que ir para o trabalho. Nada do que você tem a dizer vai mudar o que eu estou sentindo agora.

– Você não pode me deixar entrar? Eu amo você e quero consertar as coisas. – Ele passou a mão trêmula pelos cabelos despenteados. E ainda usava as roupas amassadas do dia anterior. Não tinha dormido, não tinha comido, passara a noite em claro pensando em como tê-la de volta. – Não importa o que você pensa, eu realmente amo você... E eu quero mesmo o bebê.

Ela ergueu a cabeça para olhar para ele. Aidan deu um passo atrás ao perceber a raiva que queimava nos olhos dela.

– Não ouse dizer isso! Eu sei como você realmente se sente sobre o fato de eu estar grávida, o fardo que é para a sua vida. Por isso você estava transando com aquela mulher! Porque quando você está com medo, você sempre consegue estragar tudo!

Empurrando-o de sua frente, Emma desceu os degraus da varanda. Ele a seguiu bem de perto.

– Tudo bem, você está certa. Era um fardo, talvez ainda seja. Mas eu percebo agora que estava sendo estúpido. Eu amo você e quero me casar com você e criar o nosso filho.

Ela parou. Seus ombros caíram antes que ela se virasse lentamente.

– Agora isso é o que você acha que quer. Mas eu conheço você muito bem. Antes de nos casarmos ou antes do nosso bebê nascer, você vai ficar com medo e vai me trair outra vez. – Ela balançou a cabeça com tristeza. – Eu fui burra ao pensar que ficar grávida faria você mudar. Que de alguma forma, você se comprometeria. Mas você não consegue ser fiel nem pelo seu bebê.

Aidan se aproximou, mas Emma se virou e correu pela calçada. Quando ele finalmente a alcançou, ela se trancou no carro.

Ele bateu no vidro.

– *Por favor*. Por favor, não faz isso!

Ela manobrou o carro e cantou pneu pela calçada. O motor roncou quando ela acelerou pela rua. Aidan fechou os olhos com expressão de derrota. Ele cambaleou para trás, tentando desesperadamente evitar desmaiar.

Então, o som de uma freada estridente e de vidro estourado fez o coração do Aidan estremecer. Ele correu para o final da calçada. O mundo inteiro dele se reduziu à visão de um monte de metal trançado.

– AMY! – ele gritou.

CAPÍTULO UM

Aidan se livrou do pesadelo para perceber que estava debruçado sobre a mesa da cozinha. Suor escorria pelo seu rosto. Ele levantou a mão trêmula para limpar a testa. Foi quando percebeu que eram lágrimas, não suor, molhando suas bochechas. Ele não tinha um pesadelo sobre o acidente da Amy em anos. Só levou um segundo para ele lembrar o que o levou a isso.

Emma.

Tudo o que ele pensava que sentia por Amy foi aumentado um milhão de vezes pela Emma. Ele só pensava que sabia o que era amor. Sem nem tentar, ela tinha conseguido despertar sentimentos que ele nunca poderia imaginar. E agora ela se foi.

Um grito de agonia passou pelos lábios dele.

– Vejo que você voltou a ter pesadelos, hein?

Aidan deu um pulo antes de olhar sobre o ombro.

– Oi para você também, Pop. Como você entrou?

Patrick deu um leve sorriso.

– Eu tenho a chave, filho.

Quando ele passou pela cadeira, a cabeça do Aidan girou e ele precisou agarrar a mesa para se equilibrar.

– É, bem, e por que você não bateu na porta?

– Bati, mas você não foi abrir. Agora eu sei o motivo.

Aidan olhou para a imagem borrada e duplicada do rosto deformado do pai. Um olhar de absoluto e total desgosto teria sido suficiente, mas naquele maldito estado de embriaguez, lá estavam dois.

Patrick se apoiou na bancada da pia, cruzando os braços na frente do peito.

– Filho, eu acho mesmo que você está de cara cheia!

Depois de bufar com desdém, Aidan bateu o rosto com força contra a mesa. Seu peito se levantou e ele começou a rir quando o pai disse que ele estava de "cara cheia". É claro que o nível de embriaguez dele também tornou esse fato mais engraçado.

Quando ele finalmente se recompôs, exclamou:

– Realmente, Pop, eu enchi a cara com cinco cervejas e três doses de Patron. Acho que podemos dizer que eu estou bem calibrado.

– Então é aí que nós estamos outra vez? – Patrick se aborreceu.

Erguendo a cabeça, Aidan franziu as sobrancelhas.

– O que você quer dizer?

O rosto de Patrick se anuviou com raiva.

– Você sabe exatamente o que eu quero dizer. Você está começando a seguir os mesmos malditos padrões como fez nove anos atrás, se entregando à bebida como um fanfarrão.

– Eu telefonei para você porque queria a sua ajuda, não um sermão. Então se você veio aqui para gritar comigo, pode dar o fora!

A próxima coisa que Aidan percebeu foi que Patrick o levantou pelos cabelos e olhava com raiva para ele.

– *Nunca mais* fale assim comigo! Eu ainda sou o seu pai e você vai me respeitar. Entendeu?

– Deixe-me em paz! – Aidan gritou, tentando se afastar.

Patrick apertou ainda mais os cabelos de Aidan, fazendo com que ele estremecesse de dor.

– Tudo bem. Então é isso. Eu vou tratar você como se fosse um recruta na Corporação que fez uma besteira!

Antes que Aidan conseguisse protestar, Patrick o arrastou da cadeira da cozinha, que fez um enorme barulho ao cair no chão.

– Eu não sabia que você ainda era assim, *velho*. Você é muito ágil para um homem de setenta e dois anos – Aidan refletiu.

– É melhor você ficar calado se sabe o que é bom para você! – Patrick rosnou antes de empurrar Aidan pelo corredor. Ele poderia ter desmaiado outra vez se Patrick não continuasse segurando firme no pescoço e na fivela do cinto dele.

Ao entrarem no quarto principal, Patrick o empurrou para o banheiro. Aidan se virou e viu que Patrick havia trancado a porta. O medo o assolou. Nervoso, cambaleou para trás enquanto Patrick olhava para ele.

– Droga, Pop, você não vai bater na minha bunda como nos tempos do colégio, quando descobriu maconha escondida debaixo da minha cama, não é?

Ignorando-o, Patrick seguiu para o chuveiro. Depois de abrir a água, ele agarrou o braço de Aidan e o empurrou para dentro do box. A água gelada correu por seu corpo. Apesar de estar vestido, cada gotinha parecia uma faca de serra perfurando sua pele. Ele tentou sair, mas Patrick fechou a porta do box.

– Você vai ficar aí até conseguiu ficar sóbrio e discutir sobre o que aconteceu como um homem!

Aidan bateu na porta, mas Patrick a segurou firme.

– Eu sou muito velho para essa bobagem, filho. E posso não estar por perto daqui a nove anos quando você tentar fazer outra cena como esta novamente. Pelo menos me deixa morrer em paz sabendo que você tem uma esposa e um filho para amar!

As palavras de Patrick congelaram Aidan mais do que a água fria que corria pelo corpo dele. Só de pensar no quanto ele tinha magoado Emma, ele sentia pontadas de remorso que reverberavam por dentro dele. Em vez de protestar mais, ele se virou e ficou de pé debaixo do chuveiro, enquanto a água fria batia como chicotadas. Deixando a cabeça pender, ele desejou que fosse mesmo um chicote. Ele merecia apanhar por tudo o que tinha dito e feito nas últimas semanas para a Emma e, por sua vez, ao filho. O castigo físico seria um alívio bem-vindo para libertar o tormento emocional que acontecia dentro dele.

– Você consegue ficar em pé agora? – perguntou Patrick.

– Sim, senhor – Aidan murmurou debaixo do fluxo da água.

– Que bom. Vou fazer um bule de café e esperar até que você esteja pronto para conversar.

Mordendo o lábio, Aidan não conseguiu evitar que lágrimas rolassem pelo rosto. Ele queria mais do que qualquer coisa que o pai, de alguma forma, encontrasse uma maneira de ajudá-lo a ter Emma de volta.

– Obrigado, Pop – disse ele, com a voz embargada de emoção.

– Tudo bem.

Aidan se esforçou para ficar debaixo da água até ter os sentidos mais apurados. Ao conseguir andar sem cambalear, saiu do chuveiro. Ele batia os dentes ao tirar as roupas encharcadas. Depois de se enxugar em velocidade recorde, andou para o quarto e vestiu uma calça de pijama e uma camiseta.

Ao chegar à cozinha, Patrick sentou-se à mesa. Um sorriso ergueu os cantos dos lábios dele.

– Desculpe por precisar assumir esse comportamento militar com você.

Aidan balançou a cabeça.

– Eu mereci. Francamente, você deveria ter me dado um soco.

– Está virando masoquista?

Aidan deu de ombros e se serviu de uma xícara de café.

– Eu não mereço nada menos do que isso. Magoei as pessoas mais importantes para mim.

Patrick suspirou.

– Eu não sei. Há muita bondade em você, Aidan. Eu gostaria que você conseguisse ver isso.

– Não deve ter muita bondade em mim se eu continuo estragando tudo.

– Falando nisso... – Patrick se recostou na cadeira, apoiando o braço no espaldar. – Antes de oferecer ajuda, preciso saber uma coisa.

Aidan arqueou as sobrancelhas e bebeu um gole de café. O líquido fervendo queimou sua língua.

– O que foi? – ele falou, com a voz rouca.

– Você, sinceramente, quer a Emma de volta porque você a ama ou porque você se sente culpado?

– Não é como o que aconteceu com a Amy – Aidan protestou.

– É só uma pergunta simples, filho. Você quer passar o resto da sua vida com a Emma e com o seu filho ou não? Quer dizer, a maioria dos homens que está verdadeiramente apaixonada não tenta dormir com outras mulheres.

Lágrimas quentes e amargas encheram os olhos de Aidan.

– Eu a amo, Pop. Por Deus, essa é a mais pura verdade. – Ele limpou as lágrimas dos olhos com os punhos. Afundando na cadeira em frente ao Patrick, ele contou todos os detalhes do dia em que estavam no deque. – Embora eu não tenha conseguido dizer isso a ela naquele dia ou mesmo hoje à noite quando ela quis que eu dissesse, eu realmente a amo.

– Então no ano em que você tentou ter a Amy de volta era só...

Aidan fechou os olhos com sofrimento.

– Culpa. Não amor. Ela conseguiu matar o amor que eu sentia por ela quando me enganou. Por causa do bebê, eu ia ficar com ela.

– A Emma sabe alguma coisa sobre isso?

Abrindo os olhos, Aidan respondeu:

– Eu só falei para ela sobre a mentira. Acho que ela não conseguiria aguentar o resto.

– Eu acho que você precisa contar para ela.

Aidan franziu o rosto.

– Eu vou contar. Se ela voltar a falar comigo.

– Eu sinto que vai.

– Não me diga que é por causa da sua maldita intuição irlandesa – disse Aidan, franzindo as sobrancelhas.

– Não, é porque a Becky a encontrou quando ela estava saindo daqui hoje à noite.

Com um gemido, Aidan esfregou as mãos no rosto.

– Ótimo. Tenho certeza de que elas vão entrar aqui a qualquer momento para me dar uma surra!

Patrick riu.

– Não subestime a sua irmã. Ela e as outras meninas podem querer castrar você pelos seus atos, mas elas o amam e querem vê-lo feliz. – Ele se inclinou e bateu de leve na mão de Aidan. – E elas sabem que você estragou tudo no passado e sabotou a sua própria felicidade.

As narinas de Aidan chamejaram de raiva.

– Elas não conhecem a história inteira, Pop. Não sabem o que a Amy fez!

– Eu sei disso. É um segredo que ficou guardado entre você, Amy e eu.

Apertando os punhos, Aidan disse:

– Você não sabe quantas vezes eu quis gritar com a minha mãe quando ela elogiava a Amy, jogando na minha cara que ela estava casada e feliz... Se ao menos ela soubesse que foi a Amy que estragou a minha cabeça sobre qualquer outra mulher.

– Foi uma escolha sua não contar para ela, filho. Eu não gostava de esconder isso dela. Sua mãe e eu tínhamos tão poucos segredos, mas eu guardei o seu.

Aidan amenizou a expressão furiosa.

– Eu agradeço por isso, Pop.

Patrick sorriu.

– Não foi nada. – Ele se levantou e despejou na pia o que sobrou do café. – Então, você vai conversar com a Emma e contar para ela a verdade sobre a Amy?

– Vou. Assim que ela quiser falar comigo.

– Que bom. Fico feliz de ouvir isso. – Patrick olhou para o relógio. – Bem, acho que é melhor eu pegar a estrada.

O peito de Aidan se apertou com a possibilidade de ficar sozinho.

– Está muito tarde para você dirigir. Talvez devesse passar a noite aqui.

Ele olhou para o pai. Com os olhos, Aidan tentou dizer o que estava tão difícil de admitir: ele não queria ficar sozinho.

Patrick concordou com a cabeça.

– Acho que você tem razão. Você não se importa se seu velho passar a noite aqui?

Aidan sorriu.

– Vou gostar.

CAPÍTULO DOIS

Três semanas depois

– N, treze – anunciou o apresentador do bingo.

– O que ele disse, querida? – A sra. Petersen perguntou à Emma, olhando para o cartão.

Sabendo que a sra. Petersen era praticamente surda como uma porta mesmo com o aparelho de audição, Emma respirou fundo e gritou:

– N, TREZE!

A sra. Petersen sorriu e balançou a cabeça grisalha.

Quando Patrick riu ao lado dela, Emma arqueou as sobrancelhas.

– O que foi?

– Qual é, Emma, você é uma jovem bonita e vibrante. O que está fazendo aqui no Clube dos Veteranos de Guerra comigo e com um monte de outros velhos?

Ela riu.

– Você está brincando? Como eu poderia perder o bingo de sábado? E todos os prêmios fabulosos que eu poderia ganhar? Aquela caixa enorme de fraldas geriátricas está me chamando. – Quando o peito dele tremeu em diversão, ela levantou o dedo para ele. – Ei, você não deveria rir. Você teve mulher e filhas grávidas. E sabe que a falta de controle da bexiga é um caso sério.

Ele arregalou os olhos.

– Como um penico, não é? Você tem uma língua e tanto para uma menina que parece tão doce.

O coração de Emma se acalmou quando ouviu o eco da voz de Aidan nos ouvidos dela: *Essa sua língua é terrível*. Uma dor contundente queimou pelo peito e ela lutou para respirar. Tentando afastar as lembranças dolorosas, ela balançou a cabeça.

– Bem, você sabe que o verdadeiro motivo para eu estar aqui é você ter tido vertigens e, por isso, não podia dirigir.

Ele franziu o rosto.

– A Becky levou as duas chaves do meu carro antes de sair da cidade com a Liz!

– São as férias de outono dos filhos delas e eles passarão quatro dias na Disneylândia. Elas não têm culpa de ficarem preocupadas com você a ponto de levarem as chaves. É culpa sua deixar aquela maldita teimosia dos Fitzgerald impedir que você vá ao médico.

– Eu terei uma consulta na semana que vem. – Quando a Emma ergueu as sobrancelhas, Patrick bateu os dois dedos no coração e jurou: – Palavra de escoteiro.

– Se você está dizendo. Eu deveria insistir para levá-lo pessoalmente para garantir que irá mesmo.

Patrick gemeu.

– Ótimo. Agora eu tenho outra filha pegando no meu pé o tempo todo.

O coração de Emma se aqueceu quando ela percebeu que era considerada por ele como uma filha. Apesar do que sentia pelo Aidan, ela nunca conseguiria se afastar de Patrick e do amor dele.

Depois de uma mulher com um vestido azul bufante bater palmas de forma mecânica e gritar: "Bingo!", Patrick se inclinou na cadeira, com uma expressão séria no rosto.

– Então não vamos falar sobre o elefante branco da sala?

Emma olhou para ele e sorriu.

– Você quer dizer sobre o fato de um dos prêmios estar em uma bolsa de água quente?

Cruzando os braços na frente do peito, Patrick protestou:

– Não é sobre isso que eu estou falando e você sabe.

Ela abaixou a cabeça, olhando para o cartão do bingo como se fosse a coisa mais fascinante que ela já tinha visto.

– É melhor não – ela sussurrou.

– Olha, Em, eu tenho certeza de que você já está experimentando o amor intenso que uma mãe pode sentir pelo seu filho. O Aidan é meu filho, e eu o amo de todo o coração. – Quando ela levantou a cabeça para olhar para ele, Patrick levantou as duas mãos. – Mas isso não significa que eu o perdoo pelo que fez com você. Você pode acreditar, eu quis bater nele. – Uma expressão de diversão passou pelos olhos escuros dele. – Bem, eu praticamente fiz isso.

Emma tossiu.

– O que você fez?

Ele riu.

– Confia em mim, não foi nada que ele não merecesse, ou que eu não pudesse ter feito aos setenta e dois anos!

– Você é terrível! – Emma respondeu, mas não conseguiu evitar que uma risadinha escapasse.

Patrick segurou na mão dela.

– Eu só quero que você saiba que eu estou neutro em tudo isso, está bem? Eu amo você e o meu neto, assim como eu amo o Aidan.

– Obrigada. É bom ouvir isso. – Ela apertou a mão dele. – E eu espero que você saiba que eu nunca pediria que você tomasse partido nem tentaria manter você longe do bebê por causa do que aconteceu com Aidan.

– Eu sei disso, querida. Desde o primeiro dia que eu a conheci, soube o tipo de menina que você é. Sem nenhuma maldade. – Ele fez uma pausa e balançou a cabeça. – Mas se eu não disser o que está no meu coração, vou explodir.

Roendo uma das unhas já lascadas, Emma prendeu a respiração, se preparando para o que Patrick diria.

– Eu estou extremamente preocupado com Aidan. Já tem três semanas que ele está inconsolável, Emma. Ele não dorme, mal come.

O lado rancoroso e vingativo dela gostava de imaginar Aidan sofrendo. Ela lançou um olhar cético para Patrick.

– Eu duvido bastante. Ele, provavelmente, só está se aproveitando da sua solidariedade e tentando fazer você se virar contra mim.

– Não, eu vi com os meus próprios olhos. Ele tem ficado na minha casa porque não consegue ficar sozinho.

Emma arregalou os olhos quando seu coração se apertou em agonia por causa de Aidan. Embora uma parte muito grande dela estivesse adorando imaginar que ele estava sofrendo tanto quanto ela, outra parte tinha pena dele. Tanto quanto queria menosprezá-lo, ela não conseguia. Em todos os instantes das últimas três semanas, ela tentou enterrar seus sentimentos e se agarrar ao fato de que Aidan nunca estaria completamente disponível emocionalmente. Trazê-lo de volta à sua vida seria como caminhar descalça sobre os cacos do coração dela. Ele a magoaria outra vez – isso era inevitável.

Mas lá no fundo, ela ainda o amava. Havia uma parte dela que temia que ela o amasse para sempre – assim como uma parte dela ainda amava o Travis. Ela se odiava por se sentir assim.

– Você consegue dizer com sinceridade que nada do que ele fez nas últimas semanas amoleceu o seu coração? – Patrick perguntou.

Um suspiro escapou dos lábios dela. Quando Becky disse que Aidan queria reconquistá-la, ela não estava brincando. Nem mesmo ser prevenida poderia ter preparado Emma para a enxurrada inicial de telefonemas, mensagens de texto e e-mails. Ele até tentou ir ao escritório dela, mas ela pediu à segurança para impedi-lo. Foi uma cena e tanto com Aidan lutando com o guarda para tentar falar com ela. Ele foi advertido pelo gerente de Emma para nunca mais voltar ao andar dela.

Então ele trocou de tática. A casa dela logo se transformou em uma floricultura com todas as flores que ele comprou. Todos os buquês e todas as dúzias de rosas que ele mandou tinham um cartão individual com seus pensamentos de remorso, sobre o quanto ele sentia saudades dela e o quanto ele gostava dela e do bebê. Como ainda não havia menção sobre amor, ela mantinha o silêncio.

– Em? – Patrick perguntou, libertando-a daqueles pensamentos.

Ela torceu a barra da blusa com os dedos.

– Você não sabe como é difícil o que eu estou sentindo, junto com os meus hormônios da gravidez, e ignorá-lo?

– Eu estaria mentindo se dissesse que não fiquei impressionado com a sua tenacidade. Nem mesmo com Amy ele fez algo tão sincero quanto aquele livro de poesias.

Emma apertou os olhos. Aquele maldito livro! Ela quase fraquejou. Quando ela abriu o pacote embrulhado e encontrou uma antiga edição de poesias de amor dos Romancistas, ela chorou incontrolavelmente durante uma hora. Ver John Keats, Percy Shelley e Lord Byron, trouxe lembranças não apenas dos sobrinhos dele, mas também do fato brilhante de ele ter se lembrado de que ela amava poesia. E enquanto era um livro cheio de sentimentos de amor, ele mesmo ainda não tinha dito as palavras. Para ela, aquilo significava tudo.

– Eu sinto muito por ele estar passando por isso. Mas eu também estou sofrendo – ela disse, finalmente.

– Eu sei que está, querida. Mas se eu pedir só para você conversar com ele por alguns minutos, você faria a vontade desse velho?

– Oh, Patrick, você não entende. Eu tenho medo.

– Que ele... a engane outra vez?

Ela balançou a cabeça.

– Com Travis, eu nunca tive que me preocupar com fidelidade. Ele era totalmente fiel desde quando começamos a namorar. Eu não namorei muito nem viajei pelo mundo, então eu não sei como é estar com alguém como Aidan e manter minha sanidade.

Patrick passou a mão no queixo. Emma suspeitou que houvesse algo que ele não estava dizendo – algo que poderia ser uma peça no quebra-cabeça de Aidan.

– Eu não gosto de implorar, mas você consideraria só se sentar com ele e tentar escutar? Eu sei que isso significaria bastante para ele, e acho que significaria muito para você também.

Um suspiro esvaziou o peito dela.

– Acho que eu poderia tentar.

– Essa é a minha menina – disse ele, com o rosto iluminado. – Que bom. Agora que eu consegui isso, posso pedir uma sobremesa. Você quer alguma coisa?

Com essa sugestão, o estômago de Emma roncou, e ela sorriu.

– Embora eu não devesse... você traria para mim um pouco mais desse bolo caseiro?

Patrick sorriu.

– Boa escolha. Eu também estava indo buscar um pedaço para mim.

Ela segurou na manga da camisa dele.

– Só tenha certeza de que não é o da sra. Forrester. Eu acho que ela se enganou e colocou sal em vez de açúcar desta vez.

Ele riu.

– Oh, Deus. Acho que ela tem um ou dois parafusos a menos.

– Você não deveria dizer isso. Você sabe que ela é um doce com você – disse Emma, em tom de provocação.

– E não pense que eu não vou continuar fugindo dela. Ela provavelmente me mataria com uma intoxicação gastrointestinal ou algo assim.

Emma riu.

– Você não precisa correr tanto dela. Ela é só uma das suas muitas admiradoras.

– Tanto faz – ele murmurou. Ao se levantar da cadeira, Patrick estremeceu e esfregou o peito.

– Você está bem? – Emma perguntou.

– Estou bem – ele sussurrou. Mas ao dar mais um passo em volta da mesa, ele tossiu e caiu desmaiado no chão.

– Patrick! – Emma deu um grito, pulando da cadeira. Ela correu e se ajoelhou, agarrando a mão dele.

– Meu coração – ele gemeu.

– Alguém chama uma ambulância! – ela gritou, tentando combater o pânico que tomava seu peito.

– Vou chamar! – o apresentador do bingo respondeu, pegando o telefone.

– Aqui, dê isso a ele – disse uma senhora, empurrando uma aspirina na frente do rosto de Emma. Ela a levou aos lábios de Patrick.

– Engula isso.

Ele levantou a cabeça e deixou que ela colocasse o comprimido na boca dele.

– Você não tem nenhum outro remédio com você? Como nitroglicerina?

Patrick franziu o rosto.

– Eu deixei na minha outra calça – ele disse ofegante. Ao ver a expressão aterrorizada dela, ele murmurou: – Desculpe.

– Não, não se desculpe. Tudo bem.

– Reze, meu anjo. – Uma mão trêmula surgiu com ternura, tocando o rosto dela.

Lágrimas rolaram pelo rosto de Emma.

– Claro que eu vou rezar. Estou rezando. E faça isso você também! Reze uma Ave Maria ou o que quer que os católicos rezem!

Patrick riu e então estremeceu.

– Não me faça rir.

– Desculpe. – Ela apertou a mão dele e tentou dar um sorriso tranquilizador.

– Se isso não der certo...

O corpo de Emma ficou tenso.

– Não! Não ouse falar assim!

Ele fechou os olhos rapidamente e abriu.

– Escuta. Se eu não conseguir suportar, promete que você vai dar outra chance ao Aidan.

– Oh, Patrick – ela gemeu.

– Promete – ele insistiu.

A última coisa que ela queria fazer no mundo era mentir para um homem que poderia estar morrendo. De alguma maneira, ela juntou coragem para assentir com a cabeça.

– Tudo bem, eu prometo.

– Boa menina.

Quando os bombeiros chegaram correndo pela porta, Emma deu graças a Deus que o corpo de bombeiros era do outro lado da rua, em frente ao Clube dos Veteranos de Guerra. Como eles eram na maioria paramédicos, ela sabia que poderiam ajudar Patrick até que a ambulância chegasse.

– Com licença, senhorita – disse um jovem.

Emma soltou a mão de Patrick, relutante. Os dois bombeiros avançaram lentamente e se agacharam ao lado de Patrick. Torcendo os dedos, ela os levou aos lábios sussurrando orações. Ela observou enquanto um dos homens colocou uma máscara de oxigênio no rosto de Patrick e o outro tomava o pulso dele.

Perdida nos próprios pensamentos, ela nem ouviu a sirene da ambulância. A próxima coisa que ela soube é que os paramédicos tinham chegado e colocado Patrick em uma maca.

– Em! – Ela escutou um grito de pânico pela máscara.

– Eu estou bem aqui – ela disse, empurrando um dos bombeiros do caminho. Tateando pela maca, ela pegou a mão dele. – Eu estou aqui. Você vai ficar bem.

A maca balançou pela calçada acidentada, enquanto ele era conduzido para as portas abertas da ambulância. Emma precisou se esforçar para acompanhar o ritmo deles, e ficou sem fôlego, enquanto carregavam Patrick para dentro do veículo. O rosto dele se contorceu quando ela foi forçada a soltar a mão dele.

– Eu ainda estou aqui! – ela gritou, tentando conter as lágrimas que ardiam e queimavam na garganta e nos olhos dela.

Emma sentiu uma mão em seu ombro. Um jovem bombeiro com olhos gentis sorria para ela.

– Você quer ir com ele?

– Por favor, eu posso?

– É claro que pode. Só precisa vir aqui na frente comigo.

Emma se aproximou das portas da ambulância.

– Patrick, eu estarei ali na frente. Não vou deixá-lo. Tudo bem?

Ele balançou a cabeça.

– Eu amo você, e estou bem ali na frente – ela gritou outra vez, quando o bombeiro a afastou.

Eles circularam a ambulância e ele abriu a porta do passageiro para ela.

– Pode subir.

Ela se apoiou na porta e tentou dar o impulso para subir. Com a adrenalina reduzida, ela estava muito fraca. Mãos passaram ao redor da cintura dela e a empurraram. Ela prendeu a respiração ao se sentar de repente. Então, ela se endireitou e se virou.

As bochechas do jovem bombeiro coraram.

– Desculpe.

– Não, tudo bem. Obrigada pela ajuda.

Ele sorriu antes de bater a porta. Emma se virou no assento para observar o trabalho dos paramédicos com Patrick.

– Viu, eu não o deixei – disse ela.

O som da sirene da ambulância fez Emma estremecer. Como uma tempestade de verão, longas lembranças que estavam enterradas relampejaram por sua mente. Embora se agarrasse nos lados do assento, ela estava há quilômetros de distância do caos que a cercava.

Com a mão bem apertada à de sua mãe, Emma correu para o corpo de bombeiros. Ao ver o pai, ela gritou e correu.

– Papai! Papai!

– Olá, querida – disse ele, levantando-a nos braços. Ela passou as pernas ao redor do corpo dele enquanto ele a apertava.

– Então, você finalmente veio me ver no novo corpo de bombeiros, hein?

Emma concordou. Ela não tinha entendido a razão para eles terem deixado as montanhas para vir para a cidade. Na verdade, ela chorou bastante olhando pela janela de trás do carro, enquanto via a avó e o avô acenando em despedida. Mas o pai tentou explicar que conseguiria ganhar mais dinheiro se trabalhasse como bombeiro em Atlanta, em vez de ficar em Ellijay. Eles poderiam ter coisas melhores. Ele até poderia comprar para ela um cachorrinho para tentar tornar o processo mais fácil.

– Posso usar o seu chapéu?! Por favor, papai!

Ele riu.

– Claro que pode. – Quando ele colocou o capacete de bombeiro na cabeça dela, o pescoço de Emma balançou e caiu para frente. Ele caminhou com ela até a viatura vermelha e brilhante dos bombeiros. – Você quer escutar a sirene, anjinho?

Ela se contorceu nos braços dele.

– Ah, sim!

Ele subiu no carro e a colocou no assento. As mãos dela foram automaticamente para o volante, que ela virou de um lado para o outro, fingindo dirigir. Ele tocou a sirene.

– Outra vez, papai! – Ele sorriu e a acionou outra vez até o restante dos bombeiros ficarem a ponto de estrangulá-lo.

Como sombras leves da névoa que rondava os telhados e silhuetas dos prédios, a mente da Emma revelou outra lembrança de um ano depois daquela cena.

Ela estava na escola, sentada no tapete de leitura. Fascinada, escutava a professora ler um livro sobre ursos em uma festa de Halloween cuja casa fora invadida por pipocas. A porta da sala de aula se abriu e Emma olhou surpresa para o avô parado na entrada. Ela correu naquela direção, segurando feliz na mão dele. No corredor, ele a puxou nos braços e a levou para fora. A avó estava no carro, abraçada à Nana, a mãe do pai dela. Emma o encheu de perguntas.

– O que aconteceu, vovô? Por que vocês todos estão aqui em Atlanta? Onde estão a mamãe e o papai?

Era a primeira vez, pelo que ela conseguia se lembrar, que o avô tinha lágrimas nos olhos escuros.

– Emmie Lou, houve um grande incêndio e o seu pai estava tentando salvar aquelas crianças. Ele as tirou em segurança, mas ele... – A voz dele sufocou com a emoção. – Querida, seu pai se foi para morar com os anjos.

Aquela declaração fez com que ela chutasse e gritasse nos braços dele.

– Não, não, não! O papai não me deixaria! Ele vai me levar no circo esse final de semana. – Ela batia com os punhos na barriga do avô. – Diz para os anjos devolverem o papai! – ela gritou.

O som das portas da ambulância se abrindo conduziram Emma a outra lembrança.

Mais uma vez, ela apertava a mão da mãe, enquanto elas caminhavam entre as lápides no cemitério. Ela nunca tinha visto tantas pessoas na vida. As pessoas continuavam chamando o pai dela de herói. Elas estavam sentadas em uma das cadeiras de veludo sob uma tenda verde. Se agarrando à mãe, ela se sobressaltava a cada tiro das vinte e uma saudações em homenagem ao pai. Então, um homem se ajoelhou na frente da mãe dela com uma bandeira dobrada nas mãos. Ele olhou para Emma e deu um sorriso triste. Ela nunca se esqueceria dos comoventes olhos castanhos dele.

– Senhora?

Emma retornou ao presente. Olhando sobre o ombro, ela viu que a maca de Patrick já tinha sido levada da ambulância. O paramédico que os tinha conduzido ao hospital estava com a porta do passageiro aberta, acenando com a mão.

– Vou ajudá-la.

– Obrigada – ela murmurou. Quando ela desceu, ele a conduziu pelas portas automáticas. Apontando para o corredor, ele disse:

– Eles o levaram para o quarto dois.

Ela assentiu.

– Obrigada por tudo.

Emma cambaleou pelo chão de azulejo branco. O cheiro de antisséptico agrediu os sentidos dela. Homens e mulheres vestidos em azul e verde passavam apressados entre quartos e pacientes. Ela deu uma olhada para o balcão das enfermeiras antes de cruzar o corredor para onde Patrick estava. Quando Emma se aproximou da porta, uma enfermeira a impediu de entrar.

– Não, senhora. A senhora não pode entrar. Precisará ir para a sala de espera.

– Como ele está?

– Nós ainda não sabemos nada. Os exames estão sendo feitos. – A enfermeira segurou no braço de Emma. – Sente-se e alguém irá...

Emma balançou a cabeça furiosamente de um lado para o outro.

– Por favor, deixe-me ficar aqui. Eu não vou entrar, prometo. Ele não queria que eu o deixasse!

A enfermeira tocou na barriga de Emma, e sua expressão se amenizou. Ela olhou sobre o ombro antes de dar um suspiro.

– Tudo bem. Há mais alguém que você deveria chamar?

Emma ficou tão consumida pelos fantasmas do passado e pela situação de Patrick que nem sequer pensou em telefonar para Aidan ou para as irmãs dele. Ela levou a mão à boca.

– Ai, meu Deus, eu não posso acreditar que não telefonei para os filhos dele!

– Tudo bem, querida. Tenho certeza de que você teve muito que processar. Por que não fica ali? – A enfermeira apontou para uma mesa sobre a qual havia um telefone preto e brilhante.

Emma concordou e se afastou da porta do quarto de Patrick. Ela se sentou em uma desconfortável cadeira de plástico. Com Becky e Liz na Disneylândia e Julia fora o estado, Aidan e Angie eram as pessoas que estavam mais próximas do hospital. Ela tentou contatar a Angie primeiro, esperando que ela pudesse telefonar para Aidan. Mas ela não atendeu. Então, Emma foi forçada a deixar uma mensagem de voz pedindo que retornasse o mais rápido que pudesse.

Com os dedos trêmulos, ela discou o número do celular de Aidan. Ele atendeu no terceiro toque.

– Aidan Fitzgerald.

O som do timbre profundo da voz dele reverberando no ouvido fez o peito dela se apertar. Por alguns instantes, ela não conseguiu processar os pensamentos e, certamente, não conseguia falar.

– Alô? – insistiu ele.

– Hum, sou eu.

Aidan prendeu a respiração do outro lado da linha.

– Emma. – A forma como ele disse o nome dela a fez tremer. Saiu como uma mistura de dor e prazer. – Deus, é tão bom ouvir a sua voz. – Ela permaneceu imóvel, sem conseguir falar ou piscar. Ele a paralisava só com a voz. – Por favor, diz alguma coisa. Por favor, fala comigo, Em – ele implorou.

Com um estalo, uma voz interior gritou para ela. Emma balançou a cabeça.

– Eu não estou telefonando por causa de tudo aquilo. É o seu pai. Ele está na emergência do Wellstar.

O tom de voz dele mudou em um instante.

– Espera. O que aconteceu com o Pop?

– Eu ainda não sei. Ele sentiu dores no peito e desmaiou no Clube dos Veteranos de Guerra. Estão fazendo alguns exames. Ele está consciente e respirando sem ajuda de aparelhos.

– Droga. Estou a uma hora de Atlanta – ele rosnou, frustrado. – Chegarei aí assim que possível.

– Tudo bem – ela respondeu. E desligou antes que ele pudesse dizer qualquer outra coisa.

Emma voltou a atenção para a porta do quarto de Patrick. Parecia uma eternidade, enquanto aguardava por notícias. Ela se balançava para frente e para trás. Cada vez que outro médico ou enfermeira entrava, o coração dela estremecia e parava. Torcendo as mãos, orações passavam constantemente por seus pensamentos.

Depois de tentar, sem sucesso, que duas enfermeiras dessem alguma informação atualizada, ela pulou para falar com a próxima pessoa que saiu pela porta. Torcendo os dedos no jaleco branco dele, ela implorou, enquanto lágrimas rolavam pelos olhos dela.

– Por favor, por favor, você tem que me dizer o que está acontecendo! – pediu ela.

O médico segurou as mãos dela e, em vez de empurrá-la, ele a aproximou com carinho. Ela olhou para os olhos castanhos que irradiavam empatia.

– Qual é o seu nome, querida? – perguntou ele.

– Emma.

Um sorriso gentil tomou o rosto dele – que em qualquer outra situação poderia ter feito o coração dela bater um pouco mais rápido ou mesmo causar alguma reação debaixo da cintura dela. Os cabelos negros dele, caindo em ondas pela testa, e os dentes brancos como pérolas contrastavam com a pele escura dele.

– Emma, sou o dr. Nadeen. Preciso que você respire fundo e se acalme, certo?

Ela balançou a cabeça.

– Mas eu... ele...

– O sr. Fitzgerald ficará bem. Ele está estável e, enquanto isso, nós estamos realizando alguns exames. Mas não parece que seja nada que ameace a vida dele. Ele está em boas mãos. Eu prometo.

As pernas dela ficaram bambas com as notícias e ela teria desmaiado se o dr. Nadeen não tivesse passado os braços ao redor do corpo dela.

– Cuidado, agora. – Ele olhou sobre o ombro. – Venha comigo. – Com um braço segurando firme ao redor da cintura dela, ele a conduziu pelo corredor, para longe do quarto onde estava Patrick.

– Não, eu preciso ficar com ele – ela protestou, enquanto ele a deitou na cama.

– Você pode ver tudo o que está acontecendo daqui. – Ele se ajoelhou na frente dela para sentir a pulsação de Emma. – Seu pulso está acelerado. Você precisa se acalmar. Posso pedir a uma das enfermeiras para telefonar para o seu marido?

Emma estremeceu.

– Eu não sou casada. – Quando ele começou a abrir a boca, ela balançou a cabeça. – Nem tenho namorado.

– Eu sei que você está preocupada, mas precisa se cuidar e pensar no seu bebê. – Ele desviou o olhar para a barriga dela. – Você está com quanto tempo?

– Vinte e três semanas – respondeu Emma.

– Ah, você sabe o que vai ser?

– Um menino. – Ela levou a mão à barriga. – Um menino muito ativo, por quanto está chutando agora.

Ele riu.

– Isso significa que ele é forte.

Emma revirou os olhos.

– Eu não sei se é uma criança forte ou uma criança mimada. Ele gosta de me avisar quando acha que está na hora de comermos.

Ele abriu a boca, mas foi interrompido por uma enfermeira que colocou a cabeça para dentro da porta.

– Dr. Nadeen, precisamos do senhor no quarto três.

Ele olhou sobre o ombro e assentiu. Então, se virou para Emma.

– Desculpe, mas eu tenho que ir.

Ela sorriu.

– Foi um prazer conhecê-lo, dr. Nadeen.

– Não precisa ser tão formal. Eu me chamo Alpesh, mas pode me chamar de Pesh. – Ele sorriu. – Agora quero que você se recoste e coloque os pés para cima por algum tempo. Descanse. Tudo bem? – Apontando para o corredor, Pesh disse: – Ele ficará bem e eu tenho certeza de que ele não gostaria de ver você preocupada no seu quadro.

Emma não pôde conter o riso.

– No meu quadro? Eu só estou grávida.

Ele balançou o dedo para ela.

– É o que eu quero dizer. Eu não quero ver você em pé outra vez até eu voltar. Entendeu?

– Você é muito mandão – ela respondeu, ao colocar as pernas para cima da cama e se deitar de costas.

– Aprendemos isso no curso de medicina – ele brincou, e saiu pela porta.

Emma balançou a cabeça antes de tirar o telefone da bolsa. Ela conseguiu descansar um pouco antes de receber algumas mensagens de texto. Julia, a segunda irmã mais velha do Aidan, vinha de Alabama, enquanto Becky e Liz faziam as malas para encurtar bruscamente a viagem à Disneylândia.

Uma enfermeira espiou com a cabeça para dentro do quarto e Emma deu um pulo.

– Desculpe. O dr. Nadeen disse que eu devia...

A enfermeira sorriu.

– Tudo bem, querida. Eu só estava me perguntando por que o dr. Nadeen havia listado esse quarto como ocupado, sem nenhum prontuário. – Com um olhar compreensivo, ela respondeu: – Mas entendi agora.

– Ele é muito gentil.

– É um dos melhores que nós temos – o melhor médico e o melhor acompanhante. – Ela piscou para Emma. – E, sem dúvida, o mais bonitão.

Com as bochechas quentes, Emma respondeu:

– Ele é bonito.

– Então, cuide-se.

– Obrigada.

Não fazia muito tempo que a enfermeira havia saído quando Pesh reapareceu na porta. Emma rapidamente tentou esconder o telefone. Sobretudo considerando os avisos que estavam bem perto dela informando que celulares eram proibidos.

Ela deu um sorriso tímido.

– Desculpe. Eu precisava avisar a todos sobre o estado dele.

Pesh riu.

– Tudo bem, Emma. Eu não vou chamar a segurança para você. Estou feliz por ver que você ficou aqui e não voltou a se agitar. – Ele se inclinou sobre a cama.

De forma desajeitada, ela se sentou. Os olhos dela se fixaram na sacola de plástico que Pesh tinha na mão. Quando ela lançou para ele um olhar confuso, ele abriu a sacola para mostrar uma Coca-Cola, uma garrafa de água, um pacote de biscoitos com pasta de amendoim e outro de Doritos.

– O que é tudo isso? – perguntou Emma.

– Um pouco do meu estoque secreto de comida para alimentar o seu menininho faminto.

As bochechas e o pescoço de Emma ficaram vermelhos, fazendo com que ela torcesse a barra da camisa.

– Você não precisava fazer isso.

– Ele está com fome, não está?

– Bem, sim, mas...

Pesh sorriu.

– Então, está aqui. Não me incomodo em dividir.

Em vez de doer com fome, o estômago dela tremeu com voos de borboletas quando ela pegou os biscoitos da mão dele.

– Ah, você deve ser fã de pasta de amendoim, hein? – observou ele, ao sentar-se no banco que estava na frente dela.

– Sim – murmurou ela, ao abrir o pacote. Olhando para ele através das pestanas, ela disse: – Eu certamente espero não o estar roubando de seus pacientes.

– Você está com sorte. Na verdade, é um dia calmo para nós, considerando que a maioria dos pacientes graves é levada para o centro da cidade.

Emma arqueou as sobrancelhas em surpresa, pensando em toda a agitação que vira mais cedo no corredor.

– É mesmo?

Ele assentiu.

– Além disso, você pode não ter dado entrada oficialmente, mas como quase desmaiou e estava com a pulsação acelerada, eu me preocupo com você. Então, eu considero isso como uma consulta.

Uma confusão de sentimentos a inundou, com a atenção e o cuidado que Pesh demonstrava por ela. Depois de morder um biscoito, ele ofereceu a Coca-Cola e a água para que ela escolhesse.

– Agora, Emma, você sabe. Cafeína não faz bem para você.

– Não é justo – ela respondeu, com um sorriso.

Pesh piscou para ela.

– Você tem razão. Eu não deveria ter provocado você com uma substância tão prejudicial.

As bochechas da Emma ficaram vermelhas outra vez, então ela bebeu um gole de água para tentar se refrescar.

– Como está o Patrick?

– Melhor. Assim que você terminar de comer, pode ir vê-lo.

– Mesmo? – perguntou ela, com a boca cheia de biscoito.

Pesh assentiu.

– Ele tem perguntado por você.

– Ele perguntou? – Ela deu uma mordida em outro biscoito e se levantou. Quando o engoliu, disse: – Certo, vamos vê-lo.

Balançando a cabeça de forma divertida, Pesh disse:

– Eu não deveria ter dito nada antes de você terminar de comer.

– E se eu prometer acabar de comer os biscoitos enquanto estiver com o Patrick.

– Parece justo.

Emma sorriu quando eles saíram pela porta.

– Eu não tenho como agradecer a você pelo lanche e por cuidar de mim... e do Noah.

Pesh colocou as mãos nos bolsos do jaleco.

– Ah, então o nosso menininho forte vai se chamar Noah?

– Sim, em homenagem ao meu falecido pai.

Ele sorriu.

– Ele tem muita sorte de ter você como mãe.

Emma não pôde conter o calor que subiu por seu rosto com esse elogio.

– Obrigada. Vou tentar ser o melhor que puder para ele. Eu tenho um ótimo modelo para esse papel na minha falecida mãe.

– Você perdeu os dois?

Ela assentiu.

Ele balançou a cabeça.

– Quanta tristeza. – Ele tocou o ombro dela. – Mas só pelo seu olhar e pelo amor nos seus olhos, posso dizer o quanto essa criança está trazendo felicidade para você.

– É verdade – ela murmurou. Ela ficou quase comovida pela sinceridade na expressão e na voz dele.

– Dr. Nadeen, exame no quarto cinco. Dr. Nadeen, exame no quarto cinco – insistia uma voz pelo alto-falante.

– Acho que é melhor você ir – disse Emma.

Ele concordou.

– Não há sossego para o moço cansado aqui.

Ela sorriu.

– Gostei muito de conhecer você.

Pesh pegou a mão dela, acariciando delicadamente a pele com as pontas dos dedos.

– O prazer foi todo meu.

Por mais que tenha tentado, ela não conseguiu ignorar o calafrio que sentiu atravessar o corpo ao toque da mão dele em sua pele.

– Tchau – sussurrou ela, antes de entrar no quarto de Patrick.

CAPÍTULO TRÊS

Aidan ergueu a mão para fazer um sinal para uma enfermeira que passava, mas o som de um canto o paralisou no meio do corredor. Sons de *Danny Boy* – a música preferida do pai dele. Da segunda geração de irlandeses, Patrick cresceu ouvindo canções da antiga pátria, como *Danny Boy* e *The Fields of Athenry*. Aidan não conseguia se lembrar de uma época na vida em que o pai não estava cantarolando uma delas.

Mas não era o canto do pai dele. A doce melodia dessa voz penetrava na alma de Aidan, fazendo com que ele estremecesse.

Era a Emma.

A voz dela o aproximou mais e mais como uma sirene que conduz um homem à morte. Os passos ficaram mais lentos, transformando-se em um rastejar, quando seus olhos alcançaram a porta no final do corredor. A última vez que ele a ouviu cantar, foi na *Barn Dance* na casa dos avós dela. Na noite anterior à que ele percebeu estar completamente apaixonado por ela – antes de magoá-la.

Fazendo uma pausa em frente à porta, Aidan tentou acalmar as rápidas batidas do coração. O pai estava recostado com a Emma sentada ao lado dele na cama do hospital. Ela segurava a mão dele, que estava amarrada a um suporte para o soro. Embora Patrick tivesse tubos de oxigênio no nariz, parecia estar se sentindo bem e estava gostando do concerto improvisado para ele.

Quando as últimas notas da canção ecoaram pelas paredes, Patrick aplaudiu.

– Lindo, Emma! Absolutamente lindo!

Mesmo quando ela abaixou a cabeça, Aidan pôde ver o habitual rubor que atingia o rosto dela.

– Não foi nada.

– Sem dúvida, você tem a voz de um anjo, querida.

Emma se inclinou e beijou o rosto dele.

– Você sabe que não há nada que eu não faria por você, e isso inclui cantar uma canção com notas incrivelmente altas no meio da ala de emergência. – Ela levou uma das mãos à barriga e tinha um amplo sorriso no rosto. – Noah deve ser um verdadeiro Fitzgerald irlandês. Ele está dançando bastante agora. – Segurando a mão de Patrick, ela a levou à barriga. – Viu?

Aidan prendeu a respiração e cambaleou para trás. Como assim? O filho dele tinha um nome e ele nem tinha participado disso. Como ela poderia fazer algo tão monumental quanto dar nome ao filho dele sem perguntar nada? Ele não deveria se preocupar por Emma ter dado o nome do falecido pai dela ao filho deles, mas ele se importava. Ele sentiu raiva. Espiando pela porta, ele falou sem pensar:

– O quê? Noah?

Patrick e Emma se viraram para olhar para ele. O rosto de Emma ficou vermelho, das bochechas ao pescoço, enquanto ela tentava desviar o olhar observando o quarto como se procurasse uma maneira de fugir. Levantando-se da cama, ela se afastou dele o quanto pôde.

Embora a atenção dele devesse estar concentrada no pai, Aidan não conseguia tirar os olhos de Emma. Qualquer raiva que ele tenha sentido, logo evaporou e o coração dele estava apertado de carinho por ela. Deus, ele tinha sentido saudades dela. E não tinha percebido o quanto até ela estar ali em pé na à sua frente como uma visão. Ela poderia ser uma das flores de Patrick que desabrochou. Os seios dela estavam mais cheios, a barriga mais redonda, e os quadris mais largos. Ele se esforçou para respirar.

Quando Patrick pigarreou, Aidan olhou rapidamente para ele. Patrick sorriu.

– Sim, Noah Patrick, em homenagem aos avôs. Você não acha que é um bom nome para o seu filho?

– Sim, é – Aidan murmurou, voltando a olhar para Emma. Quando ela finalmente ousou olhar para ele, Aidan concordou com a cabeça. – Noah Patrick Fitzgerald é um ótimo nome.

Ela arregalou os olhos com a menção ao sobrenome dele. Aidan fez um sinal para que ela não protestasse, mas ela apenas se levantou e seguiu em direção à porta.

– Bem, vou buscar algo para beber.

– Eu vou buscar para você – Aidan ofereceu.

– Não, não, eu estou bem. Você precisa ficar com o seu pai.

Quando ela passou por ele, Aidan se esforçou para manter os braços fixos ao lado do corpo para não a puxar e a agarrar. O perfume dela preencheu as narinas e invadiu os sentidos dele. Ele fechou os olhos. Quando ela já estava longe da porta, os ombros dele caíram em sinal de derrota.

– Ela realmente me odeia – lamentou-se.

– Não, filho, não é verdade. – Aidan suspirou e Patrick balançou a cabeça. – Por mais que quisesse odiar você, ela não consegue. Ela só está afastada de você agora por causa do comportamento que você teve com ela.

– Na verdade, sou eu quem deveria odiá-la. – Ele franziu o rosto. – Agindo como se eu estivesse doente e escolhendo um nome para o nosso filho sem mim!

Patrick emitiu um som baixo e rouco.

– Quando você terminar com seu pequeno discurso, eu poderia lembrá-lo que fui hospitalizado?

Aidan arregalou os olhos.

– Droga, Pop. Desculpa. Ver a Em outra vez me desestabilizou. – Ele cerrou os dentes. – Você parece bem, mas está melhor mesmo? Quer dizer, foi um ataque do coração?

Patrick começou a abrir a boca quando escutou uma batida na porta. Um médico alto e com os cabelos negros sorriu para eles. Depois de olhar rapidamente pelo quarto, o sorriso se amenizou um pouco.

– Olá, sr. Fitzgerald. O senhor parece muito melhor agora do que quando nos vimos hoje pela primeira vez.

– Acho que preciso agradecer ao senhor por isso, dr. Nadeen.

O dr. Nadeen andou pelo quarto.

– Recebemos o resultado dos seus exames. Parece que o senhor tem duas artérias que estão 80% bloqueadas. Consultei nosso cardiologista principal e, só por segurança, achamos que é melhor mantê-lo aqui durante a noite e agendar uma angioplastia para amanhã de manhã.

Patrick fez uma careta.

– Outra vez?

Com um sorriso, o dr. Nadeen respondeu:

– Sim, percebi pelo seu cadastro que o senhor já passou por esse procedimento.

– Infelizmente, sim.

– O senhor precisará começar a se cuidar mais e a manter uma dieta saudável para o coração, para não voltar mais aqui.

Aidan suspirou.

– Boa sorte com esse aí.

Patrick fingiu ignorá-lo.

– Pelo menos não é algo maior, como uma cirurgia no coração.

O dr. Nadeen concordou.

– Tenho certeza de que essa notícia vai fazer a sua neta se sentir melhor.

Patrick ergueu as sobrancelhas.

– Minha neta?

O dr. Nadeen baixou a cabeça, mas não antes de Aidan dar um sorriso e olhar para os olhos escuros dele.

– Emma, a ruiva bonita que quase desmaiou de tanta preocupação pelo senhor.

– Ela quase desmaiou? – perguntou Aidan ao mesmo tempo em que Patrick respondeu:

– Ah, Deus abençoe o coração dela, odeio ter incomodado tanto a Emma.

– Tudo bem. Eu consegui que ela se deitasse durante algum tempo e comprei para o menininho dela, quer dizer, para ela, algo para comer.

O peito de Aidan se apertou não só com a familiaridade do dr. Nadeen com a Emma, mas com a menção ao Noah. Esse cara o estava irritando e rápido. Embora Aidan fosse homem, podia enxergar a competição quando passava por uma. Não era só pelo fato de o dr. Nadeen ter os atributos que faziam as mulheres suspirarem, mas também era gentil e atencioso. Além de ser médico, então era uma ameaça tripla.

Finalmente, Aidan conseguiu falar.

– Foi muita gentileza sua. Agradeço por ter cuidado dela – disse ele, esforçando-se para falar sem cerrar os dentes.

Um sorriso cordial passou pelo rosto de dr. Nadeen.

– Fiquei feliz em fazer isso por ela. Sua irmã é uma jovem adorável, tem um brilho interior.

Aidan ficou boquiaberto. Como assim? Ele pensava que a Emma era... *irmã* dele?

– Você disse...

Aidan gaguejou.

Patrick balançou a cabeça.

– Emma não é minha neta, doutor.

– Desculpe. Então o senhor tem uma filha muito doce.

– Não, não, ela não faz parte da minha família.

– Ah, entendo. Bem, é muita sorte ter alguém na vida que se importa tanto com o senhor.

Patrick desviou o olhar de Aidan para o dr. Nadeen.

– Eu escutei o senhor dizer que ela é bonita?

Pesh tentou se desculpar.

– Desculpem. Eu não devia ter me atrevido.

– Tudo bem, doutor. – Esfregando as mãos, Patrick disse: – Humm, eu não posso fazer nada além de bancar o cupido enquanto estiver deitado aqui. Você estaria interessado em namorar a Emma? Ela está solteira, sabe.

Aidan olhou diretamente para o pai, o que só fez Patrick sorrir mais.

– Que diabo você pensa que está fazendo? – Aidan protestou.

– Provocando você. – Um olhar malicioso passou pelos olhos dele e Aidan sabia que ele não iria parar. Ele não sabia como, depois de ter passado por tudo aquilo durante o dia, Patrick ainda conseguia encontrar energia para provocar o próprio filho. Ele sabia como a Emma era um assunto delicado.

No momento, ela era mais como um buraco aberto no peito dele.

– É melhor você ficar feliz por estar na emergência agora – murmurou ele ao respirar fundo.

Patrick o ignorou e direcionou a atenção ao Pesh, que estava olhando para os dois com estranheza.

– O que diz, doutor?

– Uh, bem, eu normalmente não procuro mulheres na ala da emergência, sr. Fitzgerald – murmurou o dr. Nadeen, desconversando.

– Oh, por favor. Isso não é procurar. É encontrar. O que é totalmente diferente – argumentou Patrick.

– Pop – Aidan protestou.

Com um sorriso hesitante, o dr. Nadeen disse:

– Talvez tenhamos a chance de conversar outra vez.

– Ela está grávida de seis meses! – Aidan reagiu.

O dr. Nadeen se afastou como se tivesse sido esbofeteado. E pigarreou antes de falar:

– Sim, sei bem disso. Foi o que mais me preocupou quando a conheci. Eu não queria que ela ficasse tão preocupada nessa condição.

Aidan bufou, mas não discutiu.

Olhando para o chão, o dr. Nadeen disse:

– Depois que ela me garantiu não ser casada e não ter namorado para quem telefonar, imaginei que ela não tinha ninguém. Peço desculpas se minha suposição estava errada.

– Não se preocupe com o meu filho, doutor. – Patrick olhou sugestivamente para o Aidan. – Ele não tem nada a reivindicar sobre a felicidade de Emma. Não mais.

Um senso de compreensão pareceu passar pelo rosto do dr. Nadeen.

– Oh, bem, quando vocês virem a Emma outra vez, digam para ela me chamar. – Ele tirou um cartão da capa do iPad.

Aidan bufou e cruzou os braços na frente do corpo.

– Isso nunca vai acontecer. Em não é o tipo de mulher que telefona para um homem. Ela é muito conservadora. – Ele apertou os olhos azuis para os olhos escuros do dr. Nadeen, entregando em silêncio o cartão para Patrick.

O dr. Nadeen sorriu. Ele tirou uma caneta do bolso do jaleco e voltou a atenção ao Patrick.

– Sr. Fitzgerald, o senhor por acaso teria o telefone da Emma? Eu ficarei feliz em telefonar para ela. – Ele ergueu a mão. – Mas só com a pretensão de perguntar sobre a saúde dela após o incidente de hoje.

Patrick riu.

– Tenho sim.

Depois que o dr. Nadeen anotou o número, lançou um rápido olhar para Aidan antes de voltar a olhar para Patrick.

– Obrigado.

– De nada.

Com um sorriso tímido, dr. Nadeen disse:

– Agora eu acho que devemos voltar aos negócios. – Ele olhou outra vez para o iPad. – Se o senhor aguardar alguns minutos, nós já vamos nos preparar para levá-lo lá para cima. A cirurgia está agendada para... – Ele procurou algo na tela antes de franzir o nariz. – Bem cedo, às 7h da manhã.

– Imagino o quanto.

O dr. Nadeen riu.

– Bem, então eu desejo o melhor, sr. Fitzgerald. – Ele se inclinou e apertou a mão de Patrick.

Com uma piscadela, Patrick respondeu:

– O mesmo para o senhor, doutor.

Olhando para Aidan, dr. Nadeen acenou antes de andar em direção à porta.

Quando ele saiu do quarto, Aidan se virou com uma expressão de raiva para Patrick.

– Depois das três últimas semanas em que experimentei um puro e total inferno, como você pôde fazer isso comigo, Pop?

– Eu não fiz nada com você.

Aidan agarrou as grades da cama e se aproximou dele.

– Dando o telefone da Emma? Empurrando-a para ele?

Patrick sorriu.

– Estou feliz por ver você irritado agora.

– Ah, estou longe de estar irritado. Estou enlouquecido!

– Que bom. Você precisa estar. É importante manter o seu espírito de luta.

Aidan balançou a cabeça.

– O que meu espírito vai importar se ela... – O coração dele estremeceu com o pensamento de Emma ser receptiva ao charme do dr. Nadeen. Afinal de contas, ele era um médico bonito que nem mesmo se incomodava com o fato de ela estar grávida. Isso devia ser o suficiente para fazer qualquer mulher desmaiar.

– Não, não tenho dúvida de que a Emma ama você, e enquanto o interesse do dr. Nadeen pode ser lisonjeiro, só servirá a um propósito.

– E qual é? – perguntou Aidan.

– Mostrar à Emma que não há mais ninguém no mundo para ela além de você.

Eles foram interrompidos pela Julia, que entrou no quarto com o marido, Tim. Enquanto Becky, Angie e Aidan se pareciam com a mãe, Julia e Liz puxaram ao Patrick, com olhos e cabelos escuros. Ela deu um rápido abraço no Aidan antes de apontar o dedo para o Patrick.

– Pop, eu não acredito que tenha sido necessário você ter um colapso no Clube dos Veteranos de Guerra para finalmente fazer um check-up!

Patrick revirou os olhos.

– Eu ia ao médico na semana que vem.

– Sempre um grande teimoso – respondeu Julia, beliscando a ponta do nariz. – Só fico feliz porque você não estava sozinho. Graças a Deus Emma estava lá, e vocês estavam tão perto do corpo de bombeiros.

A menção ao nome de Emma intensificou os sentidos de Aidan. Ela estava gastando tempo demais para buscar algo para beber.

– Falando na Em, é melhor eu procurá-la.

– Faça isso, filho.

– Ela estava no corredor quando nós chegamos – respondeu Julia.

Aidan se virou e tropeçou nos pés, quase derrubando Tim. Julia agarrou o braço dele para equilibrá-lo.

– Cuidado, irmãozinho. Acho que ela não vai sair correndo. Ainda. – Ela piscou para Aidan.

– Obrigado, Jules – resmungou ele, antes de respirar. Ao sair pelo corredor, ele olhou para os dois lados, mas não viu Emma. Caminhando rapidamente, ele apertou o botão da entrada de Pessoal Autorizado e entrou na sala de espera. Sentada em uma das cadeiras, os dedos de Emma digitavam furiosamente uma mensagem no telefone dela.

– Em?

Ela deu um pulo ao escutar a voz dele.

– Eu, uh, pensei que você e sua família precisavam de algum espaço – disse ela.

– Foi gentil, mas você nunca incomodaria – respondeu ele.

Emma evitou olhar para ele até suas bochechas retomarem a cor e abaixou a cabeça.

– Eu só estava vendo se a Casey ou o Connor podiam vir para dirigir o meu carro.

– Posso fazer isso – ofereceu ele.

Lambendo o lábio de baixo, ele percebeu que Emma não gostou nada dessa proposta.

– Bem, como é sábado à noite, acho que não vou conseguir que nenhum deles responda, então...

– Bom. Então está certo. – Ele estendeu a mão para ela, que olhou nos olhos dele com cautela. – Vamos nos despedir do Pop.

Hesitando, ela colocou a mão sobre a dele. Uma energia passou dos dedos dele por todo o braço. Pela expressão atordoada dela, não era só ele que experimentava essa sensação. Ele se recusou a andar até ela se apoiar nele, mas não insistiu. Em vez disso, apertou a mão nas costas dela, e a conduziu ao quarto de Patrick.

Ao chegarem à porta, encontraram o quarto vazio.

– Oh, eles já devem ter ido lá para cima.

Emma franziu os lábios.

– Eu não consegui me despedir dele.

– Vou mandar uma mensagem de texto para avisar à Julia que levarei você para casa.

Emma concordou com a cabeça.

Ao andarem pelo corredor, ele se virou para ela.

– Eu poderia buscar você amanhã de manhã, para que você possa vê-lo antes da cirurgia.

– Aidan, eu...

Ele franziu o rosto.

– É, acho que sou a última pessoa no mundo com quem você quer estar, hein?

Ela tocou o braço dele. Mais uma vez, a energia pulsou por ele, que se esforçou para respirar.

– Eu só pensei que seria melhor se eu dirigisse, para você não precisar ter o trabalho de me levar para casa amanhã, depois da cirurgia de Patrick.

– Confia em mim. O Pop terá as minhas irmãs cuidando de tudo para ele. – Ele tirou uma mecha de cabelo do rosto dela e a arrumou atrás da orelha. – Além disso, você nunca vai me dar trabalho. – As pontas dos dedos dele passaram pelo pescoço dela, fazendo Emma estremecer.

Ela arregalou os olhos e se afastou.

– É melhor irmos andando. – Ela se virou e andou em direção à sala de espera. Aidan quase precisou correr para alcançá-la.

Quando ela abriu a porta, ele segurou o braço dela.

– Espere aqui. Vou buscar o carro.

– Obrigada – respondeu ela, abaixando a cabeça.

Aidan se apressou ao chegar ao estacionamento. Ele tinha a chance de estar com a Emma outra vez, e a faria enxergar a verdade mesmo que fosse sua última ação na vida.

CAPÍTULO QUATRO

Aidan mal parou o carro e saltou.

– O que... – começou Emma, mas então percebeu que ele estava saltando para abrir a porta para ela. Ela não pôde deixar de erguer as sobrancelhas. – Meu Deus, temos um cavalheiro essa noite?

Ele deu um sorriso tímido.

– Se você realmente parar e pensar, eu sempre fui um cavalheiro. – O corpo dele tremeu quando ela cruzou os braços na frente do corpo. – Bem, na maior parte do tempo, pelo menos.

– Acho que sim – respondeu ela. Ele apontou para ela entrar. Com o frio penetrante no ar, Emma se sentou feliz no banco de couro do carro de Aidan.

Ele fechou a porta e correu para o lado dele.

– Está muito frio para o mês de outubro, não é? – observou ele.

Um calafrio percorreu o corpo de Emma como esguichos de chuva. Imediatamente, ela pensou no que eles tinham conversado no estacionamento depois da proposta que Aidan fez a ela no O'Malley's. Ele estava nervoso e falou sobre o trânsito. Só agora ela percebia o quanto ele estava nervoso, porque voltara a falar sobre o tempo. A lembrança a fez estremecer, enviando uma dor penetrante ao passado dela.

Para aliviar o frio das emoções, ela esfregou as mãos. Aidan se inclinou e ligou o aquecedor. Ela olhou para ele. O coração dela bateu forte ao perceber a atenção dele.

– Obrigada.

– Você quer jantar? – perguntou ele.

– Não estou com muita fome – ela mentiu.

Aidan suspirou.

– Acho que o dr. Nadeen cuidou de você, hein?

Emma ficou tensa.

– Ele só trouxe um lanche para mim.

– Bem, você precisa comer. – Ele desviou o olhar da estrada para olhar fixamente para ela. – Pelo Noah, não só por você.

Ela estreitou os olhos para ele.

– Obrigada, mas eu estou bem atenta ao que o Noah precisa.

Ele franziu o rosto.

– Desculpa. Eu não quis dizer isso. – Ele respirou fundo. – Só achei que você precisava comer por ele, mesmo ainda estando chateada com o que aconteceu hoje com o Pop.

A sinceridade na voz dele, junto com a compaixão, fez Emma amolecer. Ela olhou a figura mais magra dele. Patrick não tinha exagerado quando disse que Aidan não estava comendo.

– Pelo que posso ver, você também deveria comer.

Ele ficou tenso.

– Talvez se você for comer comigo, eu consiga.

Emma sabia que a última coisa que deveria fazer no mundo era concordar em ir jantar. Mas ela sentiu que aquele pensamento logo se dissolveu ao sentir o estômago roncar. Ela estremeceu quando Aidan sorriu maliciosamente para ela.

– Humm, então você está com fome? Era só a companhia que você queria recusar?

Ela torceu os dedos na bainha da blusa.

– Não vamos mais discutir, ok? – À expressão de esperança dele, ela suspirou. – Leve-me para jantar.

Os cantos da boca de Aidan se curvaram para cima e Emma percebeu que ele tentava conter um sorriso radiante.

Quando ele entrou em um estacionamento conhecido, ela não pôde deixar de se sentir ofegante.

– Aqui? – perguntou ela, ao avistar o letreiro de neon brilhante verde e laranja do O'Malley's.

Aidan deu de ombros ao desligar o carro.

– Foi o primeiro lugar que eu vi. Além disso, nós gostamos da comida e do ambiente daqui, certo?

Uma tempestade de lembranças dolorosas se abateu contra ela, como as ondas do mar em uma tempestade turbulenta.

– Acho que sim – murmurou ela.

Cavalheiro como sempre, ele abriu a porta do restaurante para ela. Por um instante, ela ficou feliz em não ver a Jenny na recepção. Então, um grito penetrante fez com que ela desviasse o olhar para o balcão.

– Emma! – gritou Jenny. O rosto dela se iluminou quando ela pulou rapidamente da bancada.

Depois de vir correndo, Jenny lançou os braços ao redor do pescoço de Emma.

– Ai meu Deus, não posso acreditar!

Emma corou e sentiu o coração aquecer ao ver o entusiasmo de Jenny com aquela situação.

– É bom ver você também.

Jenny se afastou. Os olhos azuis reluziam de felicidade ao observar a aparência de Emma.

– Você está absolutamente deslumbrante! – O olhar dela se fixou na barriga de Emma. – Nossa, espero ficar tão atraente quanto você quando estiver grávida!

Emma riu e colocou a mão na barriga.

– Obrigada. Eu não me sinto muito atraente neste momento.

– Confia em mim, você está uma mamãe sexy! Nossa, você mal parece grávida, e deve estar com uns seis meses agora?

Emma assentiu.

– Parabéns por ser um menino.

– Obrigada.

Jenny se voltou para a recepcionista.

– Por que você não leva o Aidan para uma mesa? Quero saber mais sobre o bebê.

Com um aceno, a recepcionista pegou dois cardápios e os entregou ao Aidan. Ele a seguiu com relutância. E ainda lançou alguns olhares sobre o ombro para Emma.

Jenny pegou as mãos de Emma. A expressão jovial dela se transformou em preocupação.

– Eu só quero que você saiba o quanto estamos preocupados com Aidan. Na primeira semana, meu pai precisou levá-lo para casa algumas noites. – Ela tinha lágrimas nos olhos. – Ficamos com medo de perdê-lo.

Emma prendeu a respiração. Antes de poder responder, Jenny balançou a cabeça.

– Olha, eu sei que ele fez besteira. Eu tentei avisar quando ele teve a coragem de trazer aquela piranha aqui.

– E-Ele a trouxe...

Jenny balançou a cabeça.

– Às vezes eu acho que não deveria ter recusado uma mesa. Acho que talvez ele tivesse pensado um pouco mais sobre isso e nunca a teria levado para casa.

Sobre o ombro de Jenny, Emma viu Aidan olhando para ela com expectativa.

– Eu tenho que ir. – Ela começou a puxar as mãos, mas Jenny as apertou.

– Eu não sei o que faria no seu lugar. Espero e rezo para nunca passar por isso. Mas eu sei que nunca vi um homem mais destruído por ter feito uma besteira na minha vida inteira. Ele ficou tão consumido pela culpa e pelo remorso que ficamos com medo que isso o matasse.

Emma não sabia o que dizer, então só abaixou a cabeça em agradecimento. Com as pernas trêmulas, ela andou para onde Aidan estava. Felizmente, a garçonete não os tinha colocado no mesmo lugar onde estiveram antes.

Aidan já havia pedido as bebidas. Como ela ainda não tinha bebido cafeína, não pediu nada diferente da Coca-Cola que já estava na mesa.

Depois de beber um gole, ela começou a olhar o cardápio. Erguendo os olhos, ela perguntou:

– O que parece bom?

Aidan deu de ombros. Ela pôde perceber, pela maneira que ele torceu o lábio, que estava lutando contra algo. Ela abriu a boca para perguntar o que era, quando a garçonete voltou.

– O que devo trazer para vocês?

Emma olhou o cardápio.

– Humm, não está fácil decidir. – Quando ela levantou o olhar, encontrou os olhos surpresos de Aidan. Ela sabia que precisava fazer algo para aliviar um pouco a tensão. – Você vai pagar?

Ele ergueu as sobrancelhas.

– Posso. Por quê?

Ela sorriu.

– Que bom. Eu estava em dúvida se pedia algo mais barato ou mais caro. Mas se você vai pagar, eu vou me dar ao luxo.

Quando ela piscou para ele, um sorriso surgiu nos lábios dele.

– Peça o cardápio inteiro. Eu não me importo.

– Acho que quero o Rib-eye, bem passado, com legumes cozidos no vapor. E também quero uma salada com molho de mostarda separado.

Concordando com a cabeça, a garçonete anotou o pedido. Então, ela se virou para Aidan.

– E você?

– Só a cerveja está bem para mim – respondeu Aidan.

A garçonete se virou para ir para a cozinha, mas Emma bateu a mão na mesa.

– Ah não, nada disso! Você não vai ficar sentado aí só bebendo. É melhor você pedir alguma coisa agora mesmo! Foi parte do acordo, lembra?

– Em, eu não quero...

Ela desviou o olhar hostil para a garçonete, que tinha se afastado um pouco ao perceber a tensão.

– Ele quer o Porterhouse steak, mal passado, com batata assada recheada. Você também pode trazer purê de batata com alho, porque ele é viciado em carboidratos e batatas. Ele também vai comer uma salada Caesar. E pode, por favor, trazer um pão com bastante manteiga assim que puder? – Ela levantou a cabeça e olhou para Aidan. – Ele ama tanto o pão daqui que poderia comer só isso.

Ele olhou para ela em choque. A garçonete apoiou a caneta no bloco até Aidan concordar com a cabeça.

– Tudo bem, então. Eu vou fazer o pedido e trazer o pão.

– Obrigada – respondeu Emma, devolvendo os cardápios. Depois de beber um gole da Coca-Cola, ela viu que Aidan a encarava. – O que foi?

– Você se lembrou do que eu gosto – murmurou ele.

Ela bateu o copo com mais força do que gostaria.

– É claro que sim. A única coisa previsível, além da sua libido escandalosa, é o seu estômago. Você pediu a mesma coisa todas as vezes que viemos aqui.

O fantasma de um sorriso passou pelos lábios de Aidan.

– Se eu não limpar o prato, você vai me bater, mamãe?

Emma cruzou os braços na frente do corpo.

– Não, mas o forçarei a comer como se você fosse uma criança petulante, como gosta de insistir em imitar!

Ele levou a mão ao peito.

– Ai, Em.

– Não começa, Aidan. Você está péssimo, e precisa de mais nutrição do que álcool o tempo todo.

Ele apoiou os cotovelos na mesa e se inclinou para frente.

– Não parece justo, parece?

– O quê?

– Que eu esteja tão péssimo e que você esteja tão linda. – Um som aflito veio de dentro para a garganta dele ao olhar para a blusa verde de gestante dela. – Você está usando verde exatamente como na primeira noite que eu a vi. – Ele estendeu uma das mãos para tocar a mão dela. – Deus, você era e ainda é a mulher mais bonita que eu já vi.

Ela suspirou.

– Muito obrigada, mas eu não quero nem preciso de qualquer frase feita ou elogios!

Ele lançou um olhar ferido.

– Eu não posso falar para a mãe do meu filho o quanto ela está bonita? Como a gravidez a fez florescer e se tornar uma mulher ainda mais impressionante e sensual?

O coração de Emma se acalmou e, então, voltou a bater forte com as palavras dele e a paixão com que ele as pronunciava. O olhar dele gerou uma reação entre suas coxas. Ela quis bater em seu corpo traiçoeiro, assim como nos hormônios da gravidez que bombeavam por ela.

– O que eu preciso mais do que elogios é que você se cuide, Aidan – disse ela, de forma gentil.

– O que isso significa? – perguntou ele.

A garçonete, com uma cesta de pães, parou na frente da mesa.

– Erm, aqui está. – Ela praticamente jogou a cesta antes de sair.

Ignorando a pergunta dele, Emma cortou um pedaço de pão. Depois de passar bastante manteiga, a ponto de elevar o nível de colesterol de qualquer um, ela o ofereceu para Aidan. Ele não protestou. Em vez disso, pegou a fatia, deixando os dedos demorarem mais nos dela do que deveriam. Depois que ele engoliu o pão quase inteiro, ela sorriu triunfante para ele.

– Eu sabia que você estava com fome – observou ela, ao preparar outro pedaço.

– Faminto pela sua companhia – respondeu ele, com uma voz de agonia.

Fechando os olhos, ela balançou a cabeça.

– Por favor, não faz isso.

– Olha para mim – pediu ele.

Relutante, ela abriu os olhos para observar os olhos azuis brilhantes dele.

– É verdade! Você não sabe o inferno que eu tenho passado por você não falar comigo! Você não me deixava pedir desculpas nem conversar.

Você me cortou. – Ele estremeceu. – Eu estava morto nessas últimas três semanas. Mas agora que eu estou com você...

– Deixe-me adivinhar. Agora que você está comigo outra vez, você está como uma borboleta que sai de um casulo? – ela disse, com sarcasmo.

– Continua falando assim comigo que eu vou parar de comer.

Ela rangeu os dentes.

– Estou feliz de ver que você ainda é terrível.

Ele piscou para ela ao acabar com o terceiro pedaço de pão. Ela torceu o guardanapo furiosamente no colo.

– Você age como se fosse o único que tem sofrido.

O semblante de Aidan se restabeleceu.

– Quer dizer, você sentiu a minha falta? – perguntou ele, com a voz vibrando de emoção.

– É claro que sim! Como você pode perguntar uma coisa dessas?

Os ombros dele caíram.

– Eu só achei, quando você não queria mais falar comigo, que o seu ódio tinha superado qualquer outra coisa que você sentisse por mim.

– O meu ódio por você abastece bastante as minhas emoções.

– Touché – respondeu ele, erguendo o copo de cerveja.

– De alguma forma, você se esquece de que no dia que deveria ter sido um dos mais felizes da minha vida, eu fui pisoteada e castigada pelo homem que eu amei e pai do meu filho!

Um tormento pulsou nos olhos de Aidan e ele tirou devagar a garrafa dos lábios.

– Jesus, Em – murmurou ele.

A expressão aflita dele a desarmou e o peito dela pulsou rapidamente. Finalmente, ela conseguiu falar.

– Eu sinto muito, mas é verdade. Você pode acreditar, eu posso parecer estar melhor do que você, mas não estou. Eu estou destruída por dentro. Não posso me fechar dessa vez como quando eu perdi o Travis ou a minha mãe. Preciso pensar no Noah. – Um riso amargo surgiu do peito dela. – Então, você pode achar que as últimas três semanas foram um inferno para você, mas pode ter certeza de que foram iguais ou piores para mim! – Pegando o guardanapo do colo, ela limpou de leve lágrimas quentes que rolavam pelos olhos dela.

O queixo de Aidan tremeu.

– Eu juro por Deus e por tudo o que é mais sagrado que eu gostaria de poder voltar atrás – sussurrou ele.

Ele segurou na mão dela, mas a Jenny chegou trazendo as saladas. As emoções de Emma de repente a fizeram pensar e ela se sentia terrível pelo fato de a animosidade externa deles ter espantado a outra garçonete. Durante alguns minutos, eles não se falaram. Parecia que muita coisa tinha acontecido entre eles para dizerem qualquer coisa. Enquanto Emma cortou delicadamente a alface, provou o molho, e deu uma garfada, Aidan engoliu toda a salada.

Emma parou o garfo no ar ao ver os dedos dele entrando e saindo da boca. Ele lambia até a última gota de molho. Surpreendida por lembranças, o corpo dela se recordou de como era o toque daqueles dedos e daquela língua. Sentindo-se excitada, ela tentou olhar para qualquer outro lugar que não fosse a boca deliciosa dele. *O que há de errado com você? A última coisa no planeta em que você deveria estar pensando é em transar com o Aidan!* A montanha-russa emocional da gravidez pela qual ela estava passando era um inferno que despertava uma louca vontade de fazer sexo.

Quando ele percebeu o olhar dela, as bochechas fundas dele coraram.

– Desculpe. Eu não queria agir como um troglodita.

– N-Não, tudo bem. Estou feliz de ver você comer tão bem. Você obviamente está com muita fome.

Ele olhou para ela de relance.

– Mas sou muito teimoso para admitir isso, certo?

Ela engoliu a garfada de salada.

– Você nunca consegue admitir o que deveria – disse ela devagar.

– Eu sei – murmurou ele, ao comer a última fatia de pão.

Ela suspirou.

– Eu estava falando sério quando disse que você precisava se arrumar. Você precisa se cuidar. Eu não gosto quando você bebe demais, fico preocupada com a sua saúde e com a sua segurança. Independente do que somos ou não, você ainda vai ser pai. Eu não posso ter um bêbado na minha... – ela fez uma pausa. – Quer dizer, na vida do nosso bebê.

O olhar de tortura dele encontrou o dela enquanto ele mastigava.

– Então eu ainda posso estar na vida do Noah, mas não na sua?

Sem saber como responder, ela empurrou a salada com o garfo.

– Em? – insistiu Aidan.

– Eu nunca o manteria longe do Noah se você realmente quer fazer parte da vida dele.

Jenny os interrompeu trazendo os pratos.

– Tudo certo até agora?

Emma forçou um sorriso ao significado da pergunta.

– Está delicioso. Obrigada.

– Eu quero um pouco mais de pão – disse Aidan.

Jenny concordou com a cabeça.

– Vou cuidar disso.

Eles ficaram em silêncio outra vez.

– Você precisa comer a sua salada – disse Aidan, finalmente.

– Ah, então agora você está me dizendo para comer?

– Você deveria estar comendo muita salada, pois vegetais folhosos contêm muito ácido fólico.

Ela arqueou as sobrancelhas em surpresa.

– E como você sabe disso?

Entre uma garfada e outra de batata assada, ele disse:

– *O Que Esperar Quando Você Está Esperando.*

O coração dela bateu tão alto no peito que ela tinha certeza que ele pôde ouvir.

– Você leu mesmo o livro que eu dei?

Ele assentiu e engoliu uma garfada do bife.

– Também li alguns outros – murmurou ele ao mastigar.

Ela olhou para ele sem acreditar. Ao finalmente olhar para ela e não para o prato, ele sorriu.

– Então, coma a sua salada.

Franzindo os lábios, ela olhou para ele um instante antes de pegar o garfo. Ao encher a boca com uma garfada enorme de alface, ela resmungou:

– Contente?

– Hummm, humm. Também coma o seu bife. O Noah precisa de proteína.

Emma deu um suspiro exasperado, mas fez o que ele dizia. Ao limpar o prato de salada, Aidan bateu palmas para ela. Emma riu.

– Eu não acho que duas pessoas devam ficar tão obcecadas com uma refeição – observou ela.

– Acho que nós dois ganhamos por ter alguém para cuidar de nós.

– Talvez – murmurou ela.

Depois de empurrar o prato vazio, a expressão de Aidan ficou séria.

– Preciso contar a verdade para você sobre o que aconteceu com Amy.

– Eu já sei. – À expressão confusa do Aidan, ela respondeu: – A Becky me contou sobre como você tentou durante um ano reconquistá-la. Como você se tornou alcoólatra... precisou fazer terapia. Isso realmente não nos afeta.

Aidan se encolheu.

– É, bem, essa é só a metade da história.

Um arrepio passou por Emma, fazendo-a estremecer.

– O que você quer dizer?

– Só a Amy, o Pop e eu sabemos a verdade. – Ele bebeu o restante da cerveja e entregou a garrafa para a garçonete que passava.

– Então me conta – insistiu Emma.

– Depois de todos os nossos anos juntos, Amy estava desesperada para nos casarmos. – Ele prendeu a respiração. – Ela estava tão desesperada que chegou ao ponto de tentar uma armadilha para se casar comigo.

O mundo girou ao redor de Emma.

– Você quer dizer...

– Sim, ela engravidou.

Ela levou a mão na boca.

– Ai meu Deus.

– A segunda vez que voltamos, nós não estávamos competindo na natação, então ela começou a tocar no assunto de tomar contraceptivos. Depois de algum tempo, ela finalmente se aproveitou. Ela estava tomando anticoncepcionais, e eu achei que era suficiente. Eu deixei de usar preservativo.

Emma ergueu as sobrancelhas com aquela confissão dele.

– Você me disse que eu fui a primeira mulher com quem você transou sem preservativo.

Ele franziu o rosto.

– Sim, bem, desculpa se eu pensei que teria estragado completamente o momento ao admitir que depois de não usar preservativo só duas vezes, a minha ex-namorada ficou grávida. – Ele deu um sorriso quando Emma suspirou. – É, sou muito potente, hein? Foi como eu soube que seria um bom candidato para você.

– É uma maneira nojenta de falar nisso – Emma assoviou.

A expressão de Aidan se atenuou.

– Desculpa. Eu não quis dizer isso.

– Enfim, então Amy engravidou tomando anticoncepcional?

Um sorriso amargo passou pelo rosto dele.

– Ah, não. Uma gravidez acidental? Isso teria sido fácil de perdoar. Afinal de contas, as instruções na maldita caixa dizem que o método é 98% eficaz. – Os dedos dele rasgaram o rótulo da cerveja. – Não. Um ano depois de voltarmos, eu corria de qualquer compromisso, e ela deixou de tomar o anticoncepcional sem eu saber.

– Oh, Aidan – murmurou Emma. Ela não sabia o que mais falar. – Então você está tentando dizer que tem um filho em algum lugar?

A expressão de raiva dele foi substituída pela tristeza absoluta.

– Eu gostaria que esse fosse o caso.

Emma não conseguiu evitar, e estendeu as mãos para segurar as dele.

– O que aconteceu? – perguntou ela.

A garçonete voltou com a cerveja dele e Aidan bebeu a metade antes de voltar a falar.

– Algumas semanas antes de eu descobrir que ela estava grávida, Amy e eu estivemos em uma festa com alguns amigos e eu fiquei bêbado. Naquela noite, eu estava procurando um Advil na gaveta de remédios, e derrubei por acaso o anticoncepcional dela na pia. Você pode imaginar o quanto eu fiquei surpreso ao ver que não tinha sido usado, sem falar na receita que não tinha sido revalidada há dois meses. Quando eu a apertei, ela admitiu ter parado de tomar porque achava que um bebê tornaria a nossa relação sólida.

Aidan estremeceu.

– Eu fiquei furioso. Empacotei as minhas coisas e fui para a casa dos meus pais. Eu me recusei a vê-la ou a conversar com ela. – Ele se apoiou nos cotovelos. – Como o que você tem feito comigo.

Emma revirou os olhos.

– Termina a maldita história, Aidan.

Ele levantou as mãos.

– Tudo bem. Ela finalmente foi ao meu escritório e me mostrou o teste de gravidez. – Ele deu um sorriso triste para Emma. – O fato de Amy, que eu pensei que conhecia e amava, ter me traído para criar uma armadilha para se casar comigo era terrível, mas a pior parte foi que eu estava com medo de enlouquecer com a perspectiva de ser pai aos vinte e quatro anos. – Ele deu dois goles na cerveja. – Tenho certeza de que você pode imaginar o que aconteceu em seguida.

O estômago dela se revirou ao imaginar.

– Continua – instruiu ela.

Ele riu.

– Você quer que eu diga mesmo?

– Certo. Foi quando Amy pegou você transando com outra mulher?

– Foi – admitiu ele.

Emma apertou os olhos.

– Bom, eu acho que temos muito em comum. Talvez devêssemos comprar camisetas com os dizeres: "Nós fomos traídas por Aidan Fitzgerald!".

– Em, por favor – implorou ele.

Ela soltou uma respiração exasperada.

– Tudo bem, continua.

– A Amy me colocou para fora de casa naquela noite. Na manhã seguinte, eu voltei e tentei conversar com ela. Eu disse que sentia muito, que eu a amava e que, apesar do que tinha acontecido entre ela tentar fazer aquela armadilha e eu transar com outra pessoa, eu ainda queria me casar com ela. Ela não aceitaria. Então, entrou no carro e acelerou.

Emma ergueu as sobrancelhas em surpresa ao ver as lágrimas que brilhavam nos olhos de Aidan.

– Ela passou pelo sinal vermelho em um cruzamento ao tentar fugir de mim. Um carro esmagou o lado do motorista. Felizmente, ela se salvou com apenas alguns arranhões e contusões. – Ele sentiu uma pontada forte no peito. – Mas perdeu o bebê naquele dia.

Involuntariamente, Emma pegou as mãos de Aidan outra vez. A expressão, as lágrimas e as palavras dele tocaram o coração dela. Todas as peças do quebra-cabeça finalmente se encaixavam.

– Todos esses anos você se sentiu culpado pelo bebê, não foi?

Ele assentiu, limpando as lágrimas do rosto.

– Eu nunca quis isso, e então eu... o matei. – Então, ele começou a soluçar. Emma mordeu os lábios e se levantou para se sentar ao lado dele. Sem pensar, ela o abraçou. O antigo Aidan que ela conheceu nunca teria chorado, ainda mais em público. Ele estava absolutamente destruído pelos fantasmas do passado e do presente.

Ela passou a mão nas costas dele.

– Você não deve se culpar pelo que aconteceu com o bebê, Aidan, nem por causa da Amy. Ela estava correndo e avançou o sinal. Acidentes acontecem.

Ele levantou a cabeça e limpou as lágrimas do rosto.

– Acidentes podem acontecer, mas as pessoas nunca se esquecem deles... ou nunca os perdoam.

Emma ignorou o duplo significado do que ele disse em relação a ela.

– Eu tenho certeza de que o tempo ajudou a curar qualquer sentimento ruim que Amy tinha por você. Posso garantir que ela está lutando com a própria culpa sobre o que ela fez ao tentar essa armadilha.

Ele encolheu os ombros.

– Espero que sim. Ela certamente contribuiu para que eu não prestasse para nenhuma outra mulher. – Os olhos azuis dele encontraram os dela. – Talvez seja eu que não consiga perdoar. Se não fosse por ela, talvez eu não tivesse estragado tanto as coisas com você.

– Talvez – ela murmurou.

Ele segurou no queixo dela com os dedos. Levantando os olhos para olhar para ela, ele balançou a cabeça.

– Na maior parte, a nossa proposta era sobre eu ter a chance de fazer sexo com você e eu prometi à minha mãe que teria um filho um dia. Mas também era poder encontrar o perdão comigo mesmo... e com Deus. Eu pensei que se eu pudesse ajudar você a trazer um bebê ao mundo, isso poderia levar embora a dor do passado.

Emma ficou boquiaberta em surpresa. Por alguns instantes, ela só conseguiu olhar para ele em choque. Todo esse tempo ele realmente teve um desejo mais profundo e admirável para querer ser o doador de esperma dela.

– Você me odeia agora por causa disso?

Ela balançou a cabeça de um lado para o outro.

– Não, como você pode pensar assim?

– É que você está olhando para mim sem dizer nada. Achei que você podia ter se sentido usada ou enganada.

– Não é nada disso. Na verdade, eu estava pensado bem melhor a seu respeito pelo que você me contou.

– Mesmo?

– Eu fico feliz por saber que ter o Noah é uma forma de você sentir que pode se arrepender pelo que fez. Nunca é tarde para se redimir, Aidan.

Um olhar esperançoso passou pelos olhos de tortura dele.

– Eu daria toda e qualquer coisa no mundo para me redimir com você. Só, por favor, por favor, me dá uma chance.

Emma não conseguiu aguentar mais a intensidade do olhar desesperado dele. Olhando para o colo dela, ele se esforçou para respirar. A mente dela girou ao tentar processar os pensamentos descontrolados, enquanto o peito dela se encheu de emoção. Ela queria mesmo dar uma chance para ele se redimir? Ela poderia realmente fazer isso com ela própria e com o seu coração? E se ela negasse isso a ele, como conseguiria que ele fizesse parte da vida do Noah deixando os sentimentos dela de fora?

– Por favor, Em – implorou ele.

– Acho que eu posso tentar – respondeu ela, afinal. Ao olhar para ele, os olhos azuis de Aidan estavam brilhantes com determinação. – Não estou prometendo nada.

Ele sorriu.

– Eu aceito, aceito tudo o que você estiver disposta a me dar.

Jenny os interrompeu trazendo a conta.

– Você quer alguma sobremesa?

Emma riu quando ela pareceu perguntar mais a ela do que ao Aidan. Ela bateu de leve na barriga bem cheia.

– Não, eu estou satisfeita.

Aidan colocou a mão no bolso da jaqueta para pegar a carteira. Sem nem olhar para a conta, colocou um bolo de dinheiro no envelope. Quando Jenny começou a protestar à generosidade dele, ele balançou a cabeça.

– Eu devo muito mais a você e ao seu pai por terem cuidado de mim nas últimas semanas.

– Nós ficamos felizes em fazer isso. – Jenny se inclinou e deu um rápido abraço em Aidan. – Só prometa que vai se cuidar, e não estaremos em débito, certo?

Ele assentiu e olhou para Emma.

– Eu já estou me sentindo como antigamente outra vez.

Ela ergueu as sobrancelhas para ele.

– Esperamos que não seja em todos os aspectos – disse ela, levantando-se da mesa.

– Droga, Em, você sempre tem que mostrar as garras? – murmurou ele ao se levantar.

Jenny lançou um olhar de preocupação entre os dois antes de forçar um sorriso.

– Bem, espero revê-los em breve.

Emma deu um sorriso tranquilizador para Jenny.

– Obrigada. – Depois de um rápido abraço, ela saiu do bar. Aidan se apressou para alcançá-la. E passou na frente dela para abrir a porta.

– Obrigada – resmungou ela, tentando ignorar o pequeno jato de eletricidade que sentiu quando o corpo dele tocou o dela. Ela se afastou dele ao seguirem para o carro. O caminho para o Clube dos Veteranos de Guerra foi feito em silêncio, exceto pelo som emudecido do rádio, com canções românticas que partiam o coração dela.

Ao encontrarem o carro dela, ela não queria deixá-lo. O cérebro dela gritou para que mexesse os pés e as mãos e fosse embora. Finalmente, a mão dela alcançou a maçaneta e o Aidan segurou o ombro dela.

– Espera! – exclamou ele.

CAPÍTULO CINCO

O peito de Aidan se apertou com a possibilidade de deixar Emma sair do seu campo de visão mesmo que por um segundo. Eles estiveram tão distantes nas últimas horas que ele tinha medo de que tudo pudesse se perder como um sonho se eles não permanecessem juntos. Ele estava desesperado para fazer qualquer coisa que a mantivesse com ele. Um pensamento passou por sua mente, e Aidan falou de repente:

– Posso ver o Beau?

Emma olhou para baixo. Ele percebeu que ela estava travando uma batalha interna para decidir.

– Por favor? – insistiu ele.

Ela deu de ombros, mas levantou a cabeça e sorriu.

– É claro. Quer dizer, ele sente falta de você.

Aidan riu.

– Eu duvido. Ele escolheu você, não foi? – Ele ficou desconsertado com a lembrança dolorosa da noite em que Emma o pegou com Heather. Ver Beau correr atrás de Emma, tocando na barriga dela e insistindo para ir com ela, cortava o coração dele da mesma forma que naquela noite. Estremecendo, ele forçou um sorriso. – Tenho certeza de que ele está muito ocupado comendo as migalhas da sua mesa e correndo ao redor do seu sofá para sentir falta de mim.

– Não, ele sente mesmo. Afinal de contas, você foi o pai dele durante dois anos.

– Que bom, porque eu senti saudades dele. – Ele se inclinou em direção a ela. – Eu senti falta dele cada instante, todos os dias. – Ela arregalou os olhos verdes por causa da proximidade dele e pelo fato de que os dois sabiam que ele não estava mais falando de Beau. Uma energia os rodeava.

– Você pode me seguir até em casa.

– Obrigado.

Ele esperou até que ela estivesse segura no carro e saiu do estacionamento. No caminho para a casa dela, ele tamborilava com os dedos ansiosamente no volante. Embora não fossem gastar mais do que dez minutos, parecia não chegar nunca. Esperança pulsava por ele de que ela poderia perdoá-lo finalmente e deixá-lo entrar outra vez na vida dela.

Ao parar na calçada, uma placa no jardim chamou a atenção dele. Piscando na escuridão, ele reconheceu a placa da imobiliária. As palavras *À Venda* enviaram uma pontada ao coração dele. A ansiedade superou os sentimentos de carinho que pulsavam por ele.

Ele estacionou. O sangue subiu às orelhas quando ele saiu do carro e bateu a porta. Ele estava ao lado de Emma antes que ela tivesse tempo de fechar a porta do carro dela.

– VOCÊ VAI SE MUDAR?

Se esquivando da raiva dele, ela encostou-se ao carro.

– Vou – sussurrou ela.

Ele sentiu vergonha por perceber que a reação dele tinha assustado Emma.

– Desculpa por gritar com você, mas como você pôde não me contar?

– Eu ia contar – argumentou ela.

– Quando? No dia que o caminhão da mudança chegasse? Cristo, Emma, nós passamos a noite inteira juntos! Eu abri meu coração e minha alma, e mesmo assim você não conseguiu me contar esse pequeno detalhe?

– Desculpa.

Ele tinha medo de fazer a próxima pergunta, porque no fundo já sabia a resposta.

– E para onde você vai?

– Vou voltar para casa, para Ellijay. Vou morar com a vovó e o vovô por um tempo até a casa ser vendida, então eu vou poder procurar um lugar para mim perto deles. Eles estão envelhecendo. O vovô caiu da escada na semana passada e precisou passar por uma cirurgia no quadril. Eles precisam de mim, e o mais importante, eu preciso deles.

Ele balançou a cabeça.

– Eu não vou deixar você levar o meu filho de mim!

Os olhos verdes de Emma se apertaram.

– Não ouse me ameaçar assim! Você sabe que eu nunca manteria o Noah longe de você. Só porque eu não moro aqui, não significa que você não poderá vê-lo.

– Ellijay fica há uma hora e meia daqui! Como eu vou conseguir vê-lo quando ele está a essa distância de mim? Você vai me impor algum horário de visita? Como a cada dois finais de semana ou algo assim?

Ela esfregou as têmporas.

– Eu não sei o que vou fazer. Só sei que não posso ficar mais aqui. Sozinha.

– Droga, Emma, eu não acredito que você possa ser tão fria.

Ela levantou o queixo e olhou para ele com tanta firmeza que ele deu um passo para trás.

– Seu idiota! Como você ousa me acusar de ser fria! Não fui eu quem o enganou e arruinou tudo entre nós!

– Eu não dormi com ela – protestou ele.

Emma jogou as mãos para o alto.

– O fato de você não ter conseguido fazer isso ou de eu os ter interrompido é irrelevante, Aidan! Você levou uma estranha para casa com a intenção de me tirar do seu coração e da sua mente!

Ele franziu o rosto.

– Eu disse um milhão de vezes e de um milhão de formas diferentes que eu sinto muito!

– Eu sei, mas assim como eu disse para você no O'Malley's, eu vou tentar perdoar você, e isso vai levar muito tempo. Então, não espere que eu caia em seus braços em pouco tempo como se nada tivesse acontecido. Eu tinha uma vida antes de você aparecer, e vou ter uma depois de você! – Ela se virou e saiu andando.

– Em, espera! – Como ela continuou andando, ele insistiu: – Tudo bem, você quer mais gestos? Aqui está outro. – Ele se ajoelhou na calçada.

Quando Emma se virou, ela arregalou os olhos.

– O que você está fazendo?

Ele olhou em volta.

– Que diabo parece que eu estou fazendo? Estou de joelhos... total e completamente implorando para você me perdoar.

– Pode se levantar! – exclamou ela, quando um casal que levava o cachorro para passear passou olhando para eles.

– Não até você me perdoar.

Ela suspirou.

– Eu disse que levaria tempo, então deixe de ser dramático.

Ele deu de ombros.

– Tudo bem, pode me chamar de dramático. Pode me chamar do que quiser! Só tire toda a raiva e ódio do seu ser, para conseguir me perdoar hoje à noite. – Ele abriu bem os braços. – Eu disse isso em cartões, em mensagens de texto, em correios de voz e mesmo naquele belo livro de poesia que eu mandei para você. Mas agora vou dizer na sua frente, se é a última chance que eu tenho.

De repente, naquele instante, Aidan não se sentia tão confiante. Ele respirou com dificuldade.

– Eu sinto muito, Emma. Eu sinto muito, muito, por ter magoado você. Sinto muito por ter sido um idiota e por ter tido medo dos meus sentimentos por você. E, acima de tudo, sinto muito por ter estragado a vida perfeita que nós tínhamos ao me afastar e trair você.

O rosto de Emma corou quando a mulher na calçada abriu a boca espantada. Aidan se virou para ela.

– É, está certo. Eu sou um dos incontáveis idiotas que partem o coração das mulheres. Eu não consegui dizer para Emma que eu a amava, e quase transei com outra mulher tentando afastá-la. – Ele bateu com as palmas das mãos no peito. – Mas do fundo do meu coração e da minha alma, eu estou tão, tão arrependido!

– Jesus, cara, você perdeu todo o seu orgulho? – perguntou o homem, o que fez a mulher bater no braço dele.

Aidan riu.

– Sim, perdi. Porque estou disposto a fazer o que for para tê-la de volta. – Ele apontou para Emma e sorriu para ela.

Quando Emma lançou um olhar determinado para ele, Aidan sentiu esperança. Que rapidamente se enfraqueceu quando ela o agarrou pelos cabelos e puxou a cabeça dele para cima.

– Sai da minha calçada nesse minuto ou vou chamar a polícia! – Ela balançou a cabeça. – Eu não posso acreditar que você tenha me envergonhado dessa forma na frente dos meus vizinhos!

– Eu achei que você quisesse um homem que dissesse o que sentia de verdade?

Ela revirou os olhos.

– Isso – disse ela, apontando para ele – não era o que eu tinha em mente.

– Tudo bem – disse ele ao se levantar do chão. Ele se aproximou e ergueu as sobrancelhas. – Mas você pode dizer honestamente que não ficou nem um pouquinho impressionada?

Os cantos dos lábios dela se ergueram e ele pensou que ela estava tentando evitar um sorriso.

– Talvez um pouco.

– Ahã, eu sabia!

– Vem. Vamos entrar antes que você continue sendo um imbecil esta noite.

Ele riu.

– Do que você acabou de me chamar?

– É uma das palavras de Casey.

– Humm, deixe-me adivinhar. Provavelmente é uma das palavras de Casey para mim?

Ela concordou ao destrancar a porta da frente.

– Sim, mas acompanhada de adjetivos mais fortes.

– Imagino o quanto.

– Sente-se. Vou buscar o Beau, que está no porão.

Quando Aidan se acomodou no sofá, uma lembrança passou por sua cabeça, de quando ele fez amor com Emma no mesmo lugar antes de irem visitar os avós dela pela primeira vez. Ele escutou Beau bem antes de vê-lo correr para a sala.

– Ei, garotão! – gritou ele, ao se levantar do sofá.

Ao ver Aidan, Beau ficou enlouquecido, balançando o corpo todo, enquanto latia e uivava. Ele pulou no Aidan, fazendo com que ele desabasse sobre o sofá. E começou a lamber o rosto dele, as mãos e qualquer outra parte em que pudesse colocar a língua.

Emma riu.

– Viu, eu disse que ele sentiu a sua falta.

Beau latiu algumas vezes como se concordasse, e voltou a lamber o rosto de Aidan.

– Tudo bem, garotão, também senti sua falta. – Aidan esfregou as costas de Beau e bateu de leve na cabeça dele.

– Agora senta, Beau, e seja um bom menino – instruiu Emma.

Para surpresa de Aidan, Beau deslizou de forma obediente para o chão e se sentou para Aidan acariciá-lo.

– Droga, eu não consigo acreditar que ele a obedeça.

– Levou algum tempo.

– Você cuidou bem da mamãe enquanto eu estive longe? – perguntou Aidan, coçando as orelhas de Beau. Ela respirou fundo. Ele levantou o olhar e piscou.

– Ele tem sido uma companhia maravilhosa. Principalmente à noite – respondeu ela.

– Posso imaginar. Passar as noites sozinho tem sido um inferno para mim.

Emma abriu a boca para dizer algo, mas de repente balançou o dedo para Beau.

– Para de se lamber, ou vou colocar você de castigo.

Aidan riu e bateu nas costas de Beau.

– Não fica tão nervosa, Em. Ele é só um cachorro. Deixa ele se lamber o quanto quiser.

Ela balançou a cabeça.

– Se ele continuar se lambendo assim, vai pegar uma infecção nos pontos da cirurgia.

– Cirurgia? – Aidan repetiu sem convicção. – O que aconteceu com ele? – Como Emma não respondeu, Aidan olhou para cima e a viu corar e abaixar a cabeça. Oh não. Ela não podia ter ido lá. Ela não teria feito isso. Puxando Beau pela coleira, ele o levantou devagar. Ao ver que ele estava sem os testículos, ele prendeu a respiração. – Você o castrou?

Emma lambeu o lábio de baixo.

– O veterinário sugeriu. Ele disse que ajudaria a acalmar Beau e ficaria mais fácil para ele se adaptar quando Noah nascesse.

Aidan se levantou.

– Jesus, Em, primeiro você quis as minhas bolas em um espeto e agora você teve que tirar as do meu cachorro!

– Eu nunca quis as suas bolas! – protestou ela.

– Simbolicamente, sim.

Ela revirou os olhos.

– Mas veja como ele já está mais tranquilo.

Aidan olhou para Beau. Por mais que odiasse admitir, ele estava muito mais calmo.

– Sim, bem, você deveria ter me consultado primeiro. O cachorro é meu!

Ela estremeceu como se estivesse sentindo dor. E deu alguns passos lentos antes de se sentar em uma cadeira.

– Ei, espera um minuto. Não fuja. Não terminamos essa conversa.

– Em? – Como ela não respondeu, ele andou em direção à cadeira e se abaixou na frente dela. O coração dele bateu forte ao ver a expressão de dor no rosto dela. – Em, o que há de errado?

– Estou... com cólicas. – Emma fechou os olhos e o peito dela subia em respirações profundas. – Dói muito.

Medo caiu sobre a cabeça de Aidan.

– Vem. Vamos para o hospital. – Antes que ela pudesse protestar, ele a pegou pela mão e a ajudou a se levantar da cadeira. Ela choramingou e apertou a barriga. – Posso carregar você se precisar – disse ele.

– Não, eu consigo – respondeu ela.

Ele passou o braço ao redor da cintura dela para equilibrá-la.

– Fica, Beau – disse ele sobre o ombro. Beau latiu, mas com relutância se sentou no chão da sala. Quando abriram a porta, Emma paralisou.

– Minha bolsa.

– Eu pego. – Ele se virou e a pegou do chão. Aidan, então, voltou para o lado de Emma para ajudá-la a descer os degraus da varanda. – Você quer ir no seu carro que está mais perto? Posso tirar o meu.

Ela balançou a cabeça.

– Não, não, o seu está bom.

– Como é a dor?

– Intensa – ela se curvou.

– Você está sangrando ou acha que a sua bolsa estourou?

– Não, são apenas contrações.

Uma luz de esperança o encheu de alívio.

– Vai dar tudo certo, Em. Vamos chegar ao hospital, e o que quer que seja, vai passar.

O coração dele se apertou quando ela olhou para ele com lágrimas nos olhos.

– Espero que sim.

– Tenha fé.

Ele abriu a porta do carro e a acomodou no banco. Assim que fechou a porta, ele correu para o lado do motorista, entrou e bateu a porta. Depois de sair pela rua, ele olhou para Emma.

Ela estava com os olhos fechados e as sobrancelhas franzidas, mordendo o lábio de baixo. Tirando uma das mãos do volante ele pegou a mão dela. Ela arregalou os olhos e o encarou.

– Eu estou aqui com você, Emma.

– Obrigada... fico feliz. – Ela apertou a mão dele e, sem soltá-la, usou a outra mão para tirar o telefone da bolsa e o entregou ao Aidan.

– Liga para a Casey – murmurou ela.

Mantendo uma das mãos no volante, ele usou a outra para buscar os contatos de Emma. E apertou os botões para fazer a chamada. Casey respondeu ao terceiro toque.

– Oi, Mamãe Quente, desculpa por não ter conseguido retornar para você ainda – respondeu ela, sem dizer alô.

– Hum, é o Aidan.

Uma longa pausa na linha.

– Que diabo você está fazendo no telefone da Em? Por favor, diga que você não fez algo realmente insano para tentar voltar com ela? Porque se tiver feito, eu tenho certeza de que vai ficar preso durante bastante tempo, onde um homem grande e cabeludo pode fazer de você a mulher dele! – gritou ela, a ponto de Emma conseguir escutar.

– Casey, escuta. Eu não sequestrei a Emma. Nós estamos indo para a emergência do Wellstar.

Casey prendeu a respiração.

– Oh Deus, o que houve?

Aidan olhou para Emma, que estava com os olhos fechados e apertava os dentes por causa da dor.

– Ela está tendo algumas contrações.

– Ela não está sangrando, está?

– Não, são só as contrações.

Aidan escutou o que imaginou ser o Nate ao fundo.

– Parece um bom sinal que ela não esteja sangrando. O Nate acha que podem ser só contrações de Braxton Hicks, mas chegaremos lá assim que possível.

– Tudo bem. Você pode telefonar para o Connor também?

Emma arregalou os olhos e olhou para ele em choque. Aidan percebeu que ela estava pasma por não ter que dizer tudo que ele devia fazer. E ele realmente estava considerando os sentimentos dela.

– É, claro.

– Tchau.

Casey não desligava. Então Aidan encerrou a chamada.

– Mais alguém para quem você quer que eu telefone? Virginia?

Emma balançou a cabeça.

– Eu não quero preocupar a vovó ainda, se for algo como contrações de Braxton Hicks.

– Tudo bem, se você tem certeza.

Eles fizeram o resto do caminho em um silêncio tenso. Depois de chegar ao estacionamento do hospital, Aidan parou perto do meio-fio da ala de emergência e desligou o carro. Quando saltou e andou para o lado de Emma, o segurança se apressou.

– Senhor, não é permitido estacionar aí.

– Olha, a minha... – ele fez uma pausa ao perceber que não sabia como se referir à Emma. Ela certamente não era a mulher dele e o estado de relacionamento deles não a qualificava como namorada. – Ela está... – ele enfatizou finalmente – tendo contrações antecipadas, então vou levá-la para dentro. Se você não gostar, reboca o meu carro!

O segurança ergueu as mãos.

– Desculpe, senhor. Assim que se registrar, por favor, volte para manobrar o seu carro. Um bom Mercedes como esse se acabará no estacionamento de apreensão.

Aidan suspirou e estendeu a mão para Emma.

– Tudo bem. Mas eu não vou voltar até saber que ela e o meu filho estão bem! – Com a mão que estava livre, ele tirou uma nota de cem da carteira. – Cuida dele para mim, certo?

O segurança olhou para os dois lados antes de pegar o dinheiro rapidamente.

– Sim, senhor.

Voltando a atenção para Emma, ele a ajudou a sair do carro. Ela franziu o rosto ao se levantar.

– Pode se apoiar em mim – instruiu Aidan, ao dar um passo para o meio-fio.

Com um braço ao redor da cintura dela, Aidan conduziu Emma pelas portas automáticas duplas e pelo salão da entrada de emergência. Ela apertou ainda mais a mão dele e, pela expressão no rosto dela, ele pôde perceber que a dor tinha aumentado.

– Só mais um pouco, Em – disse ele.

No balcão de registro, ele a sentou em uma cadeira. Como a recepcionista não os atendeu de imediato, ele bateu com a mão na mesa.

– Desculpe, mas ela pode estar em trabalho de parto aqui!

A recepcionista acenou com a cabeça para uma enfermeira.

– Nós vamos na frente e já voltamos para buscá-la.

– Obrigado – disse Aidan.

Uma enfermeira veio com uma cadeira de rodas. Aidan ajudou Emma a se levantar e a se sentar na cadeira de rodas. Quando ele começou a segui-las, a recepcionista o advertiu.

– O senhor não pode ir até obtermos todas as informações médicas dela.

– Eu já tenho um cadastro aqui por causa do meu ginecologista -obstetra – murmurou Emma, entre os dentes cerrados de dor.

– Então ele precisará ficar aqui até obtermos os dados do plano de saúde.

Aidan olhou para Emma sem saber o que fazer quando ela entregou a bolsa para ele.

– Meus cartões estão na minha carteira.

Ele preencheu os documentos. A maioria ficou em branco, e ele esperava que não notassem. Por ironia, Emma estava carregando o filho dele, mas ele não fazia a menor ideia se ela já tinha feito alguma cirurgia importante ou se teve doenças na infância. Quando ele começou a apertar o botão para abrir as portas, alguém pigarreou.

Era o segurança.

– Droga! – Aidan gritou. Várias pessoas na sala de espera olharam para ele. Procurando as chaves no bolso, ele correu na direção do segurança e do carro que esperava por ele. Os pneus cantaram quando ele passou pela entrada e estacionou na vaga disponível.

Ao voltar lá para dentro, apertou o botão de Pessoal Autorizado. O olhar dele percorreu desesperadamente o corredor dos quartos. Com um sentimento estranho de déjà vu daquele mesmo dia mais cedo, ele quase acenou para uma enfermeira quando o dr. Nadeen apareceu na frente dele, e o rosto de Aidan ficou tenso e preocupado.

– Ela está no quarto cinco – disse ele.

Embora odiasse dizer isso, Aidan resmungou:

– Obrigado.

Ele abriu a porta, mas a cortina estava fechada. O som das batidas do coração de um bebê ecoava pelas paredes.

– Em? – ele gritou.

– Eu estou aqui.

Ele correu e abriu a cortina. Ao ver Emma com as pernas abertas e um médico entre as pernas dela, ele gelou.

– Aidan – ela exclamou, apontando para ele ficar do lado dela. O tom insistente da voz dela o fez se mexer depressa. Ele passou pelo médico e foi para o lado da cama. Segurou a mão dela e a apertou.

– Desculpa. Eu tive que preencher toda a papelada e estacionar o carro.

– Tudo bem.

Ele balançou a cabeça.

– Não, não está. Você não deveria ter vindo para cá sozinha. Você precisou de mim. – Ele olhou para ela. – E eu tinha que estar com você.

– Você está aqui agora. Isso é tudo o que importa.

Aidan não pôde deixar de se inclinar e beijar a testa dela. Ele teria que dar gorjetas no hospital. Eles estavam lá há apenas vinte minutos e Emma já estava equipada com a roupa do hospital e sendo atendida por um médico. Ele não pôde deixar de pensar se era apenas a seriedade da situação, mas também se o dr. Nadeen teria ajudado a apressar as coisas.

O médico, que tinha o nome "Dr. Pendleton" bordado em azul no jaleco branco, se levantou.

– Você pode esticar as pernas agora. – Emma tirou as pernas do apoio quando o dr. Pendleton ajustou a cama para ela. Depois de jogar fora as luvas descartáveis, ele se virou para olhar para eles. – Embora você tenha iniciado o trabalho de parto, não tem dilatação, e o seu tampão cervical ainda está intacto.

Ao que Aidan assumiu ser sua expressão vazia, o dr. Pendleton disse:

– Esses são bons sinais. Vou chamar a enfermeira para administrar Terbutalina, que irá interromper as contrações que você está sentindo. Voltarei e farei um ultrassom para ver como está o bebê. Pelos batimentos cardíacos, ele parece estar um pouco agitado, mas isso pode ser pelas contrações das paredes uterinas. – Ele se virou para ir em direção à porta. – Como o seu quadro agora está estável, voltarei daqui a pouco para examinar você.

Aidan sentia como se as pernas não fossem mais suportar o corpo dele, então ele se recostou na cadeira que estava ao lado da cama. E estava aliviado. Naquele momento, parecia que Noah ficaria bem, e que Emma também ficaria bem.

– Graças a Deus – murmurou Emma.

Uma agitação surgiu na porta.

– O que... – Aidan começou a falar antes que Casey e Connor entrassem de repente no quarto.

CAPÍTULO SEIS

– Em! – Casey exclamou, ao correr para o lado da cama. Ela passou os braços ao redor de Emma e a apertou. – Qual é o veredicto?

– Por enquanto, eu estou bem, e o Noah está bem. Entrei em trabalho de parto, mas eles conseguiram interromper.

Casey e Connor respiraram aliviados.

– Graças a Deus – disse Connor.

Uma enfermeira os interrompeu para administrar a Terbutalina. Ela olhou para todos antes de balançar a cabeça em tom de reprovação.

– Você não deveria ficar em um quarto tão cheio. Você precisa descansar e relaxar.

– Por favor, não os faça sair. Eles me ajudam a relaxar – protestou Emma.

Ela lançou um olhar de reprovação antes de espetar a agulha na bolsa de soro de Emma.

– O dr. Pendleton não vai gostar de ver tantas pessoas aqui a perturbando, e ele já vai voltar para fazer o seu ultrassom.

– Nós ficaremos lá fora um pouco – disse Casey, com diplomacia.

– É, nós não queremos causar problemas para você – concordou Connor.

Como Aidan não se mexeu, Casey lançou um olhar para ele.

– Eu vou ficar com Emma e com meu filho – respondeu ele.

– Como quiser – disse Casey antes de seguir para a porta. Ela e Connor estavam quase saindo quando dr. Pendleton entrou. Eles se apertaram contra a parede. Sem um cumprimento ou alguma repreensão pelo quarto cheio, ele começou a fazer o ultrassom. Emma se sentiu um pouco mais reconfortada ao ver Noah pela tela. Os batimentos cardíacos dele, felizmente, se acalmaram.

– Parece que ele está planejando ficar aí dentro por algum tempo – observou dr. Pendleton antes de desligar a máquina.

Ele se leva ntou.

– Apesar de tudo parecer estar melhorando, vou insistir para que você faça repouso absoluto por pelo menos uma ou duas semanas. Você pode se deitar ou se sentar, mas seus pés só podem tocar o chão para ir ao banheiro. Eu aconselharia que você usasse uma cadeira no chuveiro também. Está claro?

Emma prendeu a respiração.

– Mas o meu emprego...

O dr. Pendleton ergueu um dedo para silenciá-la.

– Srta. Harrison, eu sei que parece estar tudo bem por estarmos com a situação controlada no momento, mas a futura estabilidade de sua gravidez depende dos cuidados que você terá nos próximos dez dias.

– Entendo – murmurou ela, tentando acalmar o pânico crescente que atingia seu corpo como agulhas.

– Com relação ao seu emprego, eu vou preencher os documentos necessários para você tirar uma licença. O mais importante agora é você descansar e limitar o nível de estresse. Nós não queremos ter mais nenhum trabalho de parto prematuro.

– Por quanto tempo eu tenho que ficar no hospital? – perguntou Emma, oscilando o tom de voz.

– Quero que você passe a noite aqui, e então estará livre para ir para casa. Vou ver a possibilidade de mudar você lá para cima.

Depois que o dr. Pendleton deixou o quarto, as emoções de Emma estavam descontroladas. Ela lutou com todas as forças para não pensar que a vida de Noah podia estar em perigo. Era demais para Emma aguentar e ela não conseguiu conter as lágrimas. Um grito estrangulado estourou dos lábios dela, enquanto Aidan e Casey correram para confortá-la. De alguma maneira, Casey empurrou Aidan, impedindo que ele se aproximasse dela.

Aidan protestou. Casey o ignorou e segurou a mão de Emma. Ela a apertou um pouco e deu um sorriso tranquilizador.

– Não chora, Em. Vai ficar tudo bem. Muitas mulheres precisam ficar na cama para repousar um pouco, e então o restante da gravidez fica completamente normal.

Entre soluços, ela respondeu:

– Espero que sim.

– Eu sei. E vou levar você para a casa da sua avó logo pela manhã. Ela vai ajudar você com isso.

Emma balançou a cabeça enquanto lágrimas rolavam pelo rosto dela.

– Eu não posso ir para a casa da vovó. Meu avô passou por uma cirurgia no quadril na semana passada e ela está ocupada cuidando dele. Não quero ser mais uma preocupação para ela nessa idade.

Aidan pigarreou e passou pela Casey para se colocar na frente de Emma.

– Você vem para casa comigo. Vou cuidar de você.

Casey soltou um assovio. Ela empurrou a mão de Emma para apontar um dedo para o peito de Aidan.

– Nem por cima do meu cadáver!

Aidan ergueu as sobrancelhas.

– O quê?

– Você deve estar fora de si. Você vai cuidar dela? Você é o motivo para ela estar nessa situação.

Ele estremeceu.

– Com o que aconteceu com o Pop, a Emma passou por muito estresse durante o dia e nas últimas semanas.

– Não ouse tentar jogar a culpa em outra pessoa!

– Olha, todos nós sabemos que eu fiz uma besteira! Das grandes. Embora eu queira fazer qualquer coisa para voltar atrás, não posso. Mas posso consertar as coisas, e uma forma de provar para Emma o quanto eu me importo com ela é cuidar dela quando ela mais precisa de mim.

Emma prendeu a respiração ao escutar as palavras de Aidan. Ela tinha certeza de que um dos inúmeros monitores que estavam presos a ela devia ter registrado o aumento nos batimentos cardíacos dela. Um choque reverberava pelo corpo de Emma, por ele ter sugerido cuidar dela e, principalmente, por ele estar falando sério. Embora profundamente emocionada, ela não conseguia imaginar como os nervos desgastados dela poderiam permitir que ela ficasse tão perto dele. Finalmente, ela balançou a cabeça.

– Eu não acho... – ela começou.

Os olhos azuis dele brilharam com uma determinação de aço.

– Isso não está em discussão.

Casey bufou.

– Oh sim, está em discussão. Se alguém vai cuidar da Em, sou eu, droga!

O rosto de Aidan adquiriu uma expressão de fúria, e Emma temeu que ele estivesse a ponto de realmente perder a paciência. Ele cerrou os dentes e se aproximou da Casey.

– Parece que você esqueceu que é o meu filho que ela está carregando. Ele é minha responsabilidade. Você pode acreditar que nada importa mais nesse mundo para mim do que o meu filho.

Olhando para ele, Casey retrucou:

– Uma pena que você não estivesse pensando no Noah quando quase transou com aquela piranha.

Aidan resmungou e Connor se colocou entre eles.

– Tudo bem, chega! – Ele balançou a cabeça. – Droga, vocês dois precisam se acalmar e parar com essa competição pela Em. Poderiam parar um minuto e pensar no quanto a estão chateando?

Aidan e Casey desviaram o olhar de Connor e encararam Emma. A atenção deles fez as bochechas e o pescoço dela corarem.

A expressão de Aidan se amenizou.

– Desculpa, Em. Eu não quero perturbar você. Eu só quero... – Ele passou a mão pelos cabelos. – Eu só quero que você me deixe cuidar de você e do Noah.

A sinceridade das palavras dele fez o coração dela se apertar outra vez. E ela se odiou por isso. Depois de lamber os lábios, ela perguntou:

– E o seu emprego? Você não pode viajar como tem feito e cuidar de mim.

– Eu pedirei uma licença como a sua.

Emma não pôde deixar de arregalar os olhos.

– Você faria isso?

– É claro que sim. Você precisa de mim – disse Aidan, aproximando-se da cama.

– Mas com a sua posição, eles vão considerar conceder uma licença para você? Quer dizer, não é como se estivéssemos casados.

Aidan deu de ombros.

– Se não concederem, então eu me demito. Você e Noah significam mais para mim do que um emprego.

Casey cruzou os braços na frente do corpo em um acesso de raiva.

– E se a sua libido bater à porta alguma noite depois de ver um rabo de saia? Você vai correr atrás dela outra vez?

– Case – disse Emma no mesmo instante em que Aidan protestou:

– Não fala assim!

– Eu não consigo acreditar que você esteja considerando sinceramente que ele faça isso. Ele partiu o seu coração, Em! – gritou Casey, jogando as mãos para cima em sinal de frustração.

Emma suspirou.

– Sim, eu estou bem consciente do que ele fez. Mas no momento, eu não vejo nenhuma outra escolha além de aceitar o que ele está propondo. – Ela voltou o olhar para o Aidan. – A minha casa está uma bagunça com a mudança. Eu precisaria ficar na sua casa.

O sorriso radiante dele descongelou um pouco do frio que restava no coração dela.

– É claro que você pode ir. Vou instalar você no meu quarto, que fica mais perto da escada e do banheiro.

– Obrigada. Eu precisarei de algumas das minhas coisas. Casey, você poderia ir com Aidan e ajudá-lo a buscar o que eu vou precisar?

Casey tinha os olhos inchados como se Emma tivesse pedido a ela para ajudar o Satanás a liderar uma dominação mundial.

– Eu não consigo ficar no mesmo ambiente que ele, quanto mais ajudá-lo a colocar as patas nas suas coisas!

Emma revirou os olhos.

– Tudo bem, então, aja como uma criança com relação a isso. Tenho certeza de que o Connor poderá ajudar.

– Pode estar certa, Emmie Lou – respondeu Connor, dando um passo à frente para bater nas costas de Aidan. Pela maneira como ele estremeceu, Emma teve certeza de que o Connor bateu um pouco mais forte do que o necessário.

– Eu agradeço, Connor – respondeu Emma. Olhando sugestivamente para Aidan, ela disse: – Só o essencial. Eu não ficarei por muito tempo.

Os cantos da boca de Aidan se ergueram em um sorriso de satisfação.

– Vamos ver.

– Você é terrível – murmurou ela.

– Certo, então acho que é melhor irmos andando e nos organizarmos. Dessa forma, tudo estará pronto para você quando a liberarem de manhã – disse Connor.

Aidan concordou com a cabeça.

– Parece uma boa ideia.

Depois de um longo suspiro, Casey disse:

– Tudo bem. Eu vou com vocês.

– Sério? – Connor e Aidan disseram ao mesmo tempo.

– Sim – disse ela, de repente.

Connor jogou as mãos para o alto.

– Tudo bem. É o seu funeral.

– Vamos encarar as coisas. Considerando que sou a única dos três que tem uma vagina e sabe o que a Em gostaria de ter, vocês vão precisar de mim.

Bufando, Connor disse:

– Sim, bem, eu a conheço há mais tempo e...

– Você praticamente tem uma vagina? – provocou Casey, com um sorriso.

– Muito engraçado!

Emma riu.

– Vocês poderiam parar com isso e ir andando?

– Cara, você já está dando ordens – disse Connor, com um sorriso. E cutucou Aidan. – Você terá duas semanas divertidas, Escravo.

Aidan riu.

– Eu não me importo. Emma pode usar e abusar de mim como o coração dela mandar. Contanto que ela fique feliz e saudável, eu farei qualquer coisa para agradá-la.

Connor encarou Aidan por um instante e balançou a cabeça.

– É, você foi mordido pelo bichinho do amor. E bastante. – Ele se virou para Emma e piscou. – Vejo você amanhã, Emmie Lou. – Ele se inclinou e deu um abraço e um beijo nela. Antes de se afastar, sussurrou no ouvido dela: – Seja firme com ele, Em, mas dê uma chance também.

– Vou tentar.

Connor trocou de lugar com Casey, que também deu um grande abraço na Emma.

– Quando eu terminar, vou voltar e passar a noite com você – disse Casey.

Emma balançou a cabeça.

– Não, não, eu vou ficar bem. É só uma noite. Não é como se nunca tivesse passado algumas noites no hospital. Só que eu sempre estou do outro lado da cama.

– Tem certeza? O Nate está fazendo plantão noturno hoje, então eu não me incomodo.

– Tudo bem. Você pode vir de manhã ou passar na casa do Aidan amanhã.

O corpo de Casey ficou tenso quando ela pensou na casa do Aidan.

– Vamos ver.

Quando a Casey se virou, ela balançou a enorme bolsa pelo corredor, batendo nas bolas de Aidan. Com um gemido, ele se curvou, prendendo a respiração. Ao se recuperar, ele jogou a cabeça para cima. Os olhos azuis se apertaram em fúria.

Casey deu um doce sorriso para ele.

– Oh, sinto muito. A culpa foi minha.

Aidan disse algo entre uma respiração e outra, mas não desafiou Casey.

– Vamos – disse Connor, pegando o braço de Aidan. Quando os dois saíram pela porta, Emma chamou:

– Casey?

Olhando sobre o ombro, Casey respondeu:

– Sim?

Emma deu um sorriso tímido.

– Seja legal com ele, por favor?

Casey suspirou frustrada.

– Como você pode me pedir isso? Você sabe como eu me sinto sobre aquele... imbecil!

– Eu sei, mas aconteceram mais coisas do que você já sabe. Então, dá um desconto para ele.

Girando o corpo, Casey jogou as mãos para cima.

– Droga, Em, por que você tem que ser tão legal e compreensiva?

– Eu não disse que o estou perdoando. Só o entendo melhor agora. – Casey continuava com uma expressão de dúvida, mas Emma disse: – Confia em mim desta vez.

– Tudo bem, eu vou ser civilizada, mas não consigo ser legal.

– Civilizada significa que você não voltará a atacá-lo nas bolas?

Casey deu um sorriso malvado.

– Significa que eu vou tentar.

– Tenta bastante. Ok?

Ela assentiu.

– Obrigada.

Casey a beijou antes de sair pela porta. Ao jogar a cabeça no travesseiro, Emma respirou fundo. E colocou a mão na barriga ao continuar olhando para o teto.

– Deus, por favor, olhe pelo Noah e não deixe que nada de ruim aconteça com ele. Nada no planeta importa mais do que recebê-lo com saúde nesse mundo na hora certa. – Ao fechar os olhos, o rosto de Aidan apareceu na frente dela, fazendo com que ela arregalasse os olhos. – E se o Aidan for realmente a pessoa certa, amoleça o meu coração por ele... ou me dê um sinal de que eu devo seguir em frente.

As orações dela foram interrompidas por uma enfermeira e um ajudante.

– É hora de mudarmos você lá para cima.

O ajudante aproximou a cadeira de rodas e Emma jogou as pernas para fora da cama. Depois de se sentar, ela alisou a roupa do hospital por cima das pernas. Eles fizeram um rápido percurso de elevador para o terceiro andar. Ela não pôde deixar de imaginar em que andar o Patrick estaria. E anotou o número do quarto em que ela estava para poder mandar uma mensagem de texto para Casey... e para Aidan.

Uma enfermeira de meia-idade com o rosto gentil entrou no mesmo instante em que ela se instalou na cama.

– Eu sou Connie e, se você precisar de qualquer coisa, é só me avisar.

Emma sorriu.

– Obrigada.

Quando Connie e o ajudante se foram, Emma ligou a televisão e tentou desligar a mente de tudo. Ela estava se divertindo com reprises antigas de *I Love Lucy* quando escutou uma batida suave na porta.

– Sim? – respondeu ela, franzindo as sobrancelhas ao imaginar quem poderia estar batendo.

A porta se abriu e Pesh colocou a cabeça para dentro.

– Olá!

Emma sufocou um gemido. Ele era a última pessoa no mundo que ela esperava ver. Endireitando-se na cama, ela passou as mãos nos cabelos despenteados e esperava não ter os olhos borrados por ter chorado.

– O-Olá.

Sacudindo o dedo, ele lançou um olhar de reprovação.

– Não deixou o sr. Fitzgerald ganhar de você, hein?

Emma riu.

– Não, acho que não.

Aproximando a cadeira da cama, Pesh perguntou:

– Posso?

– Claro.

A expressão jovial dele ficou séria de repente.

– Você não pode imaginar o quanto foi assustador ver o seu nome aparecer na tela do computador. – Ele balançou a cabeça. – Então eu estava certo em pensar que você deveria se cuidar melhor?

– Infelizmente, sim. Mas não só hoje. – Emma olhou para baixo, observando a manta do hospital. – As últimas três semanas foram um desastre, eu acho.

– Tem algo a ver com a sua relação com o filho do sr. Fitzgerald?

Emma desviou o olhar da manta para Pesh.

– E-espera, como você...

Ele deu um sorriso compreensivo.

– É uma longa história.

– A minha também – respondeu ela, com um riso melancólico. Ao sentir a tensão no ar, Emma tentou desesperadamente mudar de assunto. – Achei que você tinha ido para casa durante o dia. Quando eu cheguei, esperava que você fosse o meu médico. O dr. Pendleton não é tão gentil.

– Desculpe por isso.

– Não é culpa sua ele ser tão seco.

– Não, mas foi minha culpa que você tenha tido que ser atendida por ele.

– O quê?

Ele deu um sorriso tímido.

– Você foi direcionada para a minha agenda, mas eu pedi que ele a atendesse.

Emma prendeu a respiração.

– Mas por quê?

Abaixando a cabeça, Pesh respondeu:

– Porque eu sabia que queria vê-la pessoalmente no futuro, e seria muito incômodo para nós dois se eu tivesse... – Ele respirou fundo e corou. – Bem, se eu tivesse examinado você fisicamente.

Emma logo entendeu ao se lembrar de como dr. Pendleton a examinara.

– Oh – murmurou ela.

Ele se inclinou na cadeira, com os olhos escuros brilhando.

– Eu não quero que você pense que eu sou um paquerador ou algo assim por querer conhecer você melhor. Foi o sr. Fitzgerald quem tocou no assunto primeiro.

Emma arregalou os olhos.

– Ele fez isso mesmo? Vou conversar com ele quando estivermos melhores! – Quando os ombros dela caíram em derrota, Emma se sentia terrível por ele parecer insultado com aquelas palavras. – Oh, Pesh, desculpa. Não é que eu não queira sair com você.

Os olhos escuros dele se iluminaram com esperança.

– Mesmo?

– Sim. Eu só não consigo acreditar que Patrick tenha feito algo assim.

– Por causa do que aconteceu entre você e o filho dele?

– Por isso e pelo fato de ele estar na ala da emergência. Não é a hora mais oportuna para bancar o cupido.

– Acho que plantei a semente quando disse que você era bonita.

As bochechas de Emma esquentaram com o elogio.

– Obrigada.

Olhando para as mãos, Pesh disse:

– Eu quero que você saiba que pegar o seu número de telefone com o sr. Fitzgerald, dizer que uma estranha é bonita, não é como eu sou. Tenho certeza de que nenhum dos meus colegas acreditaria que eu fiz tal coisa.

– Mesmo?

Pesh concordou com a cabeça.

– A verdade é que eu nunca reagi a uma mulher como aconteceu com você há muito, muito tempo.

– Oh?

Ele a espiou através das pestanas escuras. Uma tristeza irradiou dos olhos dele.

– Há dezoito meses eu perdi a minha esposa por causa de um aneurisma.

Emma reprimiu um grito de surpresa.

– Sinto muito.

– Você não pode imaginar o sentimento de desamparo que é ser médico e não conseguir salvar a mulher que você mais ama no mundo.

– Quantos anos ela tinha? – perguntou Emma, hesitante.

– Só trinta e cinco.

– Tão jovem.

Pesh assentiu.

– A Jade foi adotada quando tinha apenas três anos. Os pais adotivos dela não sabiam nada sobre seu histórico médico. Pelo que eu pude entender, tudo poderia ter sido evitado se soubéssemos por quais sinais e sintomas procurar.

À expressão angustiada de Pesh, Emma segurou a mão dele. Com um sorriso de agradecimento, ele a apertou.

– Eu sei como é perder o amor da sua vida.

Pesh ergueu as sobrancelhas escuras em surpresa.

– Sabe?

Ela concordou com a cabeça.

– Cinco anos atrás o meu noivo morreu em um acidente de carro.

– Eu sinto muito. – Um silêncio desajeitado percorreu o quarto. Finalmente, Pesh balançou a cabeça. – Humm, entre a perda do seu noivo, sua separação, e o fato de eu ser viúvo, eu acho que nós formaríamos um par trágico, não é?

– As pessoas seguem em frente – disse ela. Mas ao pronunciar as palavras, ela estava pensando mais no Aidan do que no Travis. Será que Pesh seria o sinal que ela pediu em oração? Ou tudo o que aconteceu com ela nas últimas três semanas só a teria confundido demais?

– Nos dezoito meses desde que perdi a Jade, eu nunca imaginei querer sair com outra mulher novamente. – Ele sorriu para ela. – Até hoje.

– Mas por que eu?

– Por que não?

– Você percebeu bem que eu estou grávida de seis meses, não?

– Eu vou falar para você o mesmo que eu disse quando o filho do sr. Fitzgerald mencionou isso.

As bochechas de Emma queimaram quando ela o escutou falar sobre Aidan. Ela nem queria começar a imaginar como teria sido a conversa entre Patrick, Aidan e Pesh. O constrangimento dela foi interrompido quando Pesh apertou sua mão.

– O fato de você estar grávida não interfere em nada na sua beleza exterior ou na bondade que irradia de dentro de você.

Sem piscar ou respirar, ela olhou para ele sem conseguir acreditar. Como era possível que um homem bonito, bem-sucedido e compassivo estivesse interessado em sair com ela aos seis meses de gestação de um filho de outro homem?

– Pesh, eu agradeço bastante pelos elogios, mas a minha vida está muito complicada neste momento.

– E eu não estou ajudando com as minhas declarações de carinho, estou?

Ela deu um sorriso triste.

– Você passou por tanta coisa, que merece ser realmente feliz. Eu preciso ser totalmente honesta e dizer que não sei se tenho algo a oferecer a você neste momento.

Pesh inclinou a cabeça para o lado.

– E se nós só tentássemos nos conhecer como amigos e víssemos o que acontece? Eu sei que você não vai poder sair comigo a torto e a direita nas próximas semanas, então eu poderia visitar você em casa. Sabe, para examinar você. – Ele fez uma careta. – Isso soa completamente piegas, não é?

– Não, eu...

– Faz muito tempo que eu me afastei desse jogo de flertar. Tenho certeza de que tudo o que eu estou dizendo ou fazendo é uma grande decepção.

Emma olhou para o rosto deslumbrante dele e imaginou como ele poderia decepcionar qualquer mulher.

– Eu adoraria que você fosse me examinar.

Ele ergueu as sobrancelhas em sinal de surpresa.

– Mesmo?

Ela concordou com a cabeça.

– Tenho certeza de que depois de alguns dias trancada, eu vou amar a sua companhia e a sua perícia médica.

Um sorriso passou pelo rosto de Pesh.

– Eu vou adorar.

– Eu também.

O *pager* no cinto de Pesh tocou.

– Acho que isso significa que é melhor eu ir andando. – Ele se levantou da cadeira. – Então, vou ficar ansioso para ver você essa semana.

– Mas como você vai...

Pesh ergueu a mão.

– O sr. Fitzgerald já cuidou disso.

Emma revirou os olhos, mas sorriu.

– Por que eu não estou surpresa?

Ele riu. Então, pegou outra vez a mão dela e a levou nos lábios.

– É melhor você prometer que vai cuidar bem de si mesma.

Com dificuldade para respirar, ela só conseguiu sussurrar:

– Eu vou.

Em seguida, ele se virou e seguiu em direção à porta. Ao sair, deu um último aceno para ela. Quando ouviu a porta se fechar, ela se jogou no travesseiro. Balançando a cabeça, Emma não conseguia acreditar na loucura dos eventos do dia. Se qualquer um tivesse contato para ela no dia anterior que um homem deslumbrante estaria pedindo para se encontrar com ela, Emma diria que essa pessoa estava fora de si. O mesmo poderia ser dito a tudo o que tinha acontecido durante o jantar com Aidan, desde ele ter admitido o que aconteceu com Amy ao desejo de ter o perdão dela.

Exausta pelos acontecimentos do dia, ela fechou os olhos e tentou bloquear todos os outros pensamentos e medos descontrolados.

CAPÍTULO SETE

Por volta das três horas da manhã, Emma acordou com a bexiga cheia. Ao jogar as pernas para fora da cama, ela gelou. Um calor percorreu seu peito ao ver Aidan dormindo na cadeira. Em algum momento durante a noite, ele tinha voltado para que ela não ficasse sozinha. Qualquer pensamento sobre Pesh desapareceu de sua mente quando ela se sentou na cama e olhou para Aidan.

O pescoço dele pendia em um ângulo ruim, e ela sabia que ele ficaria com cãibras terríveis. Ela se levantou e se curvou sobre ele.

– Aidan – sussurrou ela, levando a mão ao rosto dele.

– Humm?

– Acorda.

Ele arregalou os olhos e deu um pulo quase avançando sobre ela.

– O que aconteceu? Você está bem?

Ela sorriu.

– Estou bem. Só preciso ir ao banheiro e você estava quase quebrando o pescoço dormindo daquele jeito.

Estremecendo, ele alongou os ombros.

– Você deveria chamar uma enfermeira para trazer uma comadre, em vez de ficar de pé.

Ela suspirou.

– Muito obrigada, mas eu não estou assim tão incapaz.

Ele lançou um olhar divertido.

– Quer que eu carregue você?

– De jeito nenhum! A última coisa que eu preciso é que meu futuro cuidador ganhe uma hérnia por me carregar.

– Em, você não me causaria uma hérnia – respondeu ele.

– Tudo bem – murmurou ela antes de andar para o banheiro. Depois de terminar e lavar as mãos, ela saiu e encontrou Aidan dormindo outra vez e ressonando.

Balançando a cabeça, ela voltou a se deitar na cama. Ela sentia como se tivesse acabado de fechar os olhos ao perceber a respiração de alguém esquentar as bochechas dela.

– Em, acorda querida.

Abrindo os olhos devagar, ela viu Aidan inclinado sobre a cama.

– Que horas são?

– Seis horas. Eu quis avisar para você que estou indo lá para cima para ficar com o Pop antes da cirurgia.

– Tudo bem. Diz que eu o amo e que estou rezando por ele.

– Vou dizer. – Ele hesitou por um instante antes de se aproximar e beijar a cabeça dela. – Eu odeio deixar você.

– Não, você precisa ficar com o seu pai.

– Vou voltar assim que possível.

Emma concordou com a cabeça. Quando ele se virou para a porta, ela disse:

– Aidan, espera.

Ele se virou e ergueu as sobrancelhas, esperando o que ela teria para dizer.

– Só quero agradecer por você ter passado a noite comigo. Significa muito que você não tenha me deixado sozinha.

Ele sorriu.

– Embora você não precise agradecer, não foi nada.

Quando ele fechou a porta, Emma colocou a cabeça para trás no travesseiro. No mesmo instante, ela adormeceu outra vez, até que o carrinho de café da manhã veio tilintando pelo corredor. Junto com a refeição matinal, veio outra enfermeira para examiná-la. Emma se forçava a comer alguns bacons emborrachados do hospital com ovos cozidos demais, quando a porta se abriu.

– Bom dia, sol! – disse a Casey ao entrar.

– Bom dia.

– Eu trouxe algo confortável para você vestir e ir para casa... Bem, acho que eu deveria ter dito... para você ir para a casa do imbecil.

Emma revirou os olhos.

– Como foi ontem à noite?

– Tudo bem. Consegui não bater nem tirar sangue dele.

– Fico feliz em ouvir que não causou nenhum dano físico. Você também o poupou emocionalmente?

Casey suspirou ao se estatelar na cadeira.

– Eu provavelmente troquei menos de cinco palavras com ele. – Olhando ao redor, ela perguntou: – Falando dele, onde o imbecil está esta manhã?

Emma deu um gemido frustrado antes de responder:

– Ele está com as irmãs, esperando para ver como vai ser a cirurgia de Patrick.

– Ah, entendo.

Ela tinha acabado de abrir a boca para contar para Casey que Aidan tinha passado a noite no hospital quando Pesh entrou no quarto.

– Bom dia. Só queria ver como você está se sentindo antes de começar o meu plantão.

Emma mordeu o lábio para conter o riso ao observar a expressão de Casey. Boquiaberta e com os olhos arregalados, Casey se derreteu ao olhar para Pesh da cabeça aos pés. Ao olhar para ela, ele estendeu a mão.

– Sou o dr. Alpesh Nadeen.

– C-Casey Turner – respondeu ela.

– Ela é minha melhor amiga – informou Emma, enquanto Casey continuou olhando para ele.

– É ótimo conhecer você. – Passando pela Casey, ele foi para o lado de Emma. – Espero que você não ache muito inapropriado, mas eu dei uma olhada no seu prontuário hoje de manhã.

– Você é um grande enxerido – provocou ela.

Pesh sorriu, fazendo covinhas aparecerem nas bochechas dele.

– Bom, com isso dito, parece estar tudo bem. Acho que se fizer repouso durante essas duas semanas, você ficará bem pelo resto da gravidez.

– Espero que sim.

– Tenha fé. Vai dar tudo certo. – Outra vez, o *pager* dele os interrompeu. Ele olhou para baixo e franziu o rosto. – Acho que é melhor eu ir lá para baixo.

– Muito obrigada por passar por aqui.

Ele assentiu.

– Nos falamos amanhã, e resolvemos nossos planos para o jantar.

– Jantar?

Ele ergueu as sobrancelhas escuras para ela.

– Você não achou que eu viria até aqui para examinar você e sair, não foi?

Emma sentiu as bochechas esquentarem com aquela insinuação.

– Bem, não, mas...

Ele levantou a mão e sorriu.

– Vamos falar sobre isso depois. – Ele se virou para Casey. – Foi um prazer conhecê-la.

– Sim, um prazer conhecê-lo também – respondeu ela, com o olhar paralisado, enquanto ele saiu pela porta. Quando ficaram a sós, ela olhou para Emma.

– Meus Deus, Em! Você tem exatamente cinco segundos para me contar quem é o dr. McDreamy Bollywood!

Emma riu e começou a contar tudo para Casey. Quando terminou, Casey balançou a cabeça devagar de um lado para o outro.

– Wow... quer dizer... *agora*.

Com um suspiro, Emma disse:

– Nem me fale.

– Então, você vai dar uma chance para ele?

Emma deu de ombros.

– Talvez.

– Acho que um homem desses merece um pouco mais do que "talvez". – Casey olhou para a porta por onde Pesh saíra um pouco antes. – Quer dizer, além de ser incrivelmente bonito, o homem é compassivo e atencioso... e completamente o oposto do idiota com fobia de se comprometer.

– Eu já estou muito estressada, Case. Não posso me lançar agora a um potencial novo candidato. – Quando a Casey começou a protestar, Emma balançou a cabeça. – Além disso, ainda não tenho certeza se estou pronta para seguir em frente depois do que aconteceu com o Aidan.

Casey revirou os olhos.

– Sério? Você vai deixar os seus sentimentos pelo imbecil afastarem um candidato potencialmente incrível?

– O Aidan é o pai do meu filho. Eu sempre o amarei só por este fato, mas ainda há tanta coisa entre nós. – Ao ver a expressão de Casey, Emma disse: – Não há nada preto no branco aqui, Casey. Tudo está cinza. Além do que eu ainda sinto por ele, as ações dele nas últimas vinte e quatro horas foram muito afetuosas. Ele está arriscando o emprego para cuidar de mim. E voltou ontem à noite para que eu não ficasse sozinha, está implorando e se declarando para ter o meu perdão. Eu não posso simplesmente ignorar isso.

Casey deu de ombros.

– Eu só não quero ver você magoada.

– Eu sei. E pode acreditar, nem eu quero. Mas preciso deixar pelo menos ele tentar para ver o que acontece, ou vou sempre me arrepender.

Casey começou a protestar, mas foi interrompida pelo som do telefone de Emma. Ela olhou para baixo.

– Aidan está subindo para cá.

Casey franziu o nariz.

– Acho melhor eu ir andando, ou vou me atrasar para o trabalho.

– Cuide-se enquanto eu não estiver por perto.

Ela sorriu.

– Vou fazer isso.

– Só tenha certeza de que cuidará muito bem de si mesma e do sr. Noah, para poder voltar o quanto antes.

Emma sorriu.

– Eu vou tentar.

Casey se inclinou e abraçou e beijou Emma rapidamente. Vou passar lá para nos vermos logo.

– Que bom.

Quando Casey saiu pela porta, Aidan entrou. Ele se desequilibrou e se afastou o quanto pôde dela e do livro que ela estava segurando.

– Calma, Paizão, hoje você está seguro.

Ele suspirou aliviado.

– Fico feliz em ouvir isso. Ainda estou um pouco traumatizado desde a noite passada.

Olhando por cima do ombro, Casey piscou para Emma.

– Tchau.

Emma acenou antes de voltar a atenção para Aidan.

– Como está Patrick?

– Bem – Aidan respondeu.

Emma deu um suspiro de alívio.

– Graças a Deus.

– Você vai ficar feliz em saber que a primeira coisa que ele fez ao voltar para o quarto foi perguntar por você.

Lágrimas encheram os olhos de Emma.

– Mesmo?

Aidan assentiu.

– Ele disse para dar lembranças a você e ao Noah, e dizer que ele gostaria de ver você assim que pudesse se levantar.

Emma riu e esfregou os olhos.

– Ele é tão gentil.

– Sim, a gentileza dele corre no DNA dos Fitzgerald, principalmente entre os homens – observou Aidan.

Ela lançou um olhar exasperado para ele.

– Não é um pouco cedo para você estar tão convencido?

Aidan riu quando a enfermeira entrou no quarto com os papéis para a alta de Emma. Ao assinar tudo, Aidan disse:

– Acho que isso significa que podemos ir embora, hein?

Emma concordou com a cabeça e começou a se levantar.

– Assim que eu trocar de roupa e pentear os cabelos.

Aidan ergueu as sobrancelhas.

– Não fica em pé por muito tempo enquanto estiver se trocando. Sente-se na beira da banheira ou no assento do sanitário.

Emma suspirou.

– Você vai ser superprotetor desse jeito quando estivermos na sua casa?

Ele balançou a cabeça.

– Vou, pelo menos até saber que você e Noah estão fora de perigo.

A frustração dela se evaporou um pouco com a sinceridade dele.

– Tudo bem, tudo bem, eu vou me sentar enquanto me visto.

Ao andar até o banheiro, ela ficou feliz em tirar a roupa do hospital e vestir a calça de ioga e a camisa de manga longa que Casey trouxe. Ela colocou os pés um pouco inchados no tênis de tamanho maior que ela precisou comprar recentemente. E penteou os cabelos longos para trás em rabo-de-cavalo.

Quando ficou pronta, encontrou a enfermeira aguardando por ela com uma cadeira de rodas. Ela se sentou, enquanto Aidan pegava a sacola que Casey trouxe e a bolsa de Emma. A enfermeira, então, a conduziu pelo corretor até o elevador.

– Leia com atenção os papéis com as instruções sobre o que você deve ou não fazer. Lá também diz quando você precisa voltar para ver o médico.

Antes que Emma pudesse respondeu, Aidan disse:

– Vamos fazer isso.

A enfermeira deu um amplo sorriso para ele.

– Aposto que o senhor cuidará muito bem dela.

– Sim, senhora. Vou fazer tudo por ela.

Quando Emma levantou a cabeça, ele piscou. Ao chegarem à recepção, a enfermeira disse:

– Vamos esperar aqui, enquanto o seu marido vai buscar o carro.

Emma deu de ombros, enquanto Aidan seguiu em direção à porta.

– Bem, certo – disse ela, finalmente.

Aidan olhou para ela antes de seguir para o estacionamento. Não levou muito tempo para ele voltar com o carro.

– Boa sorte – disse a enfermeira, antes de fechar a porta do carro.

– Obrigada – respondeu Emma. Ela colocou o cinto de segurança depressa e olhou para Aidan. – Tudo certo, então.

Ao saírem do estacionamento, Aidan disse:

– Há mais alguém muito ansioso para ver você.

– Oh?

Ele tirou os olhos da avenida e olhou para ela.

– O Beau.

Emma riu.

– Espero que você o tenha levado para casa ontem à noite.

– Achei que a casa dele fosse a sua casa.

– A casa dele original.

– Ah, então sim, eu o levei. É claro que ele ficou rodando pelos quartos procurando você.

– Pobrezinho.

– Tenho certeza de que ele está mais do que pronto para compartilhar a sua cama e as migalhas de sua comida quando você chegar.

Ela sorriu.

– Eu odeio dormir sozinha, então ficarei feliz em ter esse companheiro na minha cama outra vez.

Aidan abriu a boca para dizer algo, mas desistiu.

– O que foi? – perguntou ela.

– Nada.

Como ela tinha percebido que o comentário dele teria a ver com oferecer os serviços dele como companheiro de cama, ela decidiu não insistir. Ao virarem para a rua em que Aidan morava, o peito de Emma se apertou e se envolveu em uma mistura de lembranças felizes e dolorosas. Quando ele estacionou na calçada, ela não conseguiu deixar de fazer um retrospecto da noite em que ela encontrou os carros dele e de outra pessoa ali.

Ao desligar o carro, ele olhou para ela.

– Por que você não fica sentada, enquanto eu abro a porta, para não precisar esperar?

Ela olhou para ele.

– Aidan, eu acho que consigo aguentar dois segundos enquanto você abre a porta.

– Tudo bem – murmurou ele.

Ela não conseguia acreditar no quanto ele estava levando a sério o repouso dela. Em um minuto, ela ficava enfurecida, no outro estava comovida. Ela só esperava que os hormônios permitissem que ela o admirasse em vez de repreendê-lo verbalmente.

A próxima coisa que Aidan fez foi correr como um raio do carro pela garagem. Quando ela alcançou a porta a passos lentos, ele já a tinha destrancado e aberto.

– Bom trabalho, "The Flash" – observou ela.

– Não foi nada.

Beau veio latindo pela cozinha.

– Ei, garotão, você sentiu a minha falta? – Ele latiu e cheirou a barriga dela. – Awn, nós estamos bem. Eu só preciso repousar – informou ela.

– Falando em repousar, vamos seguir para a sua cama.

– Você é tão mandão – respondeu ela, ao andar pelo corredor.

Ao entrar no quarto de Aidan, ela prendeu a respiração. A colcha que a avó dela fez para ela quando pequena estava estendida sobre a cama, enquanto antigas fotos dos pais dela em molduras prateadas enfeitavam a mesa de cabeceira. A poltrona e o pufe dela estavam ao lado da cama. Ela se virou para ele, sem conseguir esconder a surpresa.

– A Casey sugeriu isso?

– Não – murmurou ele.

O coração dela disparou.

– Quer dizer, você fez isso? Para mim?

– Fiz. – Aidan esfregou o pescoço e ela continuou olhando para ele. – A Casey pegou o que era essencial e tudo, mas eu achei que você precisava de algumas coisas para se sentir mais em casa aqui. Mesmo dizendo que não ficaria por muito tempo.

Ela não conseguia respirar, quanto mais falar. Oh, Deus, por que ele tinha que ser tão incrível? Toda vez que ele fazia algo atencioso e compassivo, quase partia o coração dela, em vez de aquecê-lo. Era como jogar na cara dela mais uma vez que apesar do grande erro que ele tinha cometido, no fundo, era um homem bom – que merecia ser perdoado.

Emma deu alguns passos hesitantes para perto dele. Ficando à sua frente, ela olhou os olhos azuis interrogativos de Aidan. Ela se inclinou e o abraçou.

– Obrigada, Aidan. Significa muito para mim.

Ele passou os braços ao redor do corpo dela. Ela fechou os olhos e deixou os sentimentos de conforto e mesmo de amor a envolverem. A respiração quente dele aqueceu a orelha dela.

– Eu quero fazer toda e qualquer coisa que puder para deixá-la feliz.

– Bem, esse foi um começo maravilhosamente surpreendente.

– Não foi nada. – Ela podia escutar o prazer reverberando na voz dele. – Então, você quer descansar um pouco? Ou posso preparar um almoço mais cedo para você?

– Na verdade, estou louca para tomar um banho. Estou me sentindo terrível.

Aidan assentiu.

– Eu comprei um banco na loja de equipamentos médicos. Vou buscar para você.

– Ótimo. Vou me sentir como se tivesse oitenta anos – murmurou ela, andando atrás dele até o banheiro. Ela ficou parada ao ver seu roupão preferido pendurado sobre a porta e todos os seus cosméticos e maquiagens dispostos sobre a bancada da pia.

Aidan destampou o sanitário e apontou para ela se sentar.

– Você não precisa ficar em pé, lembra?

Com um suspiro, ela concordou com ele e se sentou. Não levou muito tempo para Aidan preparar o banco para ela. Depois de ligar a água e ajustar a temperatura, ele olhou sobre o ombro.

– Tudo certo, então. Tudo preparado.

– Obrigada.

Emma não se mexeu e Aidan ergueu as sobrancelhas de preocupação.

– Você precisa de alguma ajuda?

Pensar que ele poderia voltar a vê-la sem roupas fez Emma corar. Ela balançou a cabeça rapidamente de um lado para o outro.

– Posso fazer isso sozinha.

– Tudo bem – respondeu ele. Quando Aidan saiu e fechou a porta, Emma levou os dedos à barra da blusa e gelou. O olhar dela ficou fixo no chuveiro. E fez um retrospecto dos dias posteriores aos da batalha da mãe dela contra o câncer. Ela se lembrou da maneira como a mãe tentava desesperadamente entrar e sair do chuveiro, e estremeceu.

Aquela visão junto com tudo pelo que ela tinha passado nas últimas vinte e quatro horas fez com que ela se emocionasse de forma descontrolada. Além de tudo, o medo ainda a envolvia. Era como um fantasma silencioso no quarto, ameaçando a realização do sonho perfeito de ter um filho. O pensamento de perder Noah provocou um calafrio que reverberou pelo corpo dela.

Enterrando a cabeça nas mãos, ela chorou. Mesmo sabendo que não devia fazer isso, ela deixou os soluços tomarem conta dela. Quando a porta do banheiro se abriu, ela gelou.

– Em, você está bem?

– Estou bem – ela se forçou a responder, mas a voz sufocada a traiu.

Aidan entrou. Ela tentou disfarçar o tremor de seu corpo, enquanto ele andava hesitante pelo chão. Espiando-o entre os dedos, ela viu a expressão preocupada dele ao ver que ela ainda estava sentada no sanitário.

– Por que você não está tomando banho?

– Eu, uh...

Ele se ajoelhou na frente dela, segurou o queixo de Emma com os dedos, e levantou a cabeça dela.

– Em, você precisa parar de chorar. Não é bom para você nem para o Noah.

– Desculpa – sussurrou ela, com a voz rouca.

Ele passou a outra mão pelo rosto dela.

– Não precisa se desculpar. Você está aqui comigo agora, e vai dar tudo certo.

Ela balançou a cabeça.

– Mas você não entende? Nada está bem!

– Eu sei, mas...

– É fácil ficar aí em pé e dizer para eu não me preocupar, mas você não faz ideia do que eu estou passando neste momento! – exclamou ela.

Ele abaixou os olhos azuis.

– Eu entendo, Em.

Ela bateu nas bochechas com o dorso das mãos.

– Cada minuto, cada segundo, eu não consigo parar de pensar que tudo vai se despedaçar. Tenho tanto medo que aconteça alguma coisa ao Noah. Eu perdi todo mundo que eu amava. Não posso perdê-lo também. – O peito dela se levantou com um soluço violento.

Sem hesitar, Aidan a puxou e deu um abraço apertado. Ela deveria ter tentado afastá-lo. Ficar perto dele quando estava emocionalmente enfraquecida era brincar com fogo. Mas ela estava tão cansada de ficar o tempo todo sozinha e de ter que enfrentar tudo. Aidan era forte o suficiente por eles dois, e só de estar segura nos braços dele fazia ela se sentir confortada.

Agarrando as costas de Aidan, ela passou as mãos na camisa dele. Os lábios de Aidan esquentaram a orelha dela, fazendo a Emma estremecer.

– Shh, por favor, querida. Não chora – sussurrou ele no ouvido dela. – Eu estou aqui com você, e nós vamos passar por isso juntos.

As palavras dele a tranquilizaram, e por ela e pelo Noah, ela tentou se recompor. Quando seu choro começou a se aquietar, Aidan se afastou e olhou para ela com atenção. Os olhos azuis dele brilhavam intensamente.

– Escuta. Você tem todo o direito de estar assustada, mas eu quero que você acredite em mim quando eu digo que o Noah vai ficar bem. Ele é abençoado com genes muito fortes. – Colocando a mão na barriga dela, ele sorriu. – Ele é parte Fitzgerald, e por gerações, os homens da minha família são fortes como aço para sobreviver.

– Mesmo? – perguntou ela com um soluço.

Aidan concordou com a cabeça.

– Entretanto, mais do que um bravo Fitzgerald irlandês, ele é herdeiro do DNA mais incrível da mãe dele. Ela é a pessoa mais forte que eu já conheci.

As palavras dele e a sinceridade com a qual ele as pronunciou, provocaram um calor no peito dela.

– Oh, Aidan – murmurou ela.

Ele afastou os cabelos do rosto dela.

– Você só precisa continuar forte, Em. Aquele fogo que queima tão forte dentro de você, que a acompanhou nas horas mais difíceis, precisa ser remexido para queimar um pouco mais.

– Vou tentar.

– Que bom. Fico feliz em ouvir isso. – Ele se levantou do chão. – Agora vem. A água quente vai toda embora antes de você tomar banho.

Quando ele tirou a camisa pela cabeça, ela arregalou os olhos.

– O que você está fazendo?

– Tirando a camisa. Eu não quero ficar encharcado ao ajudar você a tomar banho.

Ela balançou a cabeça em negativa.

– Eu não preciso da sua ajuda.

– Você está exausta, Em. Deixe que eu ajude você, ok?

– Acho que não é uma boa ideia.

– E por que não?

Ela corou.

– Porque você vai me ver...

Um sorriso divertido passou pelos lábios dele.

– Você esqueceu que eu conheço bem cada lindo centímetro do seu corpo?

Ela olhou para baixo.

– Não, mas era diferente. Nós éramos diferentes.

O olhar intenso dele fez com que ela finalmente olhasse para cima.

– E é diferente agora porque eu não vou devorar você quando a vir nua. Eu vou cuidar de você. Há outros níveis de intimidade além do sexo, Emma.

– Eu sei – sussurrou ela.

– Então, me deixa ajudar você.

Ela soltou a respiração e concordou com a cabeça.

– Vira a cadeira para o lado, para eu não ficar de frente para você?

Um ar de diversão passou pelos olhos dele.

– Sim, srta. Modéstia, eu vou virar.

– Para sua informação, eu estou diferente desde a última vez que você me viu – argumentou ela, enquanto ele ajustava o assento.

Ele se virou e deu de ombros.

– Duvido. Além disso, você está tão linda como da primeira vez que eu a vi.

– Sempre um paquerador, não é? – respondeu ela com um sorriso.

– Só estou dizendo a verdade, senhora. – As mãos de Aidan alcançaram a barra da blusa dela. Em vez de protestar, ela o deixou puxar pela cabeça. O olhar dele parou por mais tempo do que deveria antes de atirar a blusa na cesta de vime. – Levanta – instruiu ele.

– Você é tão mandão.

– E você é tão teimosa – retrucou ele, ao tirar a calça dela.

Só de calcinha e sutiã, ela estremeceu. Como se estivesse brincando, Aidan também tirou a calça dele. E olhou para ela quando Emma levou os braços às costas e desabotoou o sutiã. Depois de jogá-lo no chão, ela passou os braços sobre os seios.

– Ah, Em, sério? Para de agir como se eu fosse um pervertido e desça os braços.

Aquela pequena centelha reluziu dentro dela com a exasperação dele. Ela levou a mão à calcinha e a abaixou pelas coxas sem apertar a barriga. Observando o olhar surpreso dele, ela entrou no chuveiro e se sentou na cadeira.

– Por favor, eu queria o meu sabonete líquido de baunilha e a esponja rosa. Obrigada.

O riso dele ecoou pelas paredes do banheiro. Esticando a mão para o chuveiro, ele entregou a ela o sabonete líquido.

– Eu já coloquei o seu xampu aí. – Ele entrou e fechou a porta do chuveiro. Emma não ousou olhar para trás para ver se ele tinha tirado ou não a cueca. – Quer que eu lave os seus cabelos?

– Você quer mesmo fazer isso?

– Claro que sim. Além disso, você não vai me deixar lavar as partes boas de qualquer forma.

Uma risadinha escapou dos lábios dela.

– Achei que você ia se comportar – protestou ela.

– Eu vou. É por isso que eu quero manter as minhas mãos ocupadas nos seus cabelos.

– Tudo bem, então.

Ele pegou o chuveirinho e o apontou para a cabeça dela, molhando os cabelos de Emma. Quando estava completamente molhado, ele espirrou o xampu com fragrância de pêssego nas mãos e fez bastante espuma.

Ela não conseguiu evitar os gemidos com a massagem que ele fazia com os dedos no couro cabeludo dela.

– Oh Deus, isso é tão bom.

– Fico feliz que você goste. Se eu for despedido por ter pedido essa licença, talvez eu tenha futuro na cosmetologia.

Emma riu.

– Não consigo imaginar você cuidando de cabelos para viver.

– Nem eu.

– Sabe, você lavando os meus cabelos assim me faz lembrar *Entre dois Amores*, quando o Robert Redford lava os cabelos da Meryl Streep – observou Emma.

– Minha mãe adorava esse filme.

– Mesmo?

Aidan riu e começou a enxaguar os cabelos dela.

– É, ela amava qualquer coisa com o Robert Redford. E costumava dizer que ele lembrava a versão loura de Pop.

– Ah meu Deus, agora que eu pensei nisso, Patrick realmente se parece um pouco com Robert Redford!

– Eu não acredito que ainda não tinha comentado isso com você. Ele costumava se orgulhar disso.

– Humm, um ego inflado? Parece uma característica da família Fitzgerald.

– Ha, ha – respondeu ele. Quando os dedos de Aidan passaram sobre a cicatriz dela, Emma ficou tensa. – Em, o que é isso?

A esponja caiu das mãos dela no chão de azulejo.

– Não é nada. Só uma velha cicatriz de guerra.

– Não parece não ser nada. – Aidan tirou a mão esquerda da cabeça dela e a colocou no ombro de Emma. – Conta para mim.

Ela cruzou os braços na frente do corpo.

– É uma lembrança de uma época muito dolorosa na minha vida, de quando eu fiz uma besteira muito grande. – A mão de Aidan permanecia congelada no ombro dela, e ela suspirou. – Depois que minha mãe morreu, eu fiquei sozinha. Meu sofrimento pelo Travis ainda era muito recente. Eu não tinha marido, pai, mãe... Eu não conseguia ver através das nuvens escuras que eu ainda tinha a minha avó e o meu avô.

Ela estremeceu como se deixasse os fantasmas do passado dançar ao redor dela.

– Uma noite, quando eu estava nas montanhas, acordei no meio da noite e entrei no carro. Comecei a voar pelas curvas da estrada, esperando que outro carro pudesse passar, e que eu conseguisse acabar com tudo.

– Oh, Deus – murmurou Aidan, apertando os ombros dela com as mãos.

Ela olhou para ele.

– Em vez disso, eu bati em uma árvore. E mesmo acabando com o carro e ganhando essa cicatriz horrorosa, eu resisti.

– Foi a única vez que você tentou... – Ela percebeu que ele mal conseguia dizer aquelas palavras.

Emma assentiu rapidamente.

– Depois daquela noite, eu sabia o que significava ficar viva. Tentar ter uma vida feliz pelos meus pais e pelo Travis. Encontrei uma ótima terapeuta, e ela, junto com a minha família e com a minha fé, me ajudaram a passar por tudo aquilo.

– Obrigado por compartilhar isso comigo. – Ele se inclinou e deu um beijo na cabeça dela. – Você é a mulher mais surpreendente que eu já conheci.

– Não sei.

– É mesmo.

– O que eu fiz foi muito estúpido, egoísta e...

Aidan balançou a cabeça.

– Eu não vou julgar você, Em. Eu nunca precisei passar pelo inferno que você passou. E só estou feliz por você estar aqui.

– Obrigada.

Ele desligou a água. Olhando para ela, ele perguntou:

– Tudo limpo?

Ela riu.

– Sim, tudo limpo.

Ele abriu a porta do chuveiro e saiu para buscar a toalha e o roupão para ela. Emma ficou feliz ao ver que ele ainda estava de cueca. Embora estivesse encharcada, ela conseguia ter uma boa visão da bunda dele.

Revirando os olhos para os hormônios descontrolados dela, Emma voltou a olhar para os azulejos. Quando ele entregou a toalha, ela começou a secar os braços e as pernas. Ele levantou os cabelos dela e os envolveu com outra toalha.

– Você está ficando com fome?

– Humm, humm – murmurou ela, ao vestir o roupão.

– O que seria bom?

Ela ergueu as sobrancelhas em surpresa.

– Você vai preparar o que eu quiser?

– Vou. Ou posso ir comprar.

– Que tal os seus camarões scampi?

Aidan concordou com a cabeça.

– Enquanto você seca os cabelos eu vou preparar e trazer para você.

– Você vai trazer em uma bandeja de prata com um botão de rosa em um vaso de cristal? – perguntou ela, com um sorriso.

– Sempre essa sua língua – murmurou ele, ao sair do banheiro.

Emma deu uma risada e pegou o secador de cabelos. Ela se sentou no sanitário antes que Aidan conseguisse ordenar que ela fizesse isso. Quando os cabelos estavam secos, ela vestiu um pijama e se deitou na cama. Beau pulou feliz do lado dela.

Ela olhou uma pilha de livros na mesa de cabeceira antes de ler os títulos. Eram, na maioria, não ficção, livros de autoajuda. Ela pegou um dos preferidos dela: *Tuesdays with Morrie*, e começou a reler.

Aidan apareceu um pouco depois com uma bandeja com dois pratos e duas bebidas, mas sem o vaso de cristal e a rosa. Ela sentiu o cheiro com prazer.

– Oh, Deus, o cheiro está tão bom!

– Obrigado.

Ela se levantou na cama e olhou para a bandeja. Quando Aidan pegou o prato dele, ela apontou para a mesa de cabeceira.

– O que há com a leitura? – perguntou ela.

Ele corou.

– Oh, hum, bem, foram recomendados pelo meu terapeuta.

Emma engasgou com uma garfada de scampi. Quando se recuperou, perguntou:

– Você está fazendo terapia?

Ele assentiu, desviando a cabeça do olhar intenso dela ao se sentar na poltrona.

– Há quanto tempo você faz terapia?

Olhando para o prato, ele pegou um pedaço de camarão com o garfo.

– Você tem mesmo que perguntar?

– Tenho – sussurrou ela.

Ele levantou os olhos para olhar para ela.

– Eu marquei uma consulta na manhã seguinte em que estraguei a sua vida e a minha.

– Entendo.

– Eu realmente gosto da dra. Leighton. Ela está me ajudando mesmo a trabalhar muitas coisas.

– Com que frequência você vai?

– Três vezes por semana.

Emma engoliu seco.

– Tantas vezes. – Mesmo quando passava por uma aflição imensa, ela só ia duas vezes por semana.

Ele deu um sorriso tímido.

– Eu pedi o programa mais intenso porque queria ficar bem o mais rápido possível... por você e pelo Noah.

Ela não conseguiu conter as rápidas batidas do coração. Ele queria ser um homem melhor para ela – corrigir todos os erros que cometeu e, principalmente, tudo o que ela queria e precisava que ele fosse. Parte dela queria dar um abraço apertado nele – para dizer que o coração dela ainda pertencia a ele. Mas ela não podia. Ela ainda estava muito descrente.

– Quer assistir a um filme? – perguntou ele de repente. Como ela deu um olhar cético, ele sorriu. – Você escolhe, eu prometo.

A mente dela girou com as possibilidades.

– *A Noviça Rebelde.*

Aidan estremeceu.

– Cristo, temos mesmo que assistir a um musical?

– Você disse que eu podia escolher – protestou ela.

– Certo, certo – murmurou ele, procurando na enorme caixa de DVD que ele trouxe da casa dela. Ao encontrá-lo, ele o programou e segurou o prato. Ele se recostou na cama ao lado dela em vez de voltar para a poltrona.

– Como está o scampi?

– Hummm, delicioso. – Ela sorriu para ele. – Espero que você tenha preparado mais.

Ele riu.

– No seu estado, imaginei que era melhor fazer o dobro da receita.

– Oh, meu herói – respondeu ela.

– Deixe-me adivinhar. Seu herói vai marchar até a cozinha dentro de um minuto para buscar outro prato para você.

Ela piscou para ele.

– Sim, mas eu vou ser boazinha e pelo menos vou esperar você terminar de comer.

– Anjo de bondade – murmurou ele, entre uma garfada e outra de scampi.

Rindo, ela ligou a televisão. Ao começarem os créditos de abertura e quando a Julie Andrews começou a girar e a cantar no topo da montanha, Emma se agasalhou com a manta e deu um suspiro de satisfação.

– Você realmente gosta dessa droga, não é? – perguntou Aidan.

Ela olhou para ele.

– E se eu disser que interpretei a Maria no meu último ano no Ensino Médio?

Aidan custou a acreditar.

– Quer dizer que você usou uma fantasia de freira?

– Claro que sim.

Ele lambeu os lábios.

– Nossa, isso é quente.

Ela revirou os olhos.

– Você é terrível.

Aidan riu.

– Desculpa, querida, mas todo homem tem as suas fantasias.

– Você fantasiou comigo vestida de freira?

– Na verdade, com você vestida de qualquer coisa... ou sem nada – respondeu ele, piscando para ela.

– Que seja – resmungou ela, e fixou o olhar na tela e não nele.

Depois de outro prato cheio de scampi, os olhos dela estavam pesados. Quando ela olhou para Aidan, os olhos dele estavam sem expressão, mas ela não tinha certeza se era por exaustão ou por estar sendo forçado a assistir a um musical. Ela adormeceu logo antes que o Von Trapp escapasse para a Suíça.

Quando ela acordou, já estava escuro. Olhando por cima do ombro, Aidan não estava mais do lado dela. O som do chuveiro indicou que ele foi tomar banho. Espiando no relógio da mesa de cabeceira, passava das seis horas.

Ela bocejou e jogou os braços por cima da cabeça antes de se sentar. Movimentar o corpo fez com que a bexiga dela reclamasse para ser esvaziada. Lambendo o lábio, ela olhou a porta do banheiro fechada. Havia duas opções: entrar no chuveiro com Aidan ou ser covarde e descer para o corredor e usar o lavabo da sala.

Ela balançou a cabeça ao pensar em caminhar tanto. Com um suspiro pesado, ela se levantou da cama. Beau deslizou ao lado dela.

– Fica aí, garotão. Eu não vou para longe.

Ele a ignorou e continuou ao lado dela, enquanto Emma andava para o banheiro. O vapor a envolveu e turvou por algum tempo sua visão. No instante em que ela entrou no banheiro, Aidan desligou a água e saiu do chuveiro completamente nu. Os olhos dela encontraram os dele antes que ela olhasse para baixo da cintura de Aidan. Os hormônios da gravidez a deixaram em êxtase com a visão, e ela lambeu os lábios.

– Você está me desejando? – perguntou ele, com um tom divertido na voz.

Ela levantou o olhar com relutância.

– Espera. O quê? – perguntou ela. Então, ficou envergonhada, e rapidamente abaixou a cabeça. – Desculpa. Preciso fazer xixi. – Ela passou pelo corpo dele nu e molhado, em direção ao sanitário.

Aidan riu pelo constrangimento dela. Ele pegou uma toalha, mas em vez de se embrulhar nela, levou um tempo secando os braços e o peito. Emma o ignorou e se concentrou em esvaziar a bexiga. Ela revirou os olhos ao perceber que Aidan ainda não tinha se coberto.

– O que você gostaria de jantar? – perguntou ele.

Mantendo o olhar na bancada da pia, ela disse:

– Qualquer coisa. Eu estou morrendo de fome.

– Sério?

Ela riu.

– É melhor você se acostumar a satisfazer o meu apetite descontrolado.

– Posso tentar – observou ele, ao finalmente passar a toalha pela cintura.– Que tal uma pizza?

– Hummm, um sonho.

– Então eu vou pedir algumas pizzas.

Ela riu.

– Sim, melhor pedir das grandes. Ooh, e pede um pouco de pão com canela também!

– Tudo bem, eu vou pedir.

– Podemos assistir a mais filmes?

Aidan estremeceu.

– Mais água com açúcar?

Emma fez um beicinho.

– Por favor?

Ele revirou os olhos.

– Acho que sim.

– Awn, obrigada, obrigada, obrigada! – gritou ela, lançando os braços ao redor do pescoço dele.

Com a boca a centímetros da dele, ela virou a cabeça depressa e beijou o rosto de Aidan. Ele a encarou atentamente por um instante.

– Tudo bem. Chega disso. Volte para cama e pare de ficar em pé.

– Sim, Sargento – suspirou ela.

Quando ela saiu do banheiro, ele bateu na bunda dela com ar de brincadeira. Quando ela olhou para ele sobre o ombro, ele balançou a cabeça.

– Sempre você e essa sua língua!

CAPÍTULO OITO

Emma acordou um pouco antes de uma da manhã e, depois de usar o banheiro, voltou para a cama. Aidan estava morto, ressonando. Ela tinha acabado de se cobrir quando seu celular vibrou na mesa de cabeceira. Ela se inclinou e o pegou.

Era uma mensagem de texto da Casey: "*Para saber de você, Em. Espero que esteja descansando e se alimentando bem. Liga para mim de manhã*".

Emma sorriu ao perceber a preocupação de Casey: "*Estou bem. Obrigada por perguntar. Aliás, o que você está fazendo acordada tão tarde?*"

"Devo perguntar o mesmo a você."

"Fui fazer xixi."

"Ah, entendo. Estou esperando o Nate chegar em casa e me pegar!!!"

Revirando os olhos, Emma digitou: "*Pobre rapaz. Sem descanso do plantão com a sua libido!*"

"(risos) Verdade. Falando em descanso, onde está o idiota?"

Emma deu uma risada ao ler aquelas palavras.

"Está dormindo do meu lado."

"COMO ASSIM? VOCÊ ESTÁ LOUCA?!!!"

"Para de gritar! Não estamos fazendo nada. Pegamos no sono assistindo a filmes."

"Espero que você o tenha castigado com alguns filmes épicos água com açúcar."

Ela olhou para o corpo desmaiado de Aidan e quase ficou arrependida do que tinha imposto a ele.

"*Quase. (risos). Digamos que eu dei uma injetada de estrógeno com A Noviça Rebelde, Flores de Aço e Tomates Verdes Fritos. Na verdade, acho que ele chorou com Flores de Aço... mas acho que mais porque estava sendo obrigado a assisti-lo em vez do futebol.*"

"*Ele não tinha que ficar e assistir, Em. Ele quis ficar com você... o imbecil.*"

Emma não pôde deixar de sorrir para a tela.

"*Não importa se ele quis estar comigo. Eu ainda não tenho certeza se preciso estar com ele.*"

Ela se arrependeu no instante em que terminou de digitar. Ela não tinha certeza se a declaração era completamente verdadeira.

"*Humm, a mudança no seu coração tem alguma relação com o dr. McDreamy Bollywood?*"

Lambendo o lábio, Emma hesitou antes de digitar: "*Talvez sim, talvez não...*"

"*Quando vai ser o encontro quente?*"

"*Não é um encontro. Ele só vem me examinar.*"

"*Ele vai levar o jantar, Em. É um encontro.*"

"*Como quiser.*"

Emma podia imaginar Casey revirando os olhos e bufando com o que ela tinha digitado: "*Olha, só não descarta o dr. McDreamy Bollywood só porque o Aidan agora tem uma vagina e se tornou cuidadoso e atencioso.*"

"*O Aidan não tem uma vagina!*"

"*Não o mataria se tivesse. Talvez ele pensasse menos com o pênis!*"

"*Case...*"

"*Tudo bem, tudo bem, vou parar de implicar com o imbecil.*"

"*Obrigada.*"

"*Na verdade, eu acho que você precisa testar a minha teoria sobre a vagina com relação ao Aidan.*"

"*O quê?!*"

"Você precisa mandar ele preparar algo para você comer. Você está com desejo de alguma coisa?"

Emma franziu os olhos, pensativa. Ela sempre desejava bacon com sorvete, mesmo no café da manhã ela poderia comer os dois juntos.

"Eu poderia pedir um Baconator duplo do Wendy's e um Frosty."

"Há! Boa. Eles ficam abertos até duas da manhã. Manda ele ir. Correndo."

"Case, ele está morto."

"Oh, por favor! Acorda e deixe-o exibir a nova vagina brilhante!"

Emma soltou uma respiração frustrada: *"Tudo bem. Falo com vc depois."*

"Boa noite! Não acha que não vou ver se você fez isso mesmo."

"Você é má!"

"Mas você me ama!"

"Amo mesmo."

"Também amo você."

Depois de recolocar o celular na mesa de cabeceira, ela olhou para Aidan. Ele estava na posição não sexual preferida dele – de bruços, com os braços apertados no travesseiro sobre a cabeça. Com o rosto virado para ela, ele parecia tão calmo. Ela se sentia terrível por acordá-lo – mesmo estando realmente com fome e não só para tentar provar algo para a Casey.

Com um suspiro, ela cutucou as costas dele.

– Aidan? – Ele se mexeu um pouco. – Acorda.

– Em? – perguntou ele, sonolento.

– É, hum, detesto incomodar você, mas estou com um desejo.

Com os olhos ainda fechados, ele bocejou.

– Quer que eu pegue algo na cozinha?

Ela lambeu os lábios.

– Na verdade, eu queria uma coisa do Wendy's.

Ele arregalou os olhos.

– Sério?

Ela assentiu.

– Que horas são?

– Uma da manhã.

– Você quer que eu saia e traga algo para você comer agora? – perguntou ele, sem conseguir acreditar.

– Por favor?

Ele a encarou por um instante, sem piscar e sem se mexer. Ela poderia imaginar os pensamentos que passavam pela cabeça dele. Quando ela pensou que ele pediria que ela voltasse a dormir, ele se sentou e esfregou os olhos.

– O que você quer?

– Um Baconator duplo, batata frita e um sorvete de chocolate.

– Cristo, essa hora da noite?

– Eu podia comer bacon com sorvete o dia todo.

– Lembre-me de comprar isso no mercado amanhã – disse ele, ao sair da cama.

– Você vai mesmo?

Ele mostrou a calça para ela.

– Claro que eu vou.

– Acho que você ganhou uma vagina – murmurou ela.

Vestindo a calça, Aidan disse:

– O quê?

– Oh, nada.

Quando ele terminou de se vestir, se inclinou na cama. Com a luz tênue que vinha do banheiro, ela podia perceber a diversão no rosto dele.

– Eu podia jurar que escutei você dizer que eu tinha ganhado uma vagina.

– Não, eu disse que você cresceu muito. Sabe, emocionalmente – ela mentiu.

– Uh-huh.

Antes que ele conseguisse se afastar, ela se levantou e beijou o rosto dele.

– Se cuida e obrigada.

Ele sorriu.

– Vou me cuidar. – Quando chegou à porta do quarto, ele voltou. – Só avisa para a Casey que eu uso a minha nova vagina com orgulho, não porque ela arrancou as minhas bolas com aquela bolsa, mas porque eu quero ser o melhor homem para você.

Ela arregalou os olhos.

– Como você...

Ele riu.

– Quando eu comecei a trazer todas as suas coisas pessoais para cá, a Casey me acusou de ter ganhado uma vagina. Eu imagino que você não estaria mandando mensagens de texto para mais ninguém além dela à uma da manhã.

Balançando a cabeça, Emma disse:

– Como quiser. Só vai buscar a comida, por favor.

– Eu e minha vagina estaremos de volta em vinte minutos. No máximo.

Ele piscou, e se foi.

CAPÍTULO NOVE

Emma acordou na manhã seguinte ao som estridente de seu celular na orelha. Espiando o relógio com um dos olhos, ela gemeu. Eram só sete horas da manhã e ela sabia que só uma pessoa poderia estar telefonando tão cedo.

Procurando o telefone, ela o pegou e apertou o botão.

– Bom dia, vovó – murmurou ela, sonolenta.

– Oi, querida. Como você está se sentindo?

– Com sono.

A avó riu.

– Desculpe por acordar você, mas você sabe que seu avô e eu achamos que dormir depois das cinco é tarde demais.

– Isso é um exagero, quando vocês poderiam dormir mais.

– Escuta, querida, eu queria saber se o Aidan poderia vir até aqui hoje. Eu tirei algumas coisas do congelador que achei que você fosse gostar, e vou preparar alguns pratos para ele mais tarde.

– Vó, a senhora deveria estar cuidando de si mesma e do vovô, não de mim! – Emma protestou.

– Oh, o que são algumas panelas? A maioria eu já preparei e guardei. Além disso, eu não consigo descansar se achar que você e o bebê não estão comendo bem e de forma saudável.

– Na verdade, o Aidan é um ótimo cozinheiro, vó.

Ela bufou no telefone.

– Não como eu.

Emma riu.

– Isso é verdade.

– Então, você acha que ele virá daqui a pouco?

Olhando por cima do ombro, Emma ficou surpresa ao encontrar Aidan ainda na cama ao lado dela.

– Eu vou perguntar quando ele acordar.

Ele arregalou os olhos.

– Eu estou acordado – murmurou ele.

– Isso significa que você vai lá na casa da vovó buscar comida para nós?

– Ela está cozinhando?

Ela assentiu.

Ele sorriu.

– Claro. Eu vou me vestir agora mesmo.

Com um sorriso, Emma respondeu:

– Ele vai por volta do meio-dia. – Quando a avó suspirou, Emma disse: – Ele precisa preparar o café da manhã primeiro e tomar um banho.

– Tudo bem, então. Eu amo você, querida.

– Também amo a senhora.

Quando Emma desligou o telefone, ela o abraçou. Ela queria mais do que qualquer coisa sentir os braços da avó ao redor dela. Independente do que estava acontecendo em sua vida, de alguma forma abraçar a avó a faria sentir que estava tudo bem.

– Você sente falta dela, não é?

Ela olhou para Aidan e concordou com a cabeça.

– Você vai dar um grande abraço e um beijo nela por mim quando chegar lá? – perguntou ela.

Aidan riu.

– Eu não acho que a Virginia me deixaria passar pela porta sem me abraçar e me beijar.

Emma deu uma risada.

– Isso é verdade. Mas dá um por mim nela, certo?

– Vou dar. E vou voltar para casa para dar o carinho dela para você também.

– Obrigada.

Voltando a se deitar nos travesseiros, Aidan gemeu.

– Jesus, no primeiro dia que eu posso dormir até mais tarde em vez de ir ao trabalho, estou acordado às sete e meia.

– Você não precisa se levantar agora. Podemos voltar a dormir.

– Tem certeza de que você não está com fome?

Emma franziu o nariz.

– Não, eu ainda sinto um pouco de enjoo de manhã.

– Você pode colocar o alarme para as dez?

Ela ergueu as sobrancelhas.

– Você está mesmo planejando cochilar até mais tarde, hein?

– Humm, humm – murmurou ele.

Quando ela se cobriu, Aidan se esparramou na cama. E passou o braço ao redor de sua cintura, se encolhendo contra o corpo de Emma. Com o rosto no pescoço dela, ele disse:

– Me esquenta.

Ela prendeu a respiração ao olhar para ele sobre o ombro.

– Você está mesmo com frio?

Ele abriu um dos olhos e sorriu para ela.

– Talvez.

– Uh, huh, bem, espera só, senhor.

Eles tinham acabado de se acomodar quando Noah começou a chutar.

– Oomph – disse ela, virando para a direita.

– Sério, Em, eu não estou tentando me aproveitar de você!

Ela riu.

– Eu sei que não. – Ela pegou a mão dele e levou à barriga onde o pé de Noah estava chutando.

Aidan prendeu a respiração. Quando ela se virou, ele estava com uma expressão maravilhada. Ele olhou para ela e sorriu.

– Ele é sempre tão ativo de manhã?

– Às vezes. Normalmente, ele fica agitado depois que eu como.

– Ah, como se tivesse um vício por açúcar ou algo assim?

– Acho que sim.

Mesmo depois que Noah se acalmou, Aidan continuou com a mão na barriga dela. Embora Emma devesse protestar, ela não o fez. Era muito bom sentir o braço dele em volta dela. E em alguns instantes, ela dormiu feliz.

***

Depois que o alarme tocou às dez horas, Aidan pulou da cama. Quando Emma se levantou, viu que ele não foi tomar banho. Em vez disso, procurava o telefone.

– O que você está fazendo?

– Telefonando para a Becky.

– Por quê?

– Além de ir na casa da sua avó, eu preciso passar no supermercado e resolver alguns negócios. Pode levar mais tempo do que eu espero, e eu não quero deixar você sozinha por tanto tempo.

Ela revirou os olhos.

– Obrigada, mas acho que eu posso ir bem da cama para o banheiro.

Ele balançou a cabeça e saiu do quarto.

– Ei, irmã, você pode fazer um favor para mim? – ela ouviu quando ele perguntou. Ele logo voltou. – A Becky está vindo.

– Fabuloso – murmurou ela.

Aidan ergueu as sobrancelhas, confuso.

– Eu achei que você gostasse dela?

– Sim. Na verdade, eu a amo como se fosse minha própria irmã. É que eu me sinto tão superprotegida neste momento, como se eu estivesse em um aquário.

– Sinto muito, mas eu não consigo deixar de me preocupar com você, Em.

O peito dela se apertou com a expressão séria no rosto de Aidan. Ela não sabia por que tinha que evitá-lo tanto. Ela deveria parar e desfrutar do fato de ele estar tão cuidadoso e atencioso. Então, em vez de discutir, ela jogou as mãos para cima.

– Tudo bem, tudo bem, a Becky pode vir e ser a minha babá.

Ele riu.

– Que bom, considerando que você não tem escolha.

– Aidan – advertiu ela.

Ele se inclinou para beijar o rosto dela. Depois que ele se afastou, os lábios dele estavam perto dos dela. Ao olhar nos olhos dele, ela viu o desejo que queimava. Parte dela queria beijá-lo, mas outra parte sabia que isso seria uma mina explosiva. Colocando a mão no peito dele, ela o empurrou delicadamente para trás.

– É melhor você ir tomar banho. A vovó vai ficar esticando a cabeça e congestionando as linhas telefônicas se você não chegar lá exatamente ao meio-dia.

Ele balançou a cabeça.

– Tudo bem, então.

O coração de Emma se apertou enquanto ela o observou andando para o banheiro.

CAPÍTULO DEZ

Aidan fez o caminho da cidade para as montanhas. Logo depois do meio-dia, ele parou em frente à casa de Earl e Virginia. E respirou fundo ao seguir pela calçada da frente. Ele mal tinha começado a subir os degraus da varanda quando Virginia abriu a porta da casa.

– Bem, olá, bonitão! Que bom rever você.

Ele ficou aliviado ao notar que pelo menos um dos avós de Emma não guardava rancor. Claro que dos dois, ele estava menos preocupado com a avó. O pior que ela poderia fazer seria atacá-lo com uma frigideira – era Earl quem tinha as facas e as espingardas.

Ele sorriu.

– Oi, Virginia. É bom ver a senhora também.

Como esperado, ela passou os braços ao redor do corpo dele e deu um abraço apertado.

– Como a minha doce menina está passando?

– Agora ela está furiosa com a senhora por estar cozinhando para ela em vez de descansar – respondeu ele ao se afastar.

Virginia levantou a cabeça grisalha e ele deu um gemido.

– Embora ela queira que eu diga para a senhora que ela está bem, não posso mentir.

– Imagino o quanto.

– Fisicamente, ela está bem, mas são as emoções que a estão matando... e eu. – Colocando as mãos nos bolsos, Aidan se balançou para trás. – Eu gostaria de saber o que dizer ou o que fazer para que ela se sinta melhor. Odeio vê-la chorar, e me mata vê-la assustada como tem estado.

Virginia esfregou o braço dele.

– Awn, querido, eu tenho certeza de que você está fazendo um bom trabalho cuidando dela. Estar grávida é difícil mesmo sem entrar em trabalho de parto e precisar repousar.

– O que importa se eu estou cuidando bem dela se é culpa minha ela estar assim?

– Agora você não pode pensar assim.

– Mas é verdade, não é?

Virginia balançou a cabeça.

– Eu não estou aqui para julgá-lo nem castigá-lo pelo que aconteceu, Aidan. Isso está entre você, o bom Deus e a Emma. E se eu conheço a minha menina, o maior estresse pelo qual ela passou foi com o que aconteceu com o seu pai. Indo naquela ambulância, ouvindo a sirene, eu sei que a fez pensar em tudo o que aconteceu com o pai dela. – Ela segurou no queixo de Aidan. – Então, não se coloque tão para baixo, certo? Se você estiver mal, ninguém estará lá para alegrar Emma.

Um sorriso hesitante apareceu nos lábios dele.

– Acho que não.

– Bem, eu sei disso. – Ela entrou na casa. – Entra e vamos pegar a comida. Eu não quero que você fique muito tempo longe de Emma.

– Não que ela se importe – murmurou ele, entre uma respiração e outra.

Virginia olhou para ele de relance sobre os ombros.

– Ela se importa muito mais do que você pensa.

Aquele sentimento fez o coração de Aidan acelerar e deu a ele um pouco mais de esperança. Ao entrar na sala de estar, ele olhou para Earl, que estava deitado na espreguiçadeira. Ele engoliu seco e ficou ansioso com um possível confronto.

– Olá, Earl.

– Oi, Aidan – disse Earl, tirando o volume da televisão.

– Como você está se sentindo?

Earl deu de ombros.

– Estou melhorando aos poucos.

Virginia deu um suspiro frustrado.

– Ele está se esforçando muito, e vai acabar precisando voltar para o hospital.

Ele lançou a ela um olhar exasperado.

– Eu odeio ficar sentado o dia todo e ser ajudado o tempo todo a fazer qualquer coisa – lamentou-se Earl.

– Você parece a Emma – observou Aidan.

– Deus abençoe o coração da Emmie Lou – disse Earl.

Quando a Virginia passou pelo Earl, ela beijou o rosto dele.

– Confia em mim, querido, ninguém mais do que eu quer ver você melhorar.

Earl sorriu para ela.

– Você é um anjo, Ginny.

Uma risadinha quase marota escapou dos lábios dela antes que ela se virasse para o Aidan.

– Querido, sente-se, e eu vou embrulhar tudo.

Aidan olhou para ela e para Earl se sentindo desconfortável.

– Tem certeza de que eu não posso ajudar?

Ela balançou a cabeça.

– Não. Eu preciso tirar uma última assadeira do forno.

Depois que ela foi sozinha para a cozinha, Aidan se acomodou relutante no sofá. E engoliu seco quando olhou para a arma que estava a apenas alguns centímetros de Earl.

Ele se sobressaltou com o som da voz de Earl.

– O que há de errado com você?

– N-nada. – Earl ergueu as sobrancelhas em tom questionador, e Aidan suspirou. – Na verdade, eu estava observando o quanto eu precisaria correr de você se pegasse a arma.

Um ar de diversão passou pelos olhos de Earl.

– Filho, eu não vou atirar em você pelo que fez com Emmie Lou.

– Não?

Ele balançou a cabeça.

– Primeiro, eu quero que o meu neto tenha um pai, e se você fosse ferido ou estivesse a sete palmos do chão, isso não faria muito bem para ele.

Aidan forçou um sorriso.

– Não, acho que não.

Earl olhou para a cozinha antes de voltar a atenção para Aidan.

– Além disso, eu sou muitas coisas, mas não hipócrita.

– Desculpe?

Com um suspiro profundo, Earl disse:

– Digamos que quando eu era jovem e burro, eu cometi um erro assim como você.

Aidan não pôde deixar de ficar boquiaberto, em choque.

– Então você, hum...

Earl revirou os olhos.

– Como você quer que eu explique isso para você? Eu era um convencido de vinte e cinco anos e idiota que só porque a Ginny não podia me dar mais toda a atenção por causa dos nossos dois filhos, eu deixei outra mulher quase arruinar o nosso casamento.

– É, está bem explicado.

– Felizmente para mim, a Virginia me deu uma segunda chance e eu passei os últimos cinquenta anos fazendo as pazes com ela.

Inclinando-se para frente, Aidan perguntou:

– Quanto tempo levou para ela perdoá-lo?

– Muito, muito tempo.

Aidan deu um suspiro de frustração.

– Eu só espero que a Em me perdoe.

– Depende de quanto trabalho e esforço você investir.

– Sério? Eu juro que estou trabalhando duro.

Earl suspirou.

– Confia em mim, até você se matar para ganhar dinheiro para comprar para a esposa as pérolas que ela sempre quis, ela nem vai querer falar com você.

Estremecendo, Aidan disse:

– Acho que não.

A voz de Virginia ecoou da cozinha.

– Tudo bem, querido, está pronto.

Quando Aidan se levantou, Earl segurou na mão dele.

– Escuta, filho, você só precisa continuar tentando. A Emmie Lou vem de uma longa linha de mulheres teimosas, cabeças-duras. Mas eu sei que ela é louca por você, então se você realmente a quiser, continue tentando tê-la de volta.

As palavras reconfortantes de Earl provocaram um sorriso no rosto de Aidan.

– Vou fazer isso.

***

Ao voltar para Atlanta, Aidan foi ao supermercado e terminou algumas pendências antes de ir para casa. Quando estacionou na calçada, o coração dele estremeceu. O carro de Becky não estava mais lá. A mente dele girou com pensamentos descontrolados. E se Emma tivesse recomeçado a ter contrações e Becky a tivesse levado para o hospital? Saltando do carro, ele nem se deu ao trabalho de fechar a porta. Em vez disso, correu pela porta da garagem e entrou pela cozinha.

– EMMA! – gritou ele.

O som de armas e explosões chegou aos ouvidos dele. Esticando o pescoço, viu John e Percy sentados no sofá com o controle do jogo nas mãos.

– Onde está a Emma? Onde está a mãe de vocês? – perguntou ele, sem nem dizer oi.

John olhou para cima e revirou os olhos antes de olhar de volta para o jogo.

– Cara, fica frio. Mamãe foi convocada para uma reunião de emergência na universidade, então estamos cuidando da Emma até ela voltar. O Georgie está lá no quarto com ela agora assistindo *Procurando Nemo* ou alguma bobagem assim.

Aidan ficou tão aliviado que nem se deu ao trabalho de repreender John pelas palavras.

– Ah, bem, que bom. – Ele apontou para a garagem. – Vocês podem vir e me ajudar a pegar todas as compras e as coisas da avó de Em?

– Sério? – perguntou John.

Aidan rosnou.

– Sim, estou falando sério. Podem chamar de troca por terem aproveitado a minha piscina durante todo o verão.

– Eu achei que você nos deixava usar a piscina porque somos os seus sobrinhos preferidos, não? – questionou Percy, levantando-se obedientemente do sofá.

Aidan riu e passou a mão nos cabelos dele.

– Acho que isso é verdade. – Como John ainda não tinha se mexido, Aidan se inclinou e tomou o jogo da mão dele.

– Ei! – John começou a protestar.

– Mexe a bunda e talvez você possa voltar a jogar.

Reclamando, John se levantou do sofá e andou até a cozinha. Aidan e Percy o seguiram. Aidan abriu o porta-malas e se inclinou para entregar algumas bolsas para os meninos.

– Tio Aidan? – começou Percy.

– Sim?

– Você não acha que deveria se casar com a Emma?

Aidan levantou a cabeça, batendo contra a tampa do porta-malas.

– DROGA! – gritou ele, ao ver estrelas diante dos olhos. Alguns outros palavrões escaparam dos lábios dele, com uma dor que perfurava o crânio.

– Que boca você tem – repreendeu John.

Cerrando os dentes, Aidan esfregou a cabeça dolorida.

– Se você contar isso para a sua mãe, vou contar para ela sobre o comentário que você fez na sala.

John arregalou os olhos.

– Cara, isso não é legal!

– Sim, bem, pense nisso. – Aidan voltou a juntar as bolsas quando percebeu que o Percy continuava encarando-o, esperançoso por uma resposta. Aidan suspirou. – Percy...

Ele ergueu as sobrancelhas louras.

– Você não a ama?

– Oh, Cristo – murmurou Aidan, passando a mão nos cabelos. Ele estremeceu mais uma vez, com a dor que ainda sentia como um tiro na cabeça. – A sua mãe mandou você fazer isso ou algo assim?

– Não. Quando eu perguntei a mesma coisa, ela só disse que você era um cafajeste. – Percy deu de ombros. – Eu nem sei o que isso significa.

– Tenho certeza de que é um cara que age como um imbecil com as mulheres – disse John.

Aidan lançou um olhar penetrante para John.

– Eu não sou um cafajeste!

John jogou as mãos para o alto.

– Eu não disse isso. Foi a mamãe.

Só podia ter sido a irmã dele, professora de inglês, a recorrer a um nome do século XIX. Ele entregou ao Percy uma caixa de Earl e Virginia.

– Percy, é complicado porque...

– Você é um cafajeste? – perguntou John.

Ignorando-o, Aidan disse:

– Eu fui burro e fiz algo que feriu bastante os sentimentos de Emma. Vai levar algum tempo para ela me perdoar e me devolver o coração dela.

Percy apoiou a caixa que estava segurando no quadril.

– Você vai ter um bebê com a Emma, então a coisa responsável a fazer é se casar com ela – disse ele com prudência.

Aidan piscou algumas vezes para Percy.

– Eu bati a cabeça mais forte do que pensava, ou você realmente acabou de parecer um adulto maduro, em vez de uma criança?

Percy deu de ombros.

– Talvez. O papai sempre diz que tenho uma alma velha.

Aidan riu.

– Acho que ele está certo. – Ele olhou para John, que deu um sorriso divertido. – Claro que qualquer coisa que você diga tem que soar anos luz deste aqui – disse ele, apontando para John.

– Tanto faz – murmurou ele.

Aidan pegou uma bolsa leve e a entregou ao John.

– O que é isso? – perguntou ele, espiando.

Aidan a pegou de volta rapidamente.

– Erm, isso é para a Emma.

– Não parece ter o tamanho dela – observou ele, com brilho nos olhos.

– É porque é para o Noah, espertinho. – Ele apontou para o porta-malas. – Continua e traz isso. Eu vou dar uma olhada na Emma.

John pegou mais algumas bolsas, enquanto Aidan e Percy entraram na casa. Ele deixou os meninos na cozinha e seguiu pelo corredor. O som da risada de Emma aqueceu o coração dele. Então, com uma voz cantada, ele ouviu o George chamar:

– Noah... Noah! Chuta para mim, Noah!

De pé na porta do quarto, Aidan observou a cena com um sorriso. Emma apontava uma lanterna para a barriga. Perto dela, Georgie olhava com expectativa para a barriga de Emma esperando que algo acontecesse.

Ela levantou o olhar para vê-lo e sorriu.

– Ei. Você voltou.

– Sua avó mandou lembranças de carinho e a promessa de que descansará durante a semana.

Emma soltou uma respiração frustrada.

– E o vovô? – perguntou ela, hesitante.

– Ainda está com muita dor, mas passando muito bem. E ele conseguiu não me insultar verbal ou fisicamente.

Emma ergueu as sobrancelhas com expressão de surpresa.

– São boas notícias.

Ele apontou para o Georgie.

– O que vocês estão fazendo?

– Tentando o truque da lanterna – respondeu Georgie, sem tirar os olhos da barriga de Emma.

– O truque da lanterna? – repetiu ele, ao se aproximar deles.

Emma concordou com a cabeça.

– Quando os olhos do bebê começam a se abrir no sexto mês, supostamente apontar uma lanterna para a barriga o faz mexer. – Ela sorriu para o Georgie. – Ele nunca sentiu um bebê chutar, então queria sentir o Noah.

Aidan riu.

– Tiveram sorte?

Os lábios do Georgie se curvaram para baixo.

– Não.

– Ele está mostrando a verdadeira teimosia dos Fitzgerald e não está cooperando – disse Emma.

– Ei agora, eu acho que ele também herdou um pouco disso de você – argumentou Aidan.

– Chuta, Noah! – insistiu Georgie.

Aidan riu da determinação dele.

– Você já pensou que talvez o esteja deixando furioso? Você gostaria que alguém acendesse uma lanterna para você e apontasse para os seus olhos? – Pegando Georgie pelos tornozelos, ele o deslizou pela cama. – Vamos ver se você gosta, hein?

Georgie deu uma risada quando Aidan esticou a camisa por cima dele e apontou a lanterna na barriga dele.

– Para com isso, tio Aidan! – disse ele, sem conseguir respirar.

– Seu bebê começou a chutar? – perguntou Aidan.

Georgie abaixou a camisa.

– Eu não tenho um bebê na barriga, seu bobo!

– Não tem?

– Não, só as mamães têm bebês nas barrigas.

– Oh, entendi. – Ele passou os dedos pelos lados da barriga do Georgie, enquanto ele ria e se contorcia outra vez.

– Georgie, rápido! – gritou Emma.

Aidan agarrou o Georgie pela cintura e o levou para onde Emma estava. Ela colocou a mão dele na barriga dela e ele arregalou os olhos.

– Tio Aidan, Noah está me chutando!

Emma sorriu.

– Ele deve gostar do som do seu riso porque foi isso que o fez chutar, não a lanterna.

Georgie tirou a mão para se inclinar e beijar o lugar onde o estava sentindo.

– Eu amo você, Noah!

Aidan sorriu quando lágrimas brilharam nos olhos cor de esmeralda de Emma. Ele estava se acostumando com o novo sistema hormonal dela.

Georgie, entretanto, olhou para ela surpreso.

– Por que você está chorando, tia Emma?

– Porque você é um menino tão doce – respondeu ela, puxando-o nos braços. Ela beijou a cabeça de Georgie e o abraçou. Aidan não deixou de observar que Georgie tinha chamado a Emma de "tia", e ela não tinha protestado.

– Eu preciso fazer pipi – disse Georgie, se soltando dos braços de Emma e pulando da cama.

Quando ele passou pelo Aidan, o olhar de Emma se fixou na bolsa que estava do lado dele.

– O que é isso?

– Oh, hum... – Ele esfregou o queixo e mexeu os pés. Ele não sabia por que estava nervoso para dar o presente a ela. Era só um macacão bobo. – É algo para o Noah.

Os olhos verdes de Emma se iluminaram de imediato.

– Mesmo?

– Não é nada demais. Eu só vi isso na loja e pensei nele... e em você.

Com um sorriso como uma criança em uma manhã de Natal, ela pegou a bolsa das mãos dele. Os dedos dela logo tiraram o macacão. Ela o desdobrou e observou o que estava escrito.

– Eu sou fofinho, a mamãe é fofinha e o papai... – Ela olhou para ele.

– O papai tem sorte – ele terminou para ela.

– Oh, Aidan – murmurou ela. Lágrimas outra vez estavam nos olhos dela, mas um sorriso contente curvou seus lábios, enquanto ela passava os dedos no macacão. Ela inclinou a cabeça. – Obrigada. É muito doce e adorável. E eu amei porque a primeira peça de roupa que ele ganhou foi comprada pelo pai.

– Além do vestido de batismo – lembrou Aidan.

– Oh, você tem razão. Mesmo assim.

– Se eu soubesse que você ficaria tão emocionada, eu teria comprado algo mais legal – observou ele.

– Não é só o macacão, Aidan. É o que está escrito – disse ela. Os olhos dela encontraram os dele, e o coração dele pulou com o amor que ele podia sentir. Se ele pudesse engarrafar momentos como esse, poderia devolvê-los para ela sempre que ela tentasse duvidar do amor que sentia por ele.

– Tia Emma? – perguntou Georgie, ao voltar para a cama.

– O que foi, querido?

– Eu só estava pensando, como o Noah entrou na sua barriga?

– Hum, bem...

– A mamãe disse que ele é o bebê do tio Aidan, então como ele o colocou aí?

Emma arregalou os olhos e encarou Aidan.

– Hum, bem...

Então o John e o Percy apareceram na porta.

– Sabe, eu também estou um pouco curioso sobre isso, então talvez você possa explicar isso para todos nós – disse John, com um sorriso divertido.

Aidan fez uma careta para John.

– Georgie – começou ele – de onde vêm os bebês é algo sobre o que você realmente precisa perguntar para os seus pais.

Georgie franziu as sobrancelhas.

– Por quê? É segredo?

– Não, é só, hum, bem... – Aidan esfregou o pescoço tentando encontrar uma resposta. Finalmente, ele se lembrou do que a própria mãe havia lhe dito quando ele era criança e a irmã dele, Angie, estava grávida. – É assim. Quando um homem e uma mulher se amam muito, o amor cresce dentro da mulher e se transforma em um bebê.

Esfregando o queixo, John perguntou.

– Então eu acho que isso significa que você ama a Emma, hein?

Aidan lançou um olhar fuzilante para ele antes de voltar a olhar para Georgie. Ele estava maravilhado com aquela explicação.

– É tão legal que eu tenha crescido como o amor da mamãe e do papai – murmurou ele.

Quando o Aidan ousou olhar para Emma, ela arregalou os olhos e estava boquiaberta. Embora insinuasse isso todos os dias, ele ainda não tinha conseguido dizer as palavras. Talvez agora fosse a hora perfeita de dizer isso e selar o acordo entre eles.

– Então, meninos, tem uns brownies caseiros da avó de Emma na cozinha se vocês quiserem.

Georgie pulou da cama, enquanto John e Percy correram pelo corredor. Quando ficaram sozinhos, ele sorriu para Emma.

– Que tal a minha explicação?

Ela custou a respirar.

– Boa... e doce. E ele aceitou totalmente.

– Mas e você?

– O que você quer dizer? – sussurrou ela.

O coração dele bateu mais forte. Era isso. Era agora ou nunca. Ele deu um passo adiante e abriu a boca.

– Aidan Fitzgerald, o que você está fazendo dando chocolate aos meus filhos antes do jantar? – Becky perguntou da porta, com a mão nos quadris.

Droga! O momento dele foi totalmente arruinado. Ele se virou para fuzilar a Becky com o olhar. Ela lançou um olhar divertido para ele.

– Entre John e Percy, eu não tenho certeza se eles deixaram algum brownie para a Emma.

Ele passou a mão nos cabelos e suspirou resignado.

– Sinto muito, irmã. Eles me ajudaram a trazer as bolsas, então eu achei que pudessem lanchar.

Ela sorriu.

– Então eu acho que você está perdoado. – Becky voltou a atenção para Emma. – Ficou tudo bem enquanto eu estive fora?

Emma concordou com a cabeça.

– Eles foram as melhores babás que eu já tive.

Becky riu.

– Acredito que tenham sido as *únicas*, além do meu irmãozinho aqui.

Com um sorriso provocante para Aidan, Emma disse:

– Oh, ele é muito mais do que uma simples babá.

Ele ergueu as sobrancelhas.

– Oh, é mesmo?

– Hummm, humm. Você é cozinheiro, governanta e artista.

Aidan balançou a cabeça, mas riu.

– É, eu sou tudo isso.

– Bem, é melhor eu reunir os meninos e ir andando – disse Becky. Ela se aproximou da cama e deu um beijo na Emma. – Se cuida, Mamãe.

– Eu vou me cuidar... e o Aidan também.

À expressão carinhosa no rosto de Emma, Aidan não pôde deixar de sorrir.

– É claro que eu vou cuidar dela.

– Seja exigente com ele, então – disse Becky. Ela deu uns cutucões de brincadeira no Aidan antes de beijar o rosto dele.

– Pode apostar que ela vai ser – observou ele.

– Tchau, então. – Becky acenou.

Aidan olhou para Emma por um instante. Ele deveria prosseguir e dizer aquilo agora ou esperar um momento mais oportuno? Emma desligou o celular, o que confirmava que ele também deveria esperar.

CAPÍTULO ONZE

Os dias seguintes passaram em ritmo monótono. Logo, Emma completou a primeira semana de repouso. Ela leu, assistiu televisão e a filmes, e recebeu visitas de Casey, Connor e também das irmãs de Aidan. Cumprindo o prometido, a avó veio em um dos dias e Emma e Aidan não conseguiram impedi-la de cozinhar para eles uma enorme refeição com sobremesa. Emma ficou especialmente feliz quando Patrick veio visitá-la. Ela ficou muito contente ao vê-lo com aspecto saudável e o completo oposto de quando esteve com ele pela última vez. Os dois estavam no processo de recuperação, e ela estava bastante grata por isso.

Felizmente, a licença de Aidan se transformara mais na possibilidade de fazer seu trabalho em casa. Emma gostou do fato de ele ter se mantido ocupado, pois assim não ficou disponível para cuidar dela em tempo integral, como uma galinha que sufoca seus pintinhos. Não que ela não gostasse de tê-lo por perto. Ela adorava o fato de ele estar disposto a fazer toda e qualquer coisa que ela pedisse. Ele era uma boa companhia, fazia todas as refeições com ela e sempre pegava no sono assistindo aos filmes, o que significava que acabava dormindo ao lado dela.

A cada dia eles pareciam ficar mais próximos. Mas, no fundo, ela estava bastante preocupada. Ela temia que seus hormônios e que a aproximação em sua situação em repouso estivessem fazendo com que ela não enxergasse a verdade sobre o caráter de Aidan. Afinal de contas, ela já foi enganada por ele uma vez. Ela poderia realmente voltar a confiar nele por completo? Ela conseguiria resistir emocionalmente à construção de uma vida com ele só para que tudo se despedaçasse se ele a traísse outra vez?

Na segunda-feira à tarde, ela tinha acabado de se acomodar para assistir a uma maratona de um de seus seriados preferidos, *Dra. Quinn, A Mulher que Cura*, quando o celular vibrou ao seu lado. Ao ler o nome na tela, o coração dela acelerou tão rápido que parecia bater fora do peito.

Era o Pesh.

"*Seria atrevimento perguntar se eu posso ir examiná-la hoje à noite?*"

Ela balançou a cabeça ao ler e reler o texto. Ele não só sempre soava tão diferente dos outros homens que ela conheceu como também era sempre tão gentil e atencioso.

"*Claro. Parece uma ótima ideia.*"

"*Eu até vou levar um aparelho portátil de ultrassom, para podermos examinar o Homenzinho.*"

Quando ele mencionou o Noah, o coração de Emma derreteu.

"*Awn, muito obrigada.*"

"*Cinco horas é muito cedo? Preciso ir trabalhar às nove hoje.*"

"*Está bem.*"

"*Maravilhoso. Você gosta de comida indiana?*"

Emma lambeu o lábio de baixo antes de responder.

"*Na verdade, eu nunca comi.*"

"*Sério?*"

"*É.*"

"*Gostaria que você pudesse ver como estou boquiaberto agora.*"

Com uma risadinha, Emma digitou: "*Desculpa. Menina sulista criada no meio do nada.*"

"*Precisamos remediar isso. Eu vou levar vários pratos do meu restaurante indiano preferido.*"

"Parece maravilhoso."

"Só escreva para mim o endereço, e nos vemos daqui a pouco."

Quando os dedos dela digitaram o nome da rua da casa de Aidan, um sentimento de reprovação tomou conta dela. Ela estava mesmo a ponto de trazer outro homem para a casa de Aidan? Um homem cuja presença teve a habilidade de confundi-la sobre a profundamente de seus sentimentos pelo Aidan?

– Ugh, você é uma pessoa detestável e horrível, Emma Harrison! – disse ela, gemendo e deixando a cabeça cair nos travesseiros. Por que tudo tinha que ser tão complicado?

Ela sabia o que a Casey diria. Isso se tornou complicado porque Aidan quase transou com outra mulher e partiu o coração e a confiança dela. Se ele não tivesse cometido tal erro, ela nem estaria alimentando os pensamentos por Pesh. Mas ao mesmo tempo, Aidan estava se esforçando tanto pelo perdão dela, e ela não podia ignorar o fato de ele ser o pai do filho dela.

– Cadela insensível – murmurou ela, em um monólogo interno que a fez estourar.

Mas com toda sinceridade, não era como se ela estivesse convidando Pesh para fazer sexo. Ele viria apenas pelos conhecimentos médicos, pelo amor de Deus! Só porque ele por acaso traria o jantar não significava que seria um encontro ou nada especial. Ela disse a ele no hospital que não tinha certeza se tinha qualquer coisa para oferecer a ele, então não era como se ela o estivesse seduzindo... ou sendo infiel ao Aidan.

Agora tudo o que ela tinha que fazer era pensar em uma maneira de contar ao Aidan sobre a vinda de Pesh. O estômago dela se agitou com essa possibilidade. Felizmente, ela não teve que esperar muito tempo. Ele apareceu na porta só alguns instantes depois, enquanto ela ainda olhava a tela do telefone.

– Você precisa de alguma coisa?

Ela forçou um sorriso.

– Não, estou bem.

– Escuta, eu sei que você odeia que eu fique rondando e tudo mais, então você se importaria se eu levasse algumas coisas para o escritório? Eles não parecem entender essa coisa de "licença".

– Não, não, tudo bem.

– Talvez eu corra na academia depois. Não levaria mais do que duas horas. Posso buscar algo para o jantar no caminho.

– Oh, hum, não precisa.

Aidan lançou um olhar divertido.

– Você não vai ficar com fome depois?

– Na verdade, o Pesh vai passar aqui para me examinar daqui a pouco. Ele vai trazer o jantar.

Emma prendeu a respiração quando as sobrancelhas louras de Aidan desapareceram no couro cabeludo dele.

– Você vai ter um encontro hoje à noite com o Pesh?

– Não é um encontro! – protestou ela.

Aidan cruzou os braços na frente do corpo e contestou:

– Ele não vai passar aqui só para verificar a sua pulsação, Em. O cara está trazendo o jantar.

Ela estremeceu.

– Não, não é assim. Pesh sabe que eu não estou pronta para começar nada agora. Ele só vai fazer a gentileza de me examinar. Você sabe, por amizade e tudo.

– Com certeza não me parece isso.

Ao tom severo dele, Emma abaixou o olhar para o edredom.

– Olha, estou submetida à sua casa e à sua hospitalidade. Então, se você realmente se sente assim sobre o Pesh, vou dizer a ele para não vir.

Quando ela ousou olhar para cima outra vez, a expressão de Aidan tinha se amenizado momentaneamente.

– Você faria isso? Por mim?

– Claro que faria. Dê-me algum crédito por considerar os seus sentimentos.

Depois de passar a mão nos cabelos, Aidan deu um suspiro frustrado.

– E você tem certeza de que não está tentando começar algo com ele?

– A última coisa de que eu preciso agora é mais estresse na minha vida, e qualquer relacionamento, principalmente novo, é sempre estressante.

– Mesmo comigo?

Ela levantou a cabeça para olhar para ele.

– Não fui eu que causei a tensão na nossa relação, lembra?

Aidan se encolheu.

– Eu estou bem ciente do que eu fiz, pois isso sempre volta a me atormentar. Como com esse idiota estrangeiro correndo atrás de você.

Ela revirou os olhos.

– Ele tem nome, e é Pesh. Se você estivesse disposto a conhecê-lo, perceberia que ele não é o tipo de homem que tentaria se aproveitar de mim ou tirar a minha calcinha.

– Não, é pior por ele não ser – resmungou Aidan.

– O quê?

– Eu preferia que ele fosse um imbecil que tentasse tirar a sua calcinha porque você acharia totalmente repugnante e diria a ele para cair fora, como fez comigo no início. – Aidan franziu o rosto. – Mas é pior porque ele é um cara respeitável que não se importa de você estar grávida de outro homem. Ele exala comprometimento, pelo amor de Deus! Droga, você provavelmente estará noiva quando ele for embora hoje à noite!

Depois de ouvir as palavras de Aidan, Emma parecia estupefata. Depois de se olharem por alguns segundos agonizantes, Aidan suspirou.

– Tudo bem. Deixe-o vir e examinar você.

– Ele não vai me examinar. Vai examinar os meus sinais vitais. E até vai trazer um ultrassom portátil para examinar o Noah.

– Fabuloso – murmurou Aidan ao andar em direção à porta.

– Você não está sendo justo– disse ela.

Aidan se virou, com os olhos em chamas.

– O quê?

– Você não consegue sentir empatia pelo que eu estou passando? Toda essa confusão que estou sentindo sobre você e sobre nós e todas as incertezas, você também sente isso, não sente?

– Você está insinuando que o que você está passando agora é o mesmo pelo que eu passei sobre assumir um compromisso com você?

– Não, é que...

Aidan levantou a mão.

– Eu pensaria bastante e por algum tempo antes de fazer qualquer comparação, Em. Porque no final das contas, minha confusão me fez estragar a coisa mais maravilhosa que eu já tive. – Ele balançou a cabeça com tristeza para ela. – Eu não gostaria que você tivesse que passar pela mesma situação.

O peito dela doeu com as palavras dele e ela precisou respirar fundo algumas vezes. Será que Aidan estava certo? Será que ela estava deixando a felicidade escapar pelas mãos por causa daquela incerteza estúpida?

A voz dele livrou Emma daqueles pensamentos.

– Por quanto tempo eu devo ficar fora esta noite?

– Aidan, você não tem que ir. Pode ficar aqui e ver que não está acontecendo nada.

– Eu posso ser masoquista, mas só até certo ponto – respondeu ele com um tom amargo na voz.

Emma suspirou.

– Ele vai chegar às cinco horas e precisa chegar ao trabalho às nove.

Aidan balançou a cabeça.

– Estarei no celular se você precisar de mim.

Sem dizer mais nada, ele se foi. Quando a porta dos fundos bateu, ela deu um pulo. Beau entrou no quarto e olhou para ela como se não estivesse entendendo nada. Ela revirou os olhos.

– Sim, sim, é tudo culpa minha, certo?

Beau latiu e subiu na cama. Emma se sentou e se apoiou para coçar as orelhas dele.

– Vem cá. Preciso me aprontar. Vamos ter companhia esta tarde.

Beau levantou as orelhas com a menção sobre terem companhia, mas ela balançou a cabeça para ele.

– Mas tenho certeza de que você não vai gostar muito do Pesh. Você vai querer marcar o território, o que significa que eu provavelmente preciso colocar você no porão.

Ele latiu e se afastou, fazendo Emma dar uma risada.

– Não agora, bobo. Logo antes da companhia chegar aqui.

Então, ela ficou ocupada se aprontando para a chegada de Pesh. Depois de tomar banho, passou uma maquiagem leve. Para provar para si mesma e para Aidan que não se tratava de um encontro, ela não se preocupou em vestir um dos seus melhores vestidos e acessórios de gestante. Ela manteve o guarda-roupa diário de calça stretch e camisa de manga longa.

Depois de levar Beau para o porão, ela estava deitada no sofá lendo um livro quando Pesh tocou a campainha.

– Pode entrar – gritou ela.

Pesh entrou. O olhar dele observou a sala procurando por ela. Quando os olhos dele encontraram os dela, ele deu um sorriso radiante.

– Bem, oi. Você parece maravilhosa.

Emma olhou para as roupas e voltou a olhar para ele.

– Sério?

Ele riu.

– Eu não quero dizer o seu traje. Quis dizer que a sua cor parece muito boa. Seu repouso parece estar contribuindo porque você tem um brilho saudável.

– Oh, obrigada. É bom ouvir isso.

– Você não está começando a se sentir um pouco impaciente, está?

Ela sorriu.

– Talvez um pouco. Eu só saí de casa uma vez para ir ao médico. Nada empolgante.

– Bem, falando em médico, eu vou pegar a minha maleta e o monitor, para examiná-la para ver como você está.

– Boa ideia.

Pesh desapareceu na varanda por um instante antes de voltar com uma maleta de médico e uma grande caixa com uma manivela. Ele se sentou no braço do sofá e olhou ao redor da sala de estar, observando a decoração.

– Sua casa é muito bonita.

– Obrigada, mas eu não posso levar o crédito porque esta não é a minha casa.

Ele se recostou no sofá ao lado dela.

– Eu deveria ter percebido que você está ficando na casa de alguém.

Lambendo o lábio, ela respondeu:

– Na verdade, esta é a casa do Aidan.

Pesh franziu o rosto.

– Eu estou sozinho com você na casa *dele*.

Emma corou.

– Sinto muito se é desconfortável para você. Ele é a única pessoa que pôde cuidar de mim.

– Tudo bem. – Ele colocou a mão sobre a dela. – Eu vou a qualquer lugar para passar algum tempo com você.

Ela percebeu o olhar intenso dele.

– Obrigada – murmurou ela. Tudo o que ela tinha discutido com Aidan sobre estar interessada no Pesh parecia voar pela janela quando ela olhava os olhos castanhos profundos dele.

Ele sacudiu o pulso dela e começou a observar a pulsação.

– Um pouco rápido, mas parece bem – disse ele.

Inclinando-se, ele começou a procurar algo na maleta. Colocou o estetoscópio nos ouvidos e levou o disco prateado ao peito dela. O comportamento dele era inteiramente profissional quando instruiu:

– Respire normalmente. – Ao colocar o disco no tórax dela, o braço dele passou pelos seios de Emma e ela estremeceu. Se Pesh notou a reação dela, não demonstrou. Em vez disso, ele ergueu as sobrancelhas quando escutou o coração e os pulmões dela.

A proximidade de Pesh acelerou os batimentos cardíacos dela. O cheiro, o calor de seu corpo, os cabelos escuros e despenteados nos quais ela queria passar os dedos – a distraíram. Respirar normalmente como ele pediu estava fora de questão. No entanto, ela conseguiu respirar fundo algumas vezes. Os olhos escuros de Pesh se desviaram do estetoscópio para os dela. Ele tirou o aparelho do ouvido e sorriu.

– Ou eu estou deixando você nervosa ou você precisa voltar para o hospital para estabilizarmos sua respiração e seus batimentos cardíacos.

Ele sentia um rubor quente subindo pelas bochechas.

– Não é você – murmurou ela.

Ele ergueu as sobrancelhas.

– Então você está dizendo que se o dr. Pendleton estivesse aqui examinando os seus sinais vitais, você não estaria reagindo dessa forma?

Uma risada escapou dos lábios dela.

– Claro que não.

Trocando de posição, ele se aproximou mais dela, com os olhos escuros a encarando.

– Por que eu deixo você nervosa, Emma?

A boca de Emma ficou seca e ela lambeu os lábios.

– Porque... – "*Você é tão bonito e seu corpo incrível deixa meus hormônios da gravidez em êxtase, me levando a pensar coisas que eu geralmente nem imagino. E mais do que desejo, você é amável e compassivo e, se tivesse uma chance, eu me apaixonaria por você*".

Emma soltou a respiração que estava prendendo.

– Eu disse ao Aidan que não havia nada entre nós, e que você sabia que eu não poderia oferecer nada a você. Mas agora que você está na minha frente, olhando para mim... – Ela estremeceu. – Você me deixa confusa.

– Eu deixo você confusa?

Olhando para baixo, ela disse:

– Eu ainda gosto demais de Aidan, mas quando estou com você, eu começo a me sentir... diferente.

– Eu poderia dizer que é apenas biológico, e que o seu corpo só está buscando um companheiro para proteger você e seu filho.

Ela levantou a cabeça.

– Se for esse o caso, então eu só sentiria isso pelo Aidan, certo?

A expressão de Pesh se tornou séria.

– Então, pelo menos eu tenho uma chance para cortejar você?

– Para me cortejar?

Ele riu.

– Não é uma palavra que você costuma usar?

– Não exatamente.

Ele inclinou a cabeça, pensativo.

– Humm, uma chance para ganhar você através da conquista? Convidar você para jantar e beber um vinho?

Emma sorriu e apontou para a barriga.

– Não haverá vinho, e com o meu repouso, nosso jantar ficará um pouco limitado.

– Ah, mas foi por isso que eu trouxe a comida até você. – Ele se levantou do sofá. – Vou buscar e começaremos o nosso cortejo.

Ele piscou para ela e Emma riu.

– Tudo bem.

Pesh parou quando chegou à porta e se virou.

– Contanto que eu tenha uma chance para conquistar o seu coração, Emma, eu vou querer o que quer que você possa me oferecer.

Emma tentou não ser arrebatada pelas palavras dele. Tudo o que ela planejava oferecer a ele era amizade, e só – nada mais nem menos. Apesar do que seu corpo traiçoeiro quisesse sentir, seria isso.

Ele carregava duas grandes bolsas de comida ao passar outra vez pela porta.

– Meu Deus. Eu não como tanto assim! – provocou Emma.

Pesh riu.

– Eu sei, mas eu só queria que você experimentasse diferentes pratos e especialidades indianas. – Ele olhou ao redor. – Devo levar isso para a cozinha?

– Não, pode colocar aqui na mesa. Vamos fazer um piquenique com tudo.

– Parece boa ideia. – Ao apoiar as sacolas, ele se virou para ela. Esfregando as mãos, ele disse: – Antes de começarmos, vamos examinar o Homenzinho.

Emma riu do entusiasmo dele.

– Certo.

– É difícil acreditar que a tecnologia tenha avançado tanto que tenhamos máquinas portáteis de ultrassom.

– É uma loucura.

Pesh montou o aparelho e se virou para levantar a blusa dela. Emma instintivamente afastou a mão dele, que ergueu as sobrancelhas surpreso.

– Desculpa. Eu só...

– Eu sei. Estou sendo ridícula.

Ela levantou a blusa sobre a barriga e lamentou o fato de Pesh ter que vê-la assim. Se ele conseguia ver a barriga grande dela e não parecer totalmente repelido, talvez ele realmente merecesse uma chance. Ela rapidamente afastou o pensamento quando ele esguichou um gel frio na pele dela.

Ele passou o aparelho sobre a barriga dela e a imagem granulada de Noah apareceu na tela.

– Lá está ele. Parece bem também, devo dizer.

Emma se concentrou em Noah. Os braços e as pernas dele se mexeram um pouco como se o aparelho parecesse incomodar o descanso dele. Na verdade, ele deu dois pontapés entusiasmados para provar que queria ficar em paz.

– Os batimentos cardíacos dele estão normais e parece estar tudo bem com a placenta. – Pesh olhou por cima do monitor para encontrar o olhar de Emma. – Sem mais contrações ou dores?

– Não. Tudo tem estado bem.

Ele sorriu.

– É uma bênção ouvir isso. Tenho certeza de que quando você terminar o repouso semana que vem, poderá seguir com uma gravidez feliz e saudável.

– Estou esperando e rezando por isso – respondeu Emma.

Pesh bateu de leve na mão dela, de maneira tranquilizadora.

– Pode acreditar nisso. – Ele, então, guardou o equipamento.

Emma olhou para a barriga pegajosa.

– Você se importa de buscar papel toalha na cozinha?

Da maleta, ele tirou uma toalha.

– Eu sempre venho preparado.

Ela riu.

– Bem, obrigada.

– Enquanto você se limpa, vou buscar pratos e talheres.

– Boa ideia.

Quando Emma limpou o gel, ouviu Pesh abrindo e fechando as portas do armário. Ele estava entrando na sala de estar quando um estrondo na porta do porão o fez saltar e quase derrubar tudo. Os olhos arregalados dele encontraram os de Emma e um uivo persistiu na porta.

– O Aidan está escondendo alguém no porão?

Ela riu.

– Esse é o nosso... hum, bem, o cachorro mimado de Aidan, o Beau.

Pesh concordou com a cabeça ao organizar os pratos.

– Quer que eu vá soltá-lo?

– Acho que sim. Eu não tinha certeza sobre qual seria a reação dele com você.

– Os animais normalmente me amam, então vamos ver se consigo conquistá-lo.

Quando Pesh abriu a porta do porão, Beau saiu pulando. Ele correu por cima de Emma e lambeu a mão dela.

– Ei, garotão.

Então, ele levantou as orelhas e se balançou na direção de Pesh. Um rosnado baixo escapou da garganta dele.

– Não, não, Beau. O Pesh é nosso amigo – disse ela, puxando a coleira dele.

Pesh caminhou lentamente em direção ao sofá. Hesitante, ele estendeu a mão para o Beau cheirar. Depois de fazer isso, Beau ainda tinha um olhar firme para o Pesh.

– Eu chego a pensar que Aidan o avisou sobre mim antes de sair hoje à noite – observou ele.

Emma riu.

– Ele realmente costuma se comportar muito bem com estranhos, mas eu tinha medo de que isso pudesse acontecer com o Aidan fora.

– Ele só está sendo um bom cão de guarda. Levando em conta que ele não me conhece, está protegendo você e o seu bebê. – Pesh inclinou a cabeça para o lado. – Humm, vejamos se podemos fazer amizade. – Ele colocou a mão em uma das sacolas. – Vamos ver se um pedaço de Samosa pode resolver isso. – Ele se aproximou de Beau com um pedaço do que parecia ser uma tortilla.

Beau olhou para ela.

– Tudo bem. Pode comer. – Relutante, ele avançou e tirou o pão da mão de Pesh.

– O que é exatamente?

– É um wrap de batatas e especiarias.

– Oh, nossa, então ele está no céu. Ele ama batatas quase tanto quanto o pai. – Ao perceber o que tinha dito, Emma não pôde conter o rubor que encheu o rosto dela.

– Então, enquanto eu desembrulho as coisas, você pode me dizer o que aconteceu entre você e Aidan?

Emma franziu o rosto.

– Tenho mesmo que fazer isso?

– Não, se for chatear você. Eu não quero causar qualquer dor.

Ela gemeu.

– Não, eu acho que é justo que você saiba com o que está lidando.

– Ou contra o que estou lutando?

– Acho que sim – murmurou ela.

– Então, você e o Aidan estavam namorando, você ficou grávida e ele não quis se comprometer? – sugeriu Pesh, com a mão dentro de uma das sacolas.

Ah, Deus. Ele não poderia estar mais longe da verdade?

– Não exatamente.

Pesh desviou a atenção das embalagens que estava tirando da sacola e olhou para Emma.

– Desculpe. Eu não devia ter perguntado.

– Não, só que quando eu disse no hospital que era uma longa história, eu não estava brincando. – Depois de respirar fundo, ela contou ao Pesh tudo desde o começo quando ela queria que o Connor fosse o pai de seu filho até a traição de Aidan.

Quando ela finalmente terminou, Pesh balançou a cabeça.

– Você tem razão. É mesmo uma história bem longa. – A essa provocação, Emma bateu no braço dele e sorriu. – Obrigado por compartilhar comigo. Eu sei que não deve ter sido fácil passar por toda essa dor.

Emma olhou para ele.

– Você sempre fala de maneira tão adequada, usa tão bem as palavras...

– Meus pais gostam de dizer que eu tenho uma alma velha. Acho que é por isso que soa assim quando eu falo.

– Você é o filho mais velho?

Pesh concordou com a cabeça.

– Sou. Pode-se dizer que sou o estereótipo clássico do filho mais velho. Meu irmão mais novo... Bem, é uma história comprida para outro dia.

Emma riu quando Pesh começou a servir de maneira desajeitada a sopa em uma tigela. Ela gostou do cheiro.

– Humm, o que é isso?

– Rasam ou sopa de tomate.

Ela experimentou.

– Nossa, está muito bom.

– Achei que você fosse gostar. Também é muito saudável. E boa para digestão.

Emma riu.

– O restaurante deveria contratar você como garoto propaganda.

– Você acha?

Ela assentiu.

– Você deveria saber. Quer dizer, eu trabalho com publicidade.

Depois de algumas colheradas da sopa, ela olhou para outra embalagem que Pesh estava abrindo. À expressão de apreensão dele, ele disse:

– Dê só uma mordida no Daal Makhani. – Ela lançou um olhar cético para Pesh, que sorriu. – Confia em mim. Faz bem para você. Contém muitas proteínas e fibras.

No instante em que ela colocou uma colherada na boca, soube que tinha cometido um erro.

– Está queimando.

– Sério?

Ela balançou a cabeça passando a mão na boca.

– Acho que devia ter dito que sou um pouco sensível a pratos picantes.

– Ah, bem. Por que então você não deixa e prova o Frango com Manteiga? – Pesh colocou alguns pedaços de frango que pareciam laranja no prato dela.

– Então, conta para mim sobre a sua família – disse Emma. Estava difícil falar com a língua ainda em chamas.

– Bem, o meu pai veio para a América com os pais dele quando ainda era adolescente. Ele quis deixar a Índia para se americanizar. – Pesh balançou a cabeça. – Até trocou o nome para Charlie.

– Sério?

Pesh sorriu.

– É, ninguém que eu conheço, exceto a minha mão e meus avós, o chama pelo seu nome verdadeiro.

Emma empurrou o garfo pelo prato, sem saber o que comer a seguir.

– E a sua mãe?

– Ela é a razão por eu não ser totalmente americanizado, nem ter um nome como Bill ou algo assim.

Emma riu.

– Não consigo ver você como "Bill"... William talvez, mas definitivamente não Bill ou Billy.

– Nem eu. – Pesh passou um guardanapo na boca. – Ela veio para se casar com o meu pai quando fez dezoito anos. Eles se conheceram quando crianças, mas foi mais como um casamento arranjado.

– Oh – murmurou Emma. Ela comeu uma colherada de uma opção menos picante. – O seu casamento foi arranjado?

– Não. Na verdade, a Jade foi a primeira garota não indiana com quem eu saí.

– A sua mãe ficou brava?

Ele balançou a cabeça.

– No início. Mas a Jade quis muito se adaptar à minha vida e os meus costumes. Durante os anos em que namoramos, ela conquistou aos poucos a minha mãe. – Ele sorriu para Emma. – Com o meu pai, o traidor da cultura dele, pensar em ter uma nora loura de olhos azuis era a realização de um sonho!

Emma riu.

– Posso imaginar. – Ao tirar os olhos do prato, ela viu que a expressão de Pesh estava séria. – O que foi?

– Posso imaginar que ele ficaria encantado com uma beleza ruiva de olhos verdes e brilhantes.

O garfo dela fez um grande barulho ao cair no chão. Ela e Pesh se inclinaram para pegá-lo e acabaram batendo as cabeças um no outro.

– Oomp – murmurou Emma. Ela levou a mão na cabeça e esfregou o couro cabeludo dolorido.

– Desculpa se eu chateei você – disse Pesh, com cuidado.

– Você não me chateou. É que... – Ela lambeu os lábios, sem saber como continuar. – Quando você diz coisas assim, sinto como se eu o estivesse seduzindo. Eu não quero que você fique magoado.

– Emma, eu sou adulto. Sou completamente capaz de cuidar de mim e dos meus sentimentos. E também estou bem ciente do quanto você deixou claras as suas intenções para comigo.

Ela balançou a cabeça.

– Então por que desperdiçar o seu tempo comigo se eu estou fechada?

– Essa é a mesma pergunta que alguém poderia fazer ao Aidan. Por que ele deveria continuar correndo atrás de você depois do que fez e do que você ainda sente por ele? – Ele deu um leve sorriso. – Porque vale a pena lutar por você.

– Ah, Deus – resmungou ela. E cobriu o rosto com as mãos.

– Eu disse algo errado?

Por trás das mãos, ela respondeu:

– Oh, não. Esse é o problema. Você nunca diz nada errado. Tudo o que você diz ou faz é absolutamente maravilhoso.

Pesh riu.

– Desculpa por deixar você confusa, Emma. Eu estou mesmo disposto a lutar.

Ela espiou entre dedos.

– Mesmo?

– Bem, eu poderia mentir e dizer que sim, mas a verdade é que eu estou feliz quebrando as barreiras devagar. Quero que você possa ver que quando estiver pronta e se realmente me quiser, eu estarei aqui.

– Você diria algo assim – reclamou ela.

Ao se levantar, Pesh esticou os braços sobre a cabeça.

– Tudo bem, eu acho que está na hora da nossa conversa mudar e de eu limpar tudo.

– Oh, não, você não tem que fazer isso.

– Eu não sonharia em ultrapassar os limites da sua hospitalidade e deixar uma bagunça.

– Lá vai você outra vez com essas belas palavras – observou ela.

Ele balançou o dedo para ela.

– Tudo bem, então eu tenho belas palavras. O que seria algo único em você?

– Humm, bem...

– Oh, vai. Eu sei que deve haver toneladas de coisas únicas em você.

– Tudo bem, então, sou cantora.

Ele ergueu as sobrancelhas escuras em tom de surpresa.

– Você?

Ela assentiu e contou ao Pesh tudo sobre ter crescido cantando no bar Gary's do primo dela.

– Você cantou em um bar chamado "Doc"? – perguntou Pesh, curvando os lábios para cima em tom divertido.

– Cantei. Era o apelido do Gary's.

– Humm, eu gosto da ironia.

Quando Pesh piscou para ela, Emma balançou a cabeça.

– Certo, então sou cantora. Que outra particularidade você tem?

Passando a mão no queixo, Pesh disse:

– Bem, eu comprei e voo no meu próprio avião.

Emma arregalou os olhos.

– Sério?

– É. Na verdade, não é inteiramente meu. Meu pai e meu irmão do meio também têm licença para pilotar.

– Wow, eu nunca voei em um avião pequeno.

– Então, vou ter que levar você algum dia.

O coração de Emma bateu mais forte com aquela insinuação. Como se ele lesse os pensamentos confusos dela, Pesh sorriu.

– Tem certeza de que você terminou de comer?

Levando em conta que o estômago dela já estava agitado com a mistura de temperos e pratos, ela sabia que não poderia dar nem mais uma mordida.

– Estou satisfeita. Obrigada.

– Você não se incomoda se eu levar o que sobrou para outros os médicos e para as enfermeiras?

– Não, não. Vá em frente.

Pesh sorriu.

– Então você não gostou da comida indiana, hein?

Emma riu.

– Acho que a partir de agora é melhor eu ficar com um prato em vez de experimentar todos.

Pesh tinha terminado a limpeza quando o *pager* dele tocou.

– Sério? – murmurou ele.

– O que aconteceu?

– Eles precisam que eu chegue um pouco mais cedo esta noite. Segredos da lua cheia, eu acho.

– Verdade?

Pesh olhou para ela e sorriu.

– Que parte? Que eles precisam que eu chegue mais cedo ou que a lua cheia enlouquece as pessoas?

Ela riu.

– As duas, eu acho.

– Ah, sim. Nas noites de lua cheia a emergência parece um filme de terror.

– Então, vou incluir você nas minhas preces.

– Por favor, faça isso. – Ele olhou para as sacolas em volta. – Acho que vou ter que fazer duas viagens. Já volto. – Ele pegou as bolsas de comida e a maleta e saiu pela porta. Beau o seguiu.

– Não, garotão. Vem cá.

Na mesma hora, ele foi para o lado de Emma. O olhar que ele fez provocou um sorriso nos lábios dela.

– Não, eu não vou embora com ele. Sua companheira de cama e provedora das migalhas da mesa vai ficar aqui.

Beau abanou o rabo ao comentário dela. Quando Pesh voltou, Beau endureceu. Pesh olhou para ele ao se aproximar do sofá para pegar o aparelho de ultrassom.

– Humm, eu acho que a Samosa não consolidou a nossa amizade, hein, amigão?

Beau pulou no sofá e deitou a cabeça no colo de Emma. Pesh riu. Balançando o dedo para Beau, ele disse:

– Cuida bem dela e do Homenzinho, ok?

Emma sorriu.

– Ele vai fazer isso.

– Obrigado por me deixar vir hoje à noite.

– Não, eu que deveria agradecer por você ter vindo me examinar e por ter trazido o jantar.

– O prazer foi meu, e espero repetir no futuro. Mas acho que vou esperar até você sair do repouso para avançar com o meu cortejo.

– Tudo bem, eu acho que podemos fazer isso.

Pesh passou a mão no queixo, pensativo.

– Você gosta de ópera?

– Ah, sim, adoro. Sou uma grande fã das artes.

Ao tirar a carteira do bolso, Pesh pegou alguns ingressos.

– Na próxima semana haverá uma apresentação de Aida. Até lá você terá deixado o repouso. Gostaria de ir? – À hesitação dela, Pesh disse: – Só como amigos, Emma.

Ela respirou aliviada.

– Obrigada. Eu adoraria.

– Então vou ficar ansioso para vê-la na semana que vem em nosso não encontro para Aida.

– Eu também.

Pesh pegou o aparelho e se inclinou para beijar com carinho o rosto de Emma. Beau levantou a cabeça e rosnou.

– Beau! – advertiu Emma. Ele abaixou a cabeça e fez sua melhor expressão de cão de caça triste.

– Acho que é o sinal para eu ir andando.

– Desculpa por ele.

Pesh balançou a cabeça.

– Não se desculpe por nada, Emma. Nem pelo Beau, nem por não ter gostado do jantar. – O rosto dele estava a alguns centímetros do dela. – Principalmente, não se desculpe pelo que eu tenha feito você sentir esta noite.

Ela o encarou, sem piscar ou se mexer.

– Não vou me desculpar.

– Que bom. – Ele se levantou e, com um último aceno, saiu pela porta.

Quando estavam a sós, Beau rosnou e se aconchegou perto dela.

– Oh, dá um tempo, certo? Não é fácil ser uma grande bola grávida com esses hormônios! – Em seguida, ela se recostou nos travesseiros e ligou a televisão.

CAPÍTULO DOZE

Pouco depois das nove, Beau levantou a cabeça e latiu feliz.

– Humm, será que isso significa que o papai chegou?

Beau abanou o rabo e correu para a cozinha. O som do alarme da casa a alertou que o Aidan estava entrando pela porta dos fundos.

– Ei, garotão. Você cuidou da fortaleza para mim enquanto estive fora?

Aidan entrou na sala de estar com Beau ainda latindo ao lado dele.

– Espero que ele não tenha feito nada constrangedor como urinar para marcar o território, enquanto a sua paquera estava aqui.

– Não, ele não fez nada – respondeu Emma.

– Falando nisso, como foi o seu encontro? – perguntou Aidan, jogando as chaves na mesa.

– Não foi um encontro – murmurou ela.

– Desculpe, srta. Impaciente. – Ele respirou fundo. – Arsh, o que está fedendo aqui?

– Pesh trouxe comida indiana para eu experimentar. – O estômago de Emma se revirou ao pensar em comida outra vez, sobretudo algo com temperos. – Onde você esteve? – perguntou ela, tentando mudar de assunto.

– Eu tive um encontro quente.

Emma levantou a cabeça para olhar para ele. Ela não pôde deixar de arregalar os olhar em choque e abrir a boca. Ele tinha estado com outra mulher? Depois de tudo o que disse a ela antes de sair? Ela ficou enjoada ao pensar nisso, e se esforçou para conter a bílis na garganta.

– T-teve?

Ele assentiu e se apoiou na mesa de centro. Ele bateu os joelhos nos dela, e Emma se esforçou contra a vontade de se afastar dele. Ele se apoiou nos cotovelos.

– Imagina a cena. De short curto, Daisy Dukes com as pernas de fora...

– De short curto? Estamos no final do outono!

Aidan levantou a mão.

– Não terminei.

Cruzando os braços na frente do corpo, ela protestou:

– Tudo bem.

– Então, como eu estava dizendo, lá estava a Daisy Dukes, com botas de caubói e, para completar, uma blusa que deixava a barriga à mostra... – Ele fechou os olhos e balançou a cabeça. – Cara, eu estava bem!

Ela arregalou os olhos e ele piscou para ela. Emma olhou para ele sem conseguir acreditar.

– Não havia uma menina vestida assim... quer dizer, você...

Aidan riu.

– Eu só estava provocando você, Em. Eu passei na casa do Pop, e ele quis assistir ao jogo. Posso garantir que não estive com nenhuma mulher.

A possibilidade de ele ter tido um encontro de verdade teve um efeito tão grande como uma tempestade emocional que, junto com o alívio que sentia, ela também vomitaria. Ela só teve um instante para entrar em pânico e decidir se deveria ir ao banheiro antes de se inclinar e vomitar no colo de Aidan.

Ele desviou o olhar da calça suja para ela.

– Droga, Em, eu sei que a minha piada foi ruim, mas você precisava mesmo vomitar em mim?

Lágrimas de vergonha rolaram dos olhos dela.

– Eu, eu... Desculpa.

E expressão dele se transformou de diversão em compaixão quando ela começou a chorar. Ele se aproximou e acariciou o braço dela.

– Ei, não chora. Você não é a primeira pessoa que vomita em mim. Eu fazia parte de uma fraternidade. Não há nada pior do que o vômito de um cara bêbado.

– Não posso acreditar que você esteja sendo tão legal quanto a isso – disse ela, com um soluço.

– Bem, não é que você tenha feito de propósito. – Ele ergueu as sobrancelhas. – Fez?

– Não! Eu nunca faria isso!

Ele passou o dedo no rosto dela.

– Eu sei. Eu só estava, Em, provocando você outra vez.

– Eu não acho que a comida tenha feito bem para mim, muitos temperos e molhos diferentes – respondeu ela, ao esfregar o nariz com a manga da camisa.

– Humm, eu acho que isso também diz muito sobre a companhia, não?

– Aidan – advertiu ela, com o constrangimento se transformando em raiva com as suposições dele.

Ele levantou a cabeça para olhar para ela.

– Parece que o Noah está tentando dizer algo. Estou feliz que o Homenzinho já tenha o pai de volta.

Ela apertou os olhos.

– Eu nunca tinha experimentado comida indiana. Não tem nada a ver com os meus sentimentos ou com os de Noah. Muito obrigada, mas é o meu aparelho digestivo – disse ela.

Aidan sorriu.

– Ah, aqui estão essas adoráveis variações de humor da gravidez que eu amo tanto.

Ela respirou fundo.

– Vem. Você precisa se limpar e eu tenho que voltar para a cama.

Quando Aidan se levantou, o vômito escorreu pelas pernas da calça. Ele fez uma careta.

– Jesus, eu acho que realmente preciso testar os meus reflexos. – Ele abriu o botão da calça e rapidamente a tirou. – É melhor eu colocar essa aqui na máquina de lavar.

Emma se inclinou para se levantar do sofá na mesma hora em que Aidan se virou. O rosto dela ficou na direção da virilha dele. Ao perceber a respiração forte dele, ela se afastou.

– Oh, desculpa – murmurou ela.

– Essa noite só fica melhor e melhor – sussurrou ele. Antes de seguir para o quarto, ele se virou e estendeu a mão para Emma. O coração dela acelerou com aquele pequeno gesto.

– Obrigada.

– É um prazer. Escuta, eu peguei as minhas coisas e levei para o banheiro lá de cima, então você pode ficar com o meu.

Os hormônios dela estavam descontrolados.

– Awn, obrigada – murmurou ela.

Aidan deu um sorriso divertido.

– Droga, querida, não é muito difícil impressionar você, não é?

Ela revirou os olhos.

– Desculpe por agradecer pela sua gentileza – protestou ela antes de entrar no banheiro e bater a porta.

Aidan fez uma expressão de dúvida quando ela tirou a blusa.

– Bem, você se lembra de que eu preciso tirar as minhas coisas daqui, certo?

– Sim, vá em frente.

Só de sutiã, Emma começou a escovar os dentes. Quando Aidan pegou o xampu e o sabonete líquido, ele se inclinou para pegar a escova de dente antes de dar um beijo nas costas nuas dela. O desejo fez o corpo de Emma estremecer. Se Aidan percebeu a reação dela, não disse nada.

– Agora, não fica em pé por muito tempo.

Com um aceno, ela disse com a boca cheia de pasta de dente.

– Sim, senhor.

Ele balançou a cabeça.

– Você e a sua língua de sempre.

Ela sorriu para ele antes de sair pela porta.

***

Quando a Emma terminou de tomar banho, Aidan ainda estava no andar de cima. Exausta com a montanha emocional do dia, ela entrou de imediato em um sono profundo. Mas não tranquilo. Sonhos passavam pela mente dela. Primeiro, um sonho em que Aidan e Pesh estavam brigando por ela em um duelo de morte como nos tempos antigos. Depois, ela sonhou que quando Noah nasceu, ele se parecia com Pesh em vez de puxar qualquer coisa dela ou de Aidan.

Finalmente, a mente dela passou para outro sonho, em que tudo era muito surreal, pois já tinha acontecido.

Água gelada corria pelo pescoço e pelos ombros nus dela, e ela balançou as pernas para flutuar no lago da casa dos avós. Ela quase conseguia tocar o fundo se deixasse a água da cachoeira sobre a cabeça. Ao mergulhar na água, Aidan nadou em direção a ela com um olhar predatório. Um calafrio de ansiedade passou por ela.

– Você está com frio? – perguntou Aidan.

– Um pouco – murmurou ela.

– Então, me deixa esquentar você. – Ele a puxou entre os braços e levou os lábios aos dela. – Hummm, você está tão doce... mais doce do que sempre.

Ela sorriu.

– Posso ter feito uma pausa para comer bolo antes de vir para o seu quarto.

Aidan riu.

– Desejos no meio da noite por comida e sexo, hein?

– É.

– Acho que é hora de satisfazermos esse segundo desejo, não?

– Por favor.

– Passa as pernas em volta do meu corpo, querida.

Ela fez o que ele comandou. Aidan deu um gemido ao começar a conduzi-los pela água para a borda.

– Estou muito pesada?

– Não, não – murmurou ele, com os dentes cerrados.

Ela riu.

– Aidan, eu posso fazer isso sozinha. Você não precisa me levar.

– Não é que você esteja muito pesada. É que é mais difícil do que eu pensava que seria na água.

– Awn, mas você agora sem dúvida é o meu herói! – Ela levou os lábios ao rosto dele e o beijou desde o queixo, antes de beliscar e lamber os lábios dele. E movimentou o quadril contra a virilha dele.

– Nossa, Em – murmurou ele, segurando mais firme na bunda dela.

– Estou excitando você?

– Oh, muito.

– Que bom. – Ela empurrou a língua para a boca dele, procurando sentir o calor. E deixou a dança sensual o provocar. Então, como o estalo de um interruptor, eles pararam de se provocar para se beijar.

Quando Aidan chegou à borda do lago, segurou firme Emma e se ajoelhou, fazendo-a gritar ao se deitar de costas.

– Você está bem? – perguntou ele. Ela olhou para ele. A lua cheia lançava um brilho ao redor da cabeça de Aidan, fazendo com que ele parecesse angelical por um instante.

– Estou bem agora. – Ela abriu as pernas para deixar ele se acomodar entre elas. – Faz amor comigo, Aidan.

Ele olhou intensamente para os olhos dela, e ela sabia que ele tinha percebido o fato de ela ter usado o termo fazer amor.

– Tudo o que você quiser, querida – respondeu ele, com o sorriso convencido de sempre.

Quando ele mergulhou sobre o corpo dela, ela gritou e agarrou os ombros dele. Ele se mexeu devagar, entrando suavemente no corpo de Emma. A língua dele refletia os movimentos, enquanto a mão estava ocupada nos seios dela, fazendo os mamilos enrijecerem.

Quando ela estava perto de atingir o orgasmo, ele mudou o ritmo e começou a se mexer mais e mais forte contra ela, fazendo a areia e a grama esfregarem as costas dela. Ele a balançou nos braços.

– Não, assim não. Seja carinhoso comigo, Aidan – murmurou ela.

Devagar, ela foi transportada da cena em que fazia amor para o quarto de Aidan. Alguém a sacudia. Não, *Aidan* a sacudia.

– Em, acorda.

Ela levantou as pálpebras e viu que ele tinha um olhar preocupado no rosto.

– O que aconteceu?

Ele tirou a mão do ombro para o rosto dela.

– Você estava gemendo. Acho que estava tendo um pesadelo ou algo assim.

– Não, eu estava quase tendo um orgasmo – resmungou ela, sonolenta.

– O quê?

De repente, ela despertou. As mãos dela voaram para cobrir o rosto, e ela estava morta de vergonha.

– Oh, Deus.

Aidan riu do lado dela.

– Em, sua pervertida. Você estava gemendo por causa de um sonho erótico?

Ignorando-o, ela rolou para o lado dela na cama. E cobriu o rosto com um travesseiro.

– Espera um pouco. Quando você disse: "Seja carinhoso comigo, Aidan", não era por eu a estar acordando?

– Vou voltar a dormir agora.

Ele cutucou o ombro dela.

– Ah, qual é, Emma. Admita. Você estava sonhando que estava fazendo sexo comigo. – A voz dele vibrava de prazer. – Devia estar gostoso, se você estava quase tendo um orgasmo.

Ela deu um suspiro exasperado.

– Estou surpresa por você estar perguntando se estava bom. Não é você que sempre pensa que é incrível?

Ele passou a mão pelo ombro dela, rolando-a para trás. Com o outro braço na cabeça dela, ele a conduziu para forçá-la a ficar de frente para ele.

– Você é a única mulher no mundo para quem eu quero ser incrível na cama ou proporcionar orgasmos múltiplos e alucinantes. – Ele balançou a cabeça. – Mais ninguém, eu juro.

Olhando para ele, Emma passou o dorso da mão no rosto de Aidan.

– Você precisa fazer a barba – murmurou ela.

Aidan ergueu as sobrancelhas.

– Você não quer que eu deixe crescer? Talvez usar cavanhaque ou barba?

– Não, eu gosto do jeito que você é.

– Então, vou raspar. Para você.

Arrebatada pelos sentimentos ardentes que sentia por ele e ainda se refazendo do sonho erótico, Emma se levantou e levou os lábios aos dele. Aidan gelou de imediato e ela sentiu como se estivesse beijando uma estátua de mármore. Quando ela abriu a boca para deslizar a língua contra os lábios dele, ele começou a se descongelar devagar. A mão dela que esteve acariciando o rosto dele passou despercebida pelos cabelos de Aidan. Ela passou os dedos pelos fios macios, esfregando e puxando como os dentes dela faziam nos lábios dele.

Aidan deu um leve gemido e começou a empurrar a língua na boca de Emma. Deus, ela estava com saudade de sentir a boca dele na dela – a língua dele dançava sedutoramente na dela. O desejo se concentrou abaixo da cintura dela, e ela sabia que o queria mais do que nunca.

Ele passou a mão do ombro para o peito dela, apertando e acariciando a pele sensível sobre a camisola de Emma. Ela abriu as pernas, deixando os quadris de Aidan mergulharem entre elas.

Mas quando ele começou a levantar a barra da camisola dela, Emma arregalou os olhos como se a realidade, em vez do sonho, tivesse se abatido sobre ela.

– Espera, Aidan, não!

Ele levantou a cabeça e olhou para ela com os olhos turvos de desejo.

– Por favor, me diz que não é porque você não quer isso, mas porque nós acabamos de perceber que o médico disse para não fazermos.

Ela concordou com a cabeça.

– Eu nem devo ter orgasmos porque pode provocar contrações.

Ele sorriu maliciosamente para ela.

– Então foi bom eu ter despertado você do sonho erótico, hein?

Ela corou, e deu um leve sorriso.

– Acho que sim. – Quando ele se afastou, ela disse: – Desculpa.

– Não. Nós dois fomos levados. – Ele sorriu e a abraçou. – Além disso. Pode não ser tão gratificante só abraçar você durante a noite, mas não há nada que eu prefira fazer.

Emma gemeu.

– Por que você tem que dizer essas coisas?

– O quê?

Ela olhou para baixo.

– Você continua dizendo e fazendo todas essas coisas incríveis. Isso me deixa confusa.

– Você quer que eu seja um idiota ou algo assim?

– Não, claro que não.

– Ah, entendi. Você quer que eu seja o antigo Aidan egoísta, para que seja mais fácil para você não sentir o que está sentindo.

– Eu não disse isso.

– Mas você não quer que eu mude?

– Eu me apaixonei pelo Aidan antigo, lembra?

Ele deu um gemido de frustração.

– Mas você não quer que eu seja um homem melhor para você e para o Noah?

– Claro que sim.

– Então, me deixa dizer e fazer o que eu quero.

– Tudo bem.

Eles se deitaram em silêncio por alguns instantes.

– Você nunca vai me perdoar mesmo, não é? – perguntou Aidan.

– Espera. De onde você tirou isso?

Ele se sentou.

– Tudo o que eu fiz para você nos últimos oito dias, tudo o que eu disse, todos os pedidos de desculpa, tentando fazer a coisa certa... Não significaram nada para você, não foi?

– Isso não é verdade – retrucou Emma.

– É obvio que sim. Se você estivesse totalmente empenhada em voltarmos, não deixaria o Pesh vir até aqui, nem como médico. Você já teria dito que queria ficar comigo.

– Eu disse que se você se incomodasse tanto, eu não deixaria o Pesh vir e você seria mais do que bem-vindo a ter ficado aqui. Deus, a casa é sua. Você poderia ter ficado e ter visto que nada de romântico aconteceu entre o Pesh e eu. Mas você escolheu sair.

– Então agora você está tentando agir como se o fato de eu ter saído significa que eu não me importo do Pesh ter tentado seduzir você.

– Não, não é nada disso.

– Mais uma vez, é tudo culpa minha, certo?

Emma esfregou as têmporas.

– Podemos, por favor, não discutir sobre isso? Eu estou cansada.

– É, bem, eu também. – Ele jogou o lençol e se levantou da cama. Emma não se deu ao trabalho de perguntar onde ele estava indo. O barulho dos passos dele pela escada disse tudo o que ela precisava saber.

Com os pulsos, ela afastou algumas lágrimas dos olhos. Droga, por que ela não sabia qual era o certo a ser feito? Por que não podia estar claro que ela precisava ficar com Aidan, ou que tinha que dizer adeus a ele? Por que ela sempre sentia como se as emoções dela estivessem em uma gangorra?

Ao perceber que ela estava chorando, Beau apareceu e pulou do lado dela na cama.

– Ah, Beau – exclamou ela, passando os braços ao redor do corpo dele. Ele se deitou. Finalmente, ela estava exausta e dormiu.

CAPÍTULO TREZE

A atmosfera entre Emma e Aidan ficou pesada durante os últimos dias de repouso dela. Embora Aidan trouxesse tudo o que ela precisava, cuidasse de todos os caprichos dela, não era como antes. Ele já não ficava e assistia a filmes com ela. E mesmo com Beau do lado, a cama ficava fria e vazia sem ele à noite.

Aidan estava forçando a barra. Ele sentia que tinha feito tudo humanamente possível para que ela o perdoasse e agora estava entregando os pontos. O que fosse acontecer entre eles agora dependia dela. E ela estava completamente sem saber o que fazer.

Quando ela foi à consulta com a obstetra, dra. Middleton, ficou satisfeita em saber que tudo parecia estar ótimo, e que poderia sair do repouso e voltar a trabalhar na semana seguinte. Embora devesse estar mais contente, a incerteza ainda continuava pesada. Ela deveria sair naquela tarde e voltar para a casa dela? Será que ela deveria ficar e tentar fazer as coisas darem certo com Aidan? Ou será que ela estava pronta para se mudar para Ellijay para morar com os avós, como planejava antes?

Depois que ela e Aidan entraram no carro, um silêncio tenso se instalou. Finalmente, depois do que pareceu uma eternidade, Aidan suspirou.

– Escuta, Em, provavelmente você não vai gostar do que eu vou dizer, mas eu sinto que preciso fazer isso.

– Tudo bem – respondeu ela, hesitante.

– Eu sei que o seu repouso oficialmente acabou, mas eu não acho que você precise fazer qualquer coisa desgastante. Então, se você estiver disposta, eu preferiria que você continuasse na minha casa, pelo menos por um pouco mais de tempo.

Quando ela se virou para olhar para Aidan, viu que ele estava apertando os dentes. Ele estava tentando controlar as emoções. Ela sabia que isso significava que ele realmente queria que ela ficasse. Aquele pensamento fez o coração dela acelerar um pouco.

– Tem certeza de que não se importaria?

Aidan desviou o olhar da estrada para olhar fixamente para ela.

– Claro que não. Fica mais alguns dias ou semanas. – Então, ele murmurou: – Fica para sempre.

Ela prendeu a respiração com aquela alusão a compromisso, mas decidiu não pressioná-lo.

– Se você tem mesmo certeza, então eu adoraria ficar.

Ela deu um sorriso radiante, que fez os lábios dele se curvarem para cima.

– Que bom. Fico feliz em ouvir isso. Agora, por que não comemoramos deixando que eu a convide para jantar?

– Não, não, esse precisa ser por minha conta. Você já fez o bastante.

– Humm, eu não acho que já tenha deixado uma mulher pagar o meu jantar – observou Aidan.

– Que bom. Você pode aprender que sempre há uma primeira vez para tudo.

Aidan riu.

– Tudo bem, Em. Já que o jantar é por sua conta, vou procurar o lugar mais caro possível!

***

Na noite seguinte, Emma se preparou para ir à ópera com Pesh. Depois de dar os retoques finais nos cabelos, ela se olhou no espelho do banheiro e observou a imagem. Com a cintura marcada e alças largas, o vestido violeta estava um pouco abaixo dos joelhos. Ela franziu um pouco o nariz ao ver como a gravidez fazia o vestido levantar. Parecia que ela tinha aumentado de tamanho nos últimos dias. Ela ficaria atenta para usar a echarpe quando não estivesse com o casaco.

Ela não se arrumava há tanto tempo, e tinha comprado o vestido para usar no jantar de ensaio do casamento de Casey e Nate, que parecia ser uma festa chique. Mas estava feliz em se arrumar mais para ir à ópera.

Quando a porta da frente bateu, ela se encolheu.

– Em? – chamou a voz de Aidan.

– Estou no banheiro. – Como uma verdadeira covarde, ela ainda não tinha contado sobre os planos de sair com Pesh. Ela sabia que causaria um problema desnecessário. E esperava conseguir sair antes de Aidan chegar em casa. Deixar um bilhete ou uma mensagem de texto avisando que estaria fora seria muito mais fácil do que ter que encará-lo. Mas Aidan não parecia enfiar na cabeça que não havia nada entre ela e Pesh e, ao mesmo tempo, ele ainda tinha que dizer as três palavras mágicas que ela esperava há tanto tempo para ouvir.

Enquanto a mente dela dizia que os planos para a ópera eram inocentes, o coração batia acelerado. No fundo, ela sabia que magoaria Aidan e, independente do que ele tinha feito com ela, isso a tornava uma pessoa horrível. Ela deveria ter dito ao Pesh não no primeiro instante que ele tocou no assunto de assistir à ópera. Mas, ao contrário, ela agiu contra o bom senso e concordou.

Ela se livrou dos pensamentos ao som de Aidan andando pelo corredor.

– Comprei comida chinesa no caminho. Achei que se você estivesse com vontade, poderíamos ir à apresentação de natação do Percy hoje à noite. Ele quer mesmo que a gente vá assistir. Juro, ele já me ligou umas cinco vezes.

Emma estremeceu por desapontar não só Percy como Aidan, que apareceu na porta do banheiro com a metade de um rolinho primavera na mão. Ele olhou para ela e ficou boquiaberto.

– Acho que você exagerou um pouco no traje para ir ao ginásio.

Ela corou.

– Na verdade, eu vou à ópera hoje à noite.

Aidan ficou pálido.

– Com o Pesh?

Ela mordeu o lábio antes de responder.

– Ele me convidou na semana passada porque tinha um ingresso extra. Outro casal vai junto, então não estaremos a sós. É uma forma de comemorar o fim do meu repouso. – Ao observar a mágoa irradiando dos olhos de Aidan, ela acrescentou rapidamente: – É no centro da cidade, no Fox. Não vou chegar tarde, e prometo ficar em pé o mínimo possível.

O silêncio dele fez o peito dela se apertar. Ela sabia que tinha que se afastar dele. Ao passar por ele, Emma percebeu uma migalha de rolinho primavera no rosto de Aidan e lambeu o canto da boca dele.

Ele agarrou o braço dela, com os olhos azuis flamejando em desespero.

– Em, não vai. Por favor.

Ela esperava que ele não notasse o quanto ela estava tremendo.

– Aidan, eu já disse ao Pesh que vou e que já estava vestida. Além disso, não é um encontro. Eu prometo.

Ele franziu o rosto.

– É claro que é um encontro. Você pode pensar que é só como amigos, mas tenho certeza de que ele não. Ou ele quer pelo menos que você acredite nessa mentira, enquanto está se preparando para a matança!

Emma olhou para o chão do banheiro.

– Sim, é verdade que Pesh gostaria que fôssemos mais do que amigos, mas eu disse a ele que eu não sabia o que queria.

– Isso não é verdade. Você quer a nós dois. Eu sei que quer. – Quando ela se recusou a olhar para ele, Aidan segurou o queixo dela, forçando-a a olhar para ele. – Por que você continua lutando contra isso? Lutando contra nós dois?

Ela tentou se afastar, mas ele passou os braços em volta do corpo dela.

– Eu não estou lutando contra nós dois. Realmente, não há mais nós dois, há? Você deixou isso bem claro quando não conseguiu dizer que me amava e tentou transar com outra mulher!

Ele apertou os olhos para ela.

– Ah, droga, tem sim! Havia antes e ainda há.

Emma balançou a cabeça quando lágrimas queimaram os olhos dela.

– Você vai entender isso? Você me magoou, Aidan! Você me quebrou em pedaços e não tenho certeza se já posso estar com você por inteira ou com qualquer outro homem.

O rosto dele se contorceu em agonia.

– Eu disse que sentia muito. Eu implorei e supliquei para você me perdoar. Eu tentei mostrar para você de todas as formas o quanto eu estava arrependido. Por causa dos últimos dez dias, o que tivemos está até mais forte agora, mas, droga, você continua lutando contra isso porque está com medo que eu faça outra besteira!

As bochechas de Emma esquentaram com a raiva que ela sentia.

– E como eu sei que não vai fazer? Você disse que queria mais comigo da última vez e olha aonde chegamos. Como eu sei que você não vai colocar um anel no meu dedo e, depois, vai se apavorar e estragar tudo? – perguntou ela.

– Porque eu não vou. Eu juro por Deus e por tudo o que é mais sagrado que eu não vou!

– Você não pode prometer isso. Você não pode ter certeza do que vai fazer amanhã ou daqui a cinco anos.

– Eu tenho certeza! Eu sei do fundo do meu coração que eu nunca senti por ninguém o que eu sinto por você. Tudo o que eu quero é você.

– Aidan...

A reação dele foi apertar os lábios nos dela. Aquela eletricidade familiar a envolveu. A necessidade física, junto com o amor, pulsou dentro dela e ela pensou que morreria se não se aproximasse dele. Ela queria tocar e provar cada centímetro dele.

Aidan deu um gemido de agonia quando a língua dela esbarrou nos lábios dele. Ele abriu a boca, aceitando a língua dela e acariciando-a com a dele. Quase instintivamente, ela passou os braços ao redor do pescoço dele quando ele passou os dele pela cintura dela. Eles se mexeram rapidamente um contra o outro.

Quando ele começou a apertar, ela deu um grito de protesto.

– Sinta, Emma. Está bem aqui, e tudo o que você precisa fazer é aceitar – murmurou ele contra os lábios dela.

Ela abriu os olhos e olhou para ele.

– Emma, eu...

O som da campainha o interrompeu e quebrou o feitiço.

– Ah, Deus – ela gemeu. As mãos dela desmaiaram do pescoço dele para empurrá-lo. – Preciso ir. – Como ele ainda a segurava forte, ela olhou para ele em pânico. – Por favor, Aidan.

Os braços dele caíram pelo corpo dela e os ombros dele se inclinaram em derrota.

– Tudo bem. Vai até ele. Espero que ele possa oferecer o que você obviamente não quer de mim. Mas não pense nem por um minuto que você não está fazendo o mesmo que eu fiz. Você está correndo da felicidade e tentando acalmar os seus medos com outra pessoa.

Então, ele se virou e a deixou sozinha no banheiro. Sentindo-se tonta, ela agarrou a bancada da pia. Lágrimas se formaram nos olhos dela, mas ela se esforçou para se manter firme. E escutou Aidan abrir a porta da frente e convidar Pesh para entrar. Então, ela se olhou no espelho e fez uma careta. O beijo com Aidan tinha borrado o batom.

– Só um segundo! – gritou ela.

– Fica a vontade – respondeu Pesh, com gentileza. Emma tinha certeza de que ele só estava sendo educado porque Aidan estava lá.

Quando terminou de retocar a maquiagem, ela pegou a bolsa e saiu apressada pelo corredor. Pesh estava na sala de costas para ela. As mãos dele estavam no bolso, brincando com as chaves com nervosismo e ela não conseguia ver Aidan. Ela pigarreou.

– Desculpa, eu estou muito atrasada.

Ele se virou e ficou encantado ao vê-la. Um sorriso iluminado passou pelo rosto dele.

– Você está tão absolutamente deslumbrante que qualquer homem seria um tolo de não a perdoar de imediato.

– Obrigada – respondeu ela. Emma não deixou de notar o quanto ele estava bonito com o paletó que combinava com o terno e a gravata que usava. Uma echarpe creme envolvia o pescoço dele. – Você também está muito bem vestido.

– Obrigado. – Ele olhou pela sala. – Onde está o seu casaco?

– Oh, só um segundo. – Ela seguiu para o armário perto da cozinha quando Aidan apareceu, segurando o casaco dela.

– Você não pode esquecer isso. Acho que vai fazer uns 5° C esta noite. Não quero que você ou o Noah fiquem resfriados – disse ele.

Ela se aproximou para pegá-lo, mas ele se ofereceu para ajudá-la a se vestir. Virando de costas para ele, Emma olhou para Pesh. Ele cerrou os dentes ao observar Aidan deslizando o casado pelos braços e pelos ombros dela.

– Obrigada.

– Não foi nada. – Os dedos de Aidan demoraram sobre os dela, até que ela finalmente se afastou.

– Acho que é melhor irmos andando. Não queremos perder nossa reserva para o jantar – disse Emma ao Pesh.

– Bom vê-lo outra vez, Aidan. Diga ao seu pai que espero que ele esteja se cuidando bem.

– Igualmente. Vou dizer ao Pop que você mandou lembranças.

Emma não podia acreditar que Aidan estava praticamente sendo gentil. Mas quando eles passavam pela porta da frente, ele disse:

– Toma conta da minha garota.

A mão de Pesh gelou na maçaneta.

– Ah, tudo bem – murmurou ele antes de abrir a porta para Emma. Ao fechá-la, Pesh relaxou com um suspiro de alívio.

– Desculpa – começou Emma quando eles desciam os degraus.

– Tudo bem. Eu provavelmente reagiria da mesma forma.

– Sério?

Pesh concordou com a cabeça ao abrir a porta do Jaguar.

– Se alguém estivesse tentando tomar a mulher que eu amo, eu provavelmente seria menos civilizado.

– Mas você não está tentando me tomar. Ele sabe que nós somos só amigos – Emma não pôde deixar de perceber que Pesh titubeou à palavra "amigo". – Nós ainda somos amigos, não somos, Pesh?

Um sorriso forçado passou pelos lábios dele.

– É claro que sim.

Ela sentiu um mal-estar no estômago. A expressão dela deve ter alertado Pesh sobre esses sentimentos, porque ele disse:

– Emma, se você não está confortável sobre esta noite ou por deixar Aidan, nós não temos que fazer isso. Eu nunca vou querer fazer qualquer coisa que faça você se sentir desconfortável.

A sinceridade na voz dele fez Emma balançar a cabeça.

– Não, eu estou bem. Vamos. Mas a verdade é que ela estava longe de se sentir bem. As emoções dela zumbiam e rodavam como gafanhotos prontos para atacá-la a qualquer momento.

Ele assentiu e, depois que ela se acomodou no banco do carro, fechou a porta para ela.

Ao passar para o lado dele no carro, Pesh se sentou e ligou o motor. Ele olhou para ela e sorriu.

– Estou feliz por você ter aceitado vir comigo esta noite. A minha irmã e o meu cunhado também estarão lá.

– Oh – murmurou ela à alusão de um encontro duplo.

– Mas a Shevta sabe que não estamos comprometidos, então você não precisa se preocupar com isso.

"É, tenho certeza de que ela acha que há muito mais entre nós do que você está demonstrando – exatamente como a Becky achava!", Emma

pensou, mas apertou os lábios. Os dedos dela foram para a bainha do casaco, que ela torceu com nervosismo.

Pesh tentou evitar o silêncio incômodo com uma conversa sobre a irmã e o cunhado. Emma podia dizer que ele era fã da Shevta, que parecia ser uma mulher incrível.

– Onde nós vamos jantar?

– Em um restaurante indiano perto do Fox.

O estômago de Emma se agitou com essa possibilidade, mas antes que pudesse tentar fingir uma expressão positiva, Pesh riu.

– Estou brincando.

Uma risadinha nervosa escapou dos lábios dela.

– Mesmo?

Ele tirou os olhos da rua por um instante para dar um sorriso radiante para ela.

– Eu fiz reserva no The Livingston, para estarmos bem do outro lado da rua e termos bastante tempo para comer e relaxar.

– Oh, eu sempre quis comer lá. Fica em um edifício tão bonito e antigo, com o Georgian Terrace Hotel.

– Fico feliz por ter feito uma boa escolha.

Emma sorriu.

– Acho que um dia quando eu não estiver grávida, vou ter coragem de provar comida indiana outra vez.

– Você acha mesmo? – Quando ela concordou com a cabeça, Pesh disse: – Agora, isso é o que eu chamo de coragem.

– Na verdade, você não sabe a história inteira e quanto de verdade há nessa afirmação!

– Oh, o que aconteceu?

Ela estremeceu antes de relatar a história sobre vomitar em Aidan. Claro que ela conseguiu omitir vários detalhes sobre o que aconteceu com eles mais tarde naquela noite.

A expressão de Pesh se tornou séria.

– Eu detesto saber que você ficou tão enjoada. Eu deveria ter percebido que misturar todos esses temperos não seria bom para você, principalmente se você tem um paladar tão sensível.

– Tudo bem. Essas coisas acontecem – disse Emma, quando eles entraram no estacionamento em frente ao The Livingston.

Depois de desligar o carro, Pesh olhou para ela.

– Então, vamos procurar a comida mais neutra possível para ter certeza de que esta noite você não precisará correr para o banheiro nem vomitar no vão da orquestra?

Emma riu.

– Eu não sou tão sensível.

– Ufa! É bom ouvir isso. – Ele, então, veio não só para abrir a porta do carro para ela, mas também para estender a mão e ajudá-la a saltar do carro.

Ela levantou a cabeça.

– Sabe, eu ainda não estou tão enorme para estar com problemas de mobilidade.

Ele piscou.

– Eu sei. Só usei isso como estratégia para segurar a sua mão.

Emma não pôde deixar de rir ao ver o sorriso travesso que se formou no rosto dele.

– Posso manter essa tática para acompanhá-la até o restaurante?

– Acho que sim.

– Eu não queria que você pensasse que estou avançando muito.

– Vou avisar se isso acontecer.

Quando o sinal fechou, eles atravessaram a rua em direção ao restaurante. Ao chegarem à recepção, Pesh largou a mão dela.

– Reserva para Nadeen – disse ele.

A recepcionista olhou para o livro.

– Sim, duas pessoas da sua mesa já chegaram. Por favor, queiram me acompanhar.

Pesh fez um sinal para Emma entrar primeiro e ela seguiu a recepcionista. Ao pararem na frente de uma mesa onde estava um casal indiano atraente, Emma prendeu a respiração.

– Shevta, Sanjay, essa é a minha amiga, Emma – apresentou Pesh.

Emma estendeu a mão para Shevta.

– É um prazer conhecê-la.

Shevta a recompensou com um largo sorriso ao apertar a mão de Emma.

– O prazer é todo meu, srta. Harrison. Por favor, sente-se.

Emma apertou a mão de Sanjay antes de olhar para um lugar vazio. Depois de ajudá-la a tirar o casado, Pesh puxou a cadeira para ela e a acomodou na mesa.

Ao fazerem o pedido das bebidas, Shevta olhou para Emma.

– Então, sei que você é uma grande fã de ápera?

– Oh, sim. Minha mãe me trazia ao Fox quando eu era mais nova. Eu só tinha treze anos quando assisti Aida pela primeira vez.

– Sanjay e eu compramos ingressos para a temporada desde que nos casamos. Com o horário louco dele, não conseguimos incluir Alpesh tanto quanto ele gostaria – disse Shevta.

– Estou muito grata por vocês me permitirem vir também hoje à noite.

Com um sorriso astuto, Shevta disse:

– Oh, não, nós é que estamos encantados por estarmos com você.

Emma se endireitou na cadeira e tentou se concentrar no cardápio e não na tensão que crescia na mesa sobre o fato de ela e Pesh estarem ou não juntos.

***

O restante do jantar foi tranquilo e ela realmente gostou de estar com Shevta e Sanjay. Claro que Pesh tinha o charme habitual dele. E ela não pôde deixar de sentir uma pontada no peito cada vez que ele olhava para ela e piscava.

Ao terminarem a refeição, eles caminharam para o outro lado da rua, sob as luzes brilhantes do Teatro Fox iluminado. Quando o lanterninha os conduziu à terceira fila da orquestra, Emma olhou para Pesh com os olhos arregalados.

– Esses assentos são incríveis!

Ele sorriu e pegou o casaco dela.

– Fico feliz que você tenha gostado.

– Que eu tenha gostado? Eu nunca pensei que fosse me sentar tão perto. Vou me sentir como se estivesse no palco. Bem, não que eu já tivesse estado em um palco como esse.

– Você já esteve envolvida com o teatro? – perguntou Pesh, quando eles se acomodaram nos assentos de veludo.

– Oh, sim. – Emma então passou o tempo antes das luzes se apagarem contando ao Pesh sobre os papéis dela em musicais.

Do instante em que a cortina se abriu, Emma ficou hipnotizada no assento. Os trajes, as marcações, as performances – eram de tirar o fôlego e muito melhores do que ela se lembrava. Quando o elenco saiu para a coxia, ela bateu palmas até ficar com as mãos vermelhas.

Ao passarem pelo corredor, Emma sentiu a mão de Pesh nas costas dela, guiando-a pela multidão. O ar frio os atingiu quando eles passaram pelas portas do salão e sob a marquise.

– Foi muito bom conhecer você – disse Sanjay.

– Igualmente – respondeu Emma, apertando outra vez a mão dele.

Shevta se inclinou e sussurrou no ouvido de Emma.

– Esperamos revê-la em breve. Há muito tempo eu não via Pesh tão feliz.

Com aquela insinuação, o peito de Emma se apertou e ela se esforçou para respirar. Como ela poderia explicar à Shevta que os sentimentos dela pelo Pesh não eram recíprocos, e que não importava o quanto tentasse não fazer isso, ela só o magoaria no final? Ou ela só estava mentindo para si mesma ignorando o brilho que florescia dentro dela cada vez que o Pesh sorria para ela ou fazia algo doce ou gentil? Com Pesh, ela nunca precisaria se preocupar com infidelidade ou com ele não ser capaz de dizer o que sentia. O coração dele era transparente, e ele era tão conservador, ele nunca pensaria em traição.

Finalmente, ela murmurou:

– Obrigada.

Ao acenarem em despedida para Sanjay e Shevta, Pesh estendeu o braço para ela.

– Então, você gostou de assistir Aida outra vez?

– Oh, eu adorei! É uma história de amor tão bonita, mesmo as partes tristes.

– Você me preocupou ao soluçar tanto.

Emma sorriu.

– Eu não pude evitar. É uma mistura de estar com os hormônios à flor da pele e também por eu sempre chorar nas partes emocionantes dos filmes, livros ou peças de teatro.

Eles estavam quase virando a esquina para o estacionamento, quando Pesh parou.

– O que foi? – perguntou Emma.

Pesh apontou para a carruagem que estava no meio-fio.

– Que tal darmos um passeio?

Emma arregalou os olhos pelo romantismo e pela perspectiva de entrar na carruagem.

– Eu adoraria, mas...

– Você tem medo de não conseguiu subir?

Ela ergueu as sobrancelhas.

– Como você...?

Ele riu.

– Apostei na sorte. Mas não tenha medo. Tenho certeza de que podemos cuidar disso. – Ele pegou a mão dela e a colocou do lado da carruagem. – Agora, coloque o seu pé no estribo. – Pesh colocou as mãos na cintura dela e gentilmente a levantou. Ela ergueu a outra perna e se lançou no assento.

– Oomph – murmurou ela, ao tentar arrumar o vestido.

– Você está bem?

– Estou.

– Certo, estamos prontos. – Pesh chamou o motorista.

– Sim, sr. Nadeen. – Com o estalo das rédeas, a carruagem começou a seguir, fazendo a Emma bater contra o peito de Pesh.

Ao se afastar dele, Emma perguntou:

– Como ele sabe o seu nome?

– Se você quer andar de carruagem depois das dez, é preciso contratar uma.

– Você contratou um passeio de carruagem para nós? – perguntou Emma, sem conseguir acreditar.

– Sim, bem, na hora pareceu uma boa ideia, outra maneira de eu a cortejar. Claro que isso foi antes de eu ir buscá-la e passar por aquela cena com Aidan.

Emma abaixou a cabeça.

– Eu sinto muito.

Pesh ergueu o queixo dela com carinho, forçando-a a olhar para ele.

– Por favor, não se preocupe. Eu estou contente por ter passado esta noite agradável com você.

Ao ver a expressão séria dele, Emma sorriu.

– Eu também. E obrigada por ser tão compreensivo.

– O prazer é meu.

Eles observaram a vista e os pontos turísticos enquanto o tráfico e as pessoas atarefadas passavam ao redor deles. Para combater o frio, ela se aproximou mais de Pesh. Ele enrijeceu por um instante antes de abraçá-la. Embora se odiasse por isso, ela não pôde deixar de notar como ele parecia completamente diferente de Aidan. Ele era mais alto, mais musculoso. Ela se sentia quase minúscula nos braços dele, mesmo com a barriga bem maior.

– Emma – sussurrou ele.

Ela tirou a cabeça do peito de Pesh para olhar para ele. O intenso desejo que queimava nos olhos dele a desarmou e enviou uma faísca por dentro dela que a fez estremecer. Antes de conseguir se conter, ela se inclinou, dando ao Pesh o convite que ele buscava.

Os lábios quentes dele esbarraram com hesitação nos dela. Como Emma não se afastou, ele se aproximou mais. Sempre um cavalheiro, ele não tentou aprofundar o beijo buscando enfiar a língua. Em vez disso, ele se afastou para olhar nos olhos dela. A faísca enviou chamas para baixo da cintura dela e ela voltou a encostar os lábios nos dele. Desta vez, ela deslizou a língua pelos lábios dele. Pesh deu um gemido baixo antes de passar a língua na dela.

Naquele instante, Emma não conseguia ficar perto o suficiente dele para conseguir tudo o que queria. As mãos dela estavam nos cabelos dele enquanto ela se endireitou para praticamente se sentar no colo dele. Ela quase choramingou de frustração quando as mãos do Pesh foram aos ombros dela para empurrá-la para trás.

– Emma, não.

– O quê? – murmurou ela.

Ele balançou a cabeça.

– Essa não é você. São os seus hormônios.

– Espera, não. Não é nada disso. – Ela olhou para ele. – Acredita em mim quando eu digo que você beija muito, muito bem.

Pesh riu.

– E em cinco minutos, você vai odiar a mim e a você, exatamente como eu odeio agora.

– Por quê?

– Porque eu me sinto um grande idiota por me lançar a você considerando que você acabou de sair do repouso, nós mal nos conhecemos e os seus sentimentos pertencem a outra pessoa.

Ela piscou algumas vezes, considerando as palavras dele. Então, ela cobriu o rosto com as mãos.

– Ah, Deus, eu acabei de agir com uma vadia, não foi? – Emma gemeu.

– Não, não agiu. – Quando ela espiou para olhar para ele, Pesh deu um sorriso constrangido. – Além disso, você pode culpar os seus hormônios da gravidez. Eu deveria saber melhor sobre isso.

Ela segurou a mão dele.

– Não são apenas os hormônios que me fazer querer você, Pesh. Você é um homem incrível, bonito, forte, compassivo, que se abre e abre o seu coração. Qualquer mulher no meu lugar estaria disposta a tirar a calcinha para você, mesmo as mais moralistas.

Ele riu.

– Todo esse tempo e quem saberia que eu era um "derretedor" de calcinhas.

Emma sorriu.

– Você precisa sair mais da ala da emergência.

– Se eu tivesse mais noites pelas quais ansiar, talvez eu saísse.

À insinuação dele, Emma olhou para baixo. Um suspiro frustrado saiu da garganta de Pesh. Afastando-se dela, ele se sentou no outro banco e fez um sinal para o motorista.

– Ed, eu acho que está na hora de você nos levar de volta. Está um pouco frio para a Emma passar esse tempo todo aqui.

– Sim, senhor.

No restante do passeio, ele se sentou de frente para ela e eles conversaram sobre Atlanta, não sobre o que estava ou não acontecendo entre eles. Emma se sentia congelada quando eles voltaram para o carro. E estendeu as mãos para o aquecedor se endireitando para se esquentar no banco de couro aquecido.

– Desculpa por você ter sentido tanto frio. Eu deveria ter percebido que a temperatura não estava cooperando com um passeio de carruagem.

Esfregando as mãos, ela se virou e olhou para ele.

– Não, eu gostei. Tudo esta noite foi tão maravilhoso!

– Humm, eu deveria considerar isso um verdadeiro elogio, levando em conta que você foi mimada durante duas semanas?

Emma riu.

– Sim, deveria. Embora você provavelmente pudesse ter me levado para algo que eu odeio como um evento esportivo, eu teria gostado.

– Você não gosta muito de esportes, hein?

Franzindo o nariz, Emma disse.

– Meu coração está no teatro e nas artes.

Pesh sorriu.

– Vou precisar me lembrar disso.

Eles mal tinham chegado à avenida quando o esgotamento se abateu sobre ela. O calor do carro e o fato de que ela não se esforçava tanto há semanas a fizeram lutar para manter os olhos abertos. Não demorou muito até ela adormecer.

O balanço que o carro fez ao parar a despertou. Ela abriu os olhos quando eles chegaram à calçada da casa de Aidan.

Bocejando, ela se virou para Pesh.

– Minha companhia não é nada gentil, não é?

Ele balançou a cabeça.

– Estou surpreso por você ter feito tanto. Foi um longo dia.

– Sim, foi.

– Vou levar você até a porta.

Enquanto Pesh saltava do carro, Emma pegou a bolsa. A casa estava escura quando eles chegaram à porta. Aidan não tinha deixado a luz da varanda acesa para ela. Emma prendeu uma respiração trêmula ao pensar em encará-lo outra vez.

Ao chegarem à varanda, Emma olhou para Pesh.

– Quero lhe agradecer outra vez pela noite adorável.

Pesh sorriu.

– O prazer foi meu. Espero que seja algo que possamos repetir.

Emma concordou com a cabeça.

– Eu também. – Ela se inclinou para beijar o rosto de Pesh. Quando começou a se afastar, Pesh a beijou rapidamente nos lábios. E, então, antes que ela pudesse perceber, os lábios dele começaram a se mover contra os dela. Após um segundo, em que eles estavam juntos, a língua dele mergulhou na boca de Emma e seguia por toda parte.

Ele passou os braços em volta dela, puxando-a em direção a ele. Ela cruzou os braços na frente do corpo, mas, em vez de afastá-lo, deslizou as mãos pelo pescoço dele e enrolou os dedos nos cabelos de Pesh.

Às ações dela, um gemido reverberou no peito de Pesh. Sem avisar, ele a empurrou para a parede de tijolos. Quando ele pressionou o corpo contra o dela, ela podia sentir o tecido do vestido, justo nas coxas, passando na parede áspera. Mas ela não se preocupou. Ela não conseguia se aproximar dele o bastante. O cheiro dele, o modo como o corpo dele se moldou contra o dela, a maneira como a língua dele ateou fogo entrando e saindo da boca da Emma.

Todos os pensamentos de moralidade se esvaíram da cabeça dela. O fato de que ela estava se entregando a outro homem na varanda da frente da casa de Aidan deveria ter apagado de imediato qualquer desejo que ela sentia. Mas, em vez disso, o peito dela se levantava e abaixava em respirações rápidas.

Pesh afastou os lábios dos dela e começou a beijar o pescoço de Emma. Jogando a cabeça para trás, ela murmurou:

– Hummm. Oh, Aidan.

Ela arregalou os olhos quando Pesh afastou os lábios. Um grito estrangulado escapou da garganta dela quando ela se afastou. Oh, Deus, ela tinha dito o nome *dele*. Em um instante de pura e intensa paixão com Pesh, ela tinha chamado o *Aidan*. Lágrimas de vergonha rolaram pelos olhos dela quando ela se virou para fugir.

Pesh segurou o braço dela.

– Espera, Emma.

– Oh, Deus, eu sinto muito! Eu não sou assim, desculpa! – exclamou ela, com lágrimas riscando o rosto. Ela tentou se afastar porque não conseguia aguentar olhar para ele.

– Para com isso, e olha para mim! – disse Pesh.

Emma levantou o olhar do chão da varanda para o rosto de Pesh.

– Por favor, deixe-me ir. Não há nada que você possa dizer que me faça me odiar mais do que já estou me odiando.

Ela foi inundada por um sentimento de surpresa quando ele a puxou para um abraço forte.

– Eu não odeio você, então é melhor você não se odiar.

Ela jogou a cabeça para trás para encará-lo sem conseguir acreditar.

– Eu acabei de chamar o nome do homem que me magoou enquanto estava me entregando a você!

Pesh estava com uma expressão triste.

– Em, quando eu pressionei você contra a parede, tudo o que eu vi na minha mente era a Jade, e tudo o que eu queria sentir era ela.

Em vez de ficar com raiva, o coração de Emma se apertou pelo Pesh.

– Desculpe, eu sinto muito.

– Eu acho que isso confirma o que eu temia há muito tempo. Somos duas pessoas com o coração partido que não estão prontas para outra pessoa, não importa o quanto tentemos nos esforçar para isso. – Ele empurrou uma mecha de cabelo do rosto dela. – Ainda estamos desesperadamente apaixonados por outra pessoa.

– Eu quero amar o Aidan... Quer dizer, eu o amo, desesperadamente às vezes, mas tenho medo de deixar de sentir o que eu sinto. Sua mulher sempre foi verdadeira com você. Ela nunca o deixou.

– Eu admito que o que Aidan fez ainda me enfurece a ponto de eu querer dar uma surra nele. Mas ele a ama, Emma. Ele tem feito todo o possível nas últimas duas semanas para tentar fazer você ver isso.

– Mas ele nem consegue dizer isso. Toda vez que ele tenta, é interrompido e, então, nunca se esforça outra vez!

Pesh passou os dedos no queixo dela e a forçou a olhar nos olhos dele.

– Eu quero que você pense sobre isso por um minuto, ok? O que você preferia ter? Palavras que podem ser ditas facilmente e depois retiradas com tanta facilidade ou ações?

Uma coleção de imagens do comportamento de Aidan durante as últimas semanas passou pela mente dela. Ele tinha arriscado o emprego para cuidar dela. Sem falar que tinha cozinhado toda e qualquer coisa que ela quis, tinha saído no meio da noite para buscar bacon e sorvete, massageou os pés dela enquanto assistiam a filmes água com açúcar que ele odiava e segurou a mão dela quando ela estava desesperada.

Ele sorriu.

– Eu não sei por que ele não consegue dizer as palavras, mas eu não tenho dúvida de que ele ama você. Durante a maior parte da vida dele, Aidan provavelmente amou a si mesmo mais do que a qualquer outra pessoa no mundo. E agora ele a ama ainda mais. – A mão dele tocou rapidamente a barriga dela. – E ele ama o filho.

Um soluço escapou do peito dela e Emma não conteve as lágrimas. Ela lançou os braços ao redor de Pesh e o apertou.

– Por que você tem que ser tão maravilhoso? Você deveria estar furioso comigo, querendo me bater, me chamando de aproveitadora ou algo assim!

Pesh riu.

– A última coisa que eu sou é hipócrita. Sei exatamente como você se sente.

– Você vai ser um marido maravilhoso para alguém. – Ela se afastou para passar as mãos no rosto dele. – Eu desejo mais do que você pode imaginar que você tenha uma esposa e uma família.

– Só ainda não é a hora, Emma.

Ela beijou o rosto dele com carinho.

– Eu vou rezar para o seu coração se abrir para alguém. Jade gostaria que você fosse feliz.

Pesh cerrou os dentes e Emma sabia que ele estava lutando contra as emoções.

– Eu sei que sim – sussurrou ele.

– Então deixe orgulhosas as duas mulheres que o adoram e encontre uma esposa.

Ele ficou boquiaberto ao olhar para ela. Emma sorriu e assentiu.

– Eu gosto de você, Pesh. E percebo agora que os sentimentos que eu tive por você não eram inteiramente românticos, apesar do meu comportamento na carruagem ou aqui na varanda. Apesar do fato de eu amar Aidan, eu não posso deixar de gostar profundamente de você.

– Eu também gosto de você. Quero que você seja feliz, mais do que qualquer coisa no mundo. – Ele se inclinou e sussurrou no ouvido dela: – E eu acho que a felicidade está dentro daquela porta.

Lágrimas turvaram os olhos de Emma. Sem conseguir falar, ela concordou com a cabeça. Pesh se afastou e piscou para ela.

– Anda logo e passa a noite com Aidan.

Ela deu um último beijo no rosto dele antes de tirar a chave do bolso do casaco.

– Muito obrigada por tudo, mais uma vez.

– Foi um prazer. – Ele, então, acenou em despedida antes de descer os degraus da varanda em direção ao carro.

Os dedos de Emma tremiam, enquanto ela abria a porta. Hesitante, ela entrou na casa.

A escuridão a envolveu, enquanto ela andava pela sala de estar. Ela ficou surpresa por não encontrar Aidan acordado. E franziu o nariz ao ver latas de cerveja sobre a mesa de centro.

Ao tirar o casaco, algo quente e peludo esbarrou na perna dela.

– Awn, garotão, você estava me esperando chegar em casa?

Beau rosnou e cutucou a barriga dela com o focinho.

– Estamos em casa agora. Você não precisa mais se preocupar. – Ela coçou as orelhas dele. – Onde está o papai, garotão?

Ele latiu e subiu a escada. Da maneira como eles tinham deixado as coisas, ela também não se surpreendeu que ele tivesse preferido se afastar dela e não dormir no quarto dele. Subindo um degrau de cada vez, ela seguiu lentamente até o quarto de hóspedes. Beau estava logo atrás dela. Ao chegar à porta, ela olhou para ele.

– Fica aqui, garotão.

Ele deslizou as patas para permanecer do lado de fora do quarto. Ela sorriu.

– Bom, Beau.

Ela pegou na maçaneta com a mão trêmula. E escutou o ronco suave de Aidan ao pisar no quarto escuro. Como ele odiava dormir no escuro, o abajur ao lado da cama guiou os passos dela. Emma se recostou ao lado dele na cama. Deitado de costas, o lençol estava enrolado na cintura dele e ele tinha um dos braços lançado sobre a cabeça.

Ao olhar para ele, Emma se perguntou se alguma vez pensara que poderia querer qualquer outro homem. Vergonha a fez estremecer quando ela imaginou como tinha beijado o Pesh se desde o início ela só queria que fossem os lábios e as mãos de Aidan no corpo dela. Assim como Aidan tinha lutado contra os sentimentos dele levando uma estranha para casa, ela tentou fazer o mesmo com Pesh. E, como ele, nada que ela pudesse ter feito com Pesh afastaria os verdadeiros sentimentos dela pelo Aidan.

No final, só haveria dois amores na vida dela – o Travis e o Aidan. Ela passou o dorso da mão de leve no rosto dele e ganhou um sorriso nos lábios ao perceber que ele tinha se barbeado por saber que ela gostava.

Como ele não despertou ao toque dela, Emma se inclinou e beijou os lábios dele. Ela se afastou e observou o rosto dele enquanto Aidan dormia.

– Eu amo você, Aidan Fitzgerald. Eu sempre amei, e sempre vou amar. Desculpa por ter magoado você – sussurrou ela.

Ele fez uma careta no sono, e apertou as mãos no lençol.

– Em... Em, por favor... eu... eu amo você.

O coração de Emma parou por um instante. Ela levou a mão ao peito para esfregar uma queimadura lenta e dolorida que o preencheu. Ele estava se declarando para ela. De alguma forma, em algum lugar no subconsciente dele, Aidan realmente quis dizer as palavras que ela desejava ouvir. Naquele momento, tudo o que ela queria era fazer amor com ele e consolidar verdadeiramente o que eles sentiam um pelo outro.

Com outro beijo, Aidan ainda dormia um sono profundo. Mordendo o lábio, Emma sabia a única maneira de acordá-lo e garantir que ele estaria pronto e disposto. Inclinando-se sobre ele, Emma começou a beijar o tórax nu dele. Quando alcançou o cós da cueca, ele ainda não tinha se mexido. Abaixando um pouco, ela pegou o pênis dele com a mão. Trabalhando com os dedos, o tamanho começou a crescer. Aidan se virou na cama, mas sua respiração não se alterou.

Quando ela o deslizou para dentro da boca, os quadris dele enrijeceram. Então, um gemido baixo escapou do peito dele.

– Emma – murmurou ele, e ela parou. O coração dela se acalmou quando ela percebeu que ele ainda estava dormindo e chamando o nome dela.

CAPÍTULO QUATORZE

Aidan tentou se livrar do sonho. Mais uma vez, as noites dele estavam preenchidas com Emma. Os dias eram consumidos pela dor crescente dos sentimentos dele e, agora, ele estava sendo atormentado até nos sonhos. Aquela noite era fisicamente dolorosa, como se ele pudesse realmente sentir os lábios dela nos dele, movimentando a boca quente dela.

Ele gemeu.

– Emma – murmurou ele. Deus, ele a queria. Ele queria passar os braços ao redor do corpo dela. Queria ouvi-la gritar o nome dele outra vez como fizera antes. – Emma, eu preciso de você.

– Eu estou aqui, querido, e não quero nada além de fazer amor com você.

Ele arregalou os olhos. E percebeu que não estava sozinho na cama. Aquele não era nenhum sonho com Emma. Ela era real e estava sobre o corpo dele, movimentando os lábios e a língua no pênis dele.

– Não, espera – protestou ele. Quando ela lambeu e chupou as bolas dele, Aidan recostou a cabeça no travesseiro. Droga, já fazia tanto tempo. Os quadris dele se moveram involuntariamente, pressionando o pênis mais fundo na boca de Emma.

Não, não, não. Ele não podia fazer isso. O relacionamento deles começou em sexo e ele não queria que recomeçasse daquela maneira. Era amor dessa vez – amor puro e bonito. Ele se afastou para se sentar.

– Não, Emma, não faz isso – disse ele.

Ela desviou o olhar do pênis para os olhos dele com expressão de surpresa. Ele balançou a cabeça.

– Eu não quero que você faça isso.

Ela se afastou com tanta violência que ele estremeceu quando os dentes dela arranharam seu pênis. Ele tentou segurar os ombros dela, mas ela se movimentou tão rápido que ele não conseguiu. Ela correu para o banheiro e bateu a porta.

Ele revirou os olhos e olhou para o teto. Por que ele parecia ter o dom de estragar completo e totalmente as coisas toda vez que estava perto dela? Ele afastou o lençol e correu em direção ao banheiro. E podia ouvir que ela estava chorando. Ao forçar a maçaneta, ele percebeu que estava trancada.

– Emma, desculpa. Você me entendeu mal, eu juro.

Ao escutar as palavras dele, ela chorou mais forte. Aidan bateu tão forte com o punho na porta de madeira que a mão dele latejou de dor.

– Droga, Emma, você poderia, por favor, abrir a porta e me deixar explicar?

– Como eu posso ter entendido você mal? Você disse que não queria dormir comigo! – gritou ela, entre soluços que partiam o coração de Aidan.

Com um gemido frustrado, Aidan chutou a porta.

– Em, já houve algum momento na nossa relação em que eu não a quis? Você sempre me deixou excitado só de estarmos no mesmo quarto.

Ela chorou mais alto e ele podia ouvi-la procurar desajeitadamente algo no armário da pia que ele presumiu ser mais papel higiênico. Ele viu que estava certo ao escutar quando ela assuou o nariz.

Passando as mãos pelo cabelo despenteado, ele balançou a cabeça. Aidan sabia que tinha que fazer alguma coisa e rápido. Ele a estava perdendo para Pesh, e na frágil condição física e mental dela, isso era o bastante para enlouquecê-lo. Ele suspirou.

– Então você vai me forçar a fazer isso dessa forma, de cueca com meu pênis duro por causa da sua boca deliciosa enquanto você está chorando no banheiro?

– Por favor... eu quero ficar sozinha.

– Não, eu NÃO vou deixar você sozinha. Eu quero ficar com você, Em. E eu quero ficar com você a cada instante, todos os dias! – Com o coração batendo mais rápido, ele respirou fundo algumas vezes. Era isso. Agora ou nunca.

– E você sabe por quê? Porque eu amo você. Você escutou isso? Eu amo você, Emma Harrison! Eu amo você com todas as minhas forças. Para ser sincero comigo mesmo, eu provavelmente a amei desde aquela primeira noite no O'Malley's. Só não consegui dizer isso até agora.

O silêncio ecoou.

– Confia em mim. Não é que eu não quisesse que você continuasse chupando. É que eu não queria que nós fizéssemos sexo até eu dizer o que eu sinto por você. Embora os médicos digam que nós podemos, eu não quero transar com você. Eu quero fazer amor com você, Em. – Ele olhou para a porta fechada. Por que ela não dizia nada? Por que ela não abriu a porta e correu para os braços dele? Ele não estava dizendo o que ela queria ouvir?

Aidan não sabia mais o que fazer, então só continuou falando com o coração.

– Tudo tem sido tão louco com o Pop e você e aquele maldito Alpesh tentando roubar você e me deixando com um ciúme doido. Eu estou tão arrependido por não ter dito que amava você aquele dia no deque. Mesmo antes de você dizer para mim, eu sabia que sentia, e isso me assustava. Eu me entreguei mais para você naquele instante do que nos quatro anos em que Amy e eu estivemos juntos.

Como ela ainda não dizia nada, a garganta dele queimou enquanto lágrimas inundavam seus olhos. Droga, ele nunca quis chorar na frente dela. Ele apoiou a testa na porta.

– Por favor, Em. Eu amo você tanto que dói. Uma dor por você na minha alma. Por favor. Eu não posso viver sem você. Eu quero estar todos os dias e todos os minutos com você. Eu quero me casar e construir uma vida com você. Eu quero criar o Noah e formar uma família. Por favor... Por favor, diz que você quer ficar comigo para sempre.

Quando a porta se abriu. Aidan precisou apoiar os braços no portal para não cair para frente. Emma se levantou, com os olhos arregalados, boquiaberta, e com os olhos manchados de rímel com as lágrimas que rolavam pelo rosto dela. Ela deu um passo hesitante em direção a ele.

– Diz outra vez – sussurrou ela, finalmente.

Um soluço sufocou a garganta dele.

– Eu amo você.

– Oh, Aidan – respondeu Emma. Ela cobriu o rosto dele com as mãos, ignorando as lágrimas que caíam pelo rosto dele nos dedos dela. E levou os lábios aos dele para dar um beijo carinhoso. Ao se afastar, a expressão dela era uma mistura de felicidade e pesar.

– Eu sinto muito, muito pela noite de hoje e por ter magoado você com o Pesh. No fundo, eu nunca deixei de amar você e você tinha razão quando disse que nossos sentimentos tinham crescido nas últimas duas semanas. É que... Eu estava com raiva, amarga e magoada pelo que você fez. Mas embora eu quisesse odiar você, eu nunca consegui. E mais uma vez você tinha razão, porque eu pensei que pudesse afastar os meus sentimentos por você tentando começar algo com Pesh, mas não consegui. – Ela segurou o rosto dele. – Eu juro que o meu coração sempre pertenceu a você.

Ele balançou a cabeça com tristeza.

– Você nunca deveria ter tido que esperar, Em. Parte de mim queria que você e Pesh acabassem juntos. Eu sabia que ele poderia oferecer tudo o que eu deveria ter oferecido sem questionar. E o amor dele não seria manchado por uma traição.

Emma levou os dedos aos lábios dele para acalmá-lo.

– Para de se castigar. Você cometeu um erro, e agora está perdoado.

Aidan prendeu a respiração.

– Mesmo?

– Oh, sim. – Ela deu um longo beijo nele antes de se afastar. – E eu nunca deveria ter saído esta noite com ele nem deveria ter deixado Pesh vir aqui. Não só foi desrespeitoso e doloroso para você, como estúpido eu tentar provocar o destino. Além disso, ele nunca poderia me dar o que você tem. Você transformou os meus sonhos em realidade me dando o Noah. O fato de eu ter me apaixonado por você excedeu qualquer coisa que imaginei um dia. E agora eu sei que você também me ama... – Um soluço cortou a voz dela.

Aidan limpou as lágrimas do rosto dela com carinho. Ele não suportava vê-la chorando, principalmente depois que tudo estava bem entre eles.

– Estou falando sério sobre me casar com você, Em. Mas eu quero fazer o pedido da maneira certa, não seminu e na frente da porta do banheiro. Eu quero pedir a permissão do Earl e me ajoelhar e colocar um anel no seu dedo. Você merece isso, e eu quero que você tenha.

Ela arregalou os olhos verdes.

– Mesmo?

Ele concordou com a cabeça.

– Eu juro.

– Oh Deus, você me deixa tão, tão feliz! – exclamou ela, lançando os braços ao redor do pescoço dele. Balançando-a para frente e para trás, ele a apertou. – Eu amo você, eu amo você, eu amo – murmurou ela no ouvido dele.

– Eu também amo você – respondeu ele.

Ela se contorceu contra o corpo dele, e quando ele a abraçou, ela olhou para ele com uma mistura de amor e desejo nos olhos.

– Faz amor comigo, Aidan – ela pediu.

– É isso o que você quer? Porque não há nada no mundo que eu prefira fazer.

Mexendo o quadril contra o dele, ela disse:

– Eu quero você mais do que qualquer coisa no mundo.

Aidan levou a mão ao zíper nas costas dela. E o deslizou lentamente para baixo. Emma se mexeu de um lado para o outro, tentando apressar a abertura do vestido.

– Por que você está demorando tanto?

Ele riu.

– Eu não percebi que você queria tanto ficar nua.

Os olhos verdes dela brilharam.

– Eu quero ficar o mais perto possível de você. Eu preciso sentir a sua pele na minha. Então, vou saber que tudo é real... Nós vamos fechar o círculo de quando começamos.

Com um gemido, Aidan empurrou as alças do vestido dela, deixando-o cair no chão. E desabotoou o sutiã dela. Com o olhar faminto, ele viu os seios dela e os lambeu com ansiedade.

– Sou só eu ou...

Ela revirou os olhos.

– Que talento para arruinar um momento.

Aidan riu.

– Desculpa, mas eu não pude deixar de notar que eles estão... maiores.

– Sim, eles provavelmente vão crescer mais ainda. Você não lembra que eu falei que cresceriam?

– Deve ter saído da minha mente. – Com um sorriso, ele disse: – Acredite, eu não estou reclamando.

Ela sorriu.

– Eu não achei que você fosse reclamar.

Ele beijou o rosto e lambeu o pescoço de Emma, segurando os seios dela. Os lábios dele voltaram aos dela, enquanto ele acariciava a sua pele, até a respiração de Emma se tornar mais forte contra os lábios dele. Ele parou de beijá-la para mamar nos mamilos dela. Emma passou as mãos pelos cabelos dele enquanto ele passava a língua pelos mamilos sensíveis dela. Quando ele passou os dentes, ela gritou e se inclinou em direção à boca dele.

Quando terminou de deixar um dos mamilos dela enrijecidos, beijou o outro. O tempo todo, Emma acariciava o pênis dele.

– Eu quero você, Aidan. Por favor – insistiu ela.

– Faz muito tempo, não faz? – murmurou ele, contra o peito dela.

– Oh, sim – exclamou ela, empurrando o quadril contra a mão dele que alcançava a cintura dela.

Ele deslizou os polegares para dentro do cós da calcinha dela e, então, abaixou até as coxas. Ao chegarem aos joelhos dela, Emma as tirou. Os dedos dela foram em seguida para a cueca dele, para empurrá-la para baixo dos quadris.

Juntos, de pé e nus, eles olharam nos olhos um do outro.

– Acho que podemos pular a maior parte das preliminares, não?

– Hummm, humm – murmurou Emma, passando as mãos pelo tórax nu de Aidan.

Ele se recostou no lado da cama. Então pegou a mão de Emma e a arrastou para perto dele. Ela manteve os olhos fixos nos dele ao se levantar para se sentar sobre ele. Quando o calor entre as pernas dela cobriu o pênis dele, Aidan gemeu.

– Aperta as pernas em volta do meu corpo, querida.

Emma rapidamente obedeceu. Então Aidan os empurrou para o centro da cama e enfiou a mão entre as pernas dela, fazendo com que ela soltasse um gemido. Ao empurrar o dedo dentro dela, ele sentia as paredes apertarem em volta.

– Eu só queria ter certeza de que você está pronta para mim.

– Eu sempre estou pronta para você, meu amor – sussurrou ela.

Ele levou as duas mãos à cintura dela e a levantou devagar. Em seguida, guiou o pênis entre as pernas molhadas dela. Como Emma deslizou lentamente para baixo dele, Aidan beijou com carinho os ombros dela. Depois de estar todo dentro dela, ele estremeceu de prazer.

– Oh Deus, que saudade de sentir você.

Quando ele levantou a cabeça, ela sorriu para ele.

– Eu também senti saudade de cada centímetro delicioso seu.

Ele riu.

– Lá vai você massagear o meu ego.

– Acho que nós combinamos perfeitamente. – Ela olhou para a barriga grande dela. – Bem, com exceção por isso ficar no caminho.

Aidan empurrou as mechas de cabelo ruivo do rosto dela.

– Eu nunca pensei no Noah dessa forma. Ele sempre será o laço que nos une. E é o nosso amor crescendo dentro de você. Ele pode não ter sido o motivo pelo qual eu me apaixonei por você, mas é a razão por eu ter tido outra chance na vida. – Ele deu um beijo longo e profundo nela. – Você me salvou, Emma.

Lágrimas brilharam nos olhos verdes dela e o peito dela subia e descia com respirações severas, como se ela estivesse tentando evitar que as emoções fugissem do controle.

– Oh, Aidan. – Ela acariciou o rosto dele. – Eu amo você tanto – murmurou ela contra os lábios dele.

Apertando o peito contra o tórax dele, Emma começou a erguer os quadris quando Aidan elevou o corpo dele. Ela gemeu no ouvido dele quando os golpes lentos e lânguidos o levaram para mais e mais fundo. Abraçados, eles continuaram olhando um para o outro, em uma confusão de braços e pernas – mas como se fossem um só.

CAPÍTULO QUINZE

Duas Semanas Depois

O som estridente do celular despertou Emma de um sono profundo. Tateando a mesa de cabeceira, ela finalmente o encontrou. Quase de forma mecânica, ela deslizou o polegar para atendê-lo e o levou ao ouvido.

– Alô? – respondeu ela.

– Em! – Casey gritou antes de se desmanchar em soluços.

Emma despertou como se tivesse tomado várias xícaras de café.

– Case, o que aconteceu?

Entre soluços, Emma conseguiu decifrar só algumas palavras.

– Jason. Padrinho do noivo. Bêbado depois da Despedida de Solteiro. Hospitalizado. Menos um na fila dos padrinhos. Casamento arruinado.

Emma se sentou.

– Casey, respira fundo e se acalma, ok? O casamento não está arruinado porque um padrinho idiota do noivo ficou bêbado e foi parar no hospital.

– Mas nós ensaiamos tudo com sete padrinhos. As fotos vão ficar todas estragadas!

– Não há nenhum outro amigo ou parente do Nate que possa substituí-lo e usar o smoking de Jason?

– Eu não sei! Além disso, quem vai caber no smoking de um fisiculturista?!?!

Emma olhou sobre o ombro para Aidan que dormia um sono profundo e uma ideia passou pela cabeça dela.

– Hum, bem, o Aidan tem um smoking. – Houve uma pausa longa do outro lado da linha. – Você ainda está aí?

– Por que eu não estou surpresa que o James Bond tenha seu próprio smoking? – respondeu Casey, com a língua afiada.

– Era para usar no trabalho, Case. – Emma suspirou. – Olha, eu entendo que ele ainda não seja uma das pessoas de que você mais gosta, mas...

– Não, não, você tem razão. Nós não temos muitas opções e, na verdade, o Nate gosta dele.

– Bem, eu fico feliz por saber que pelo menos um de vocês gosta do pai do meu filho.

Casey gemeu.

– Você sabe que eu gosto dele... Eu só não me apaixonei por ele como você.

– Então você quer que eu diga a ele para se vestir e estar pronto ao meio-dia com os outros para a festa de noivado?

– Sim, eu ficaria feliz e honrada se ele estivesse lá.

Emma riu.

– É, você realmente soou convincente.

Casey riu.

– Eu vou trabalhar nisso até o encontrar, certo?

– Tudo bem, então. Nós nos vemos mais tarde.

– Tchau.

Depois de desligar o telefone, Emma deslizou para debaixo das cobertas. Aconchegando-se no corpo quente de Aidan, ela se inclinou e beijou os lábios dele.

– Acorda, querido.

Ele franziu o rosto e manteve os olhos fechados. Ela o beijou novamente.

– Em? – murmurou ele contra os lábios dela.

Ela passou a testa no pescoço dele, e a coxa por cima da dele. Entendendo como um convite, Aidan passou os braços em volta da cintura dela e a levantou para que ela se sentasse sobre ele. Emma balançou a cabeça.

– Whoa, caubói, o que você acha que está fazendo?

Ele sorriu preguiçosamente para ela.

– Eu achei que você era o caubói naquela posição.

Emma riu.

– É, bem, esse caubói não está pronto para montar hoje. – Aidan estava com uma expressão confusa, e ela acrescentou: – Bem, pelo menos não agora. Eu preciso perguntar uma coisa para você.

Aidan ergueu as sobrancelhas.

– O que foi?

Emma, então, contou tudo o que tinha conversado com Casey. Quando terminou, Aidan deu um suspiro.

– Você quer dizer que, na verdade, ela quer eu vá ao casamento?

– Claro que ela quer.

Aidan fez um olhar cético.

– Sério?

Ela concordou com a cabeça com entusiasmo.

– Emma Katherine Harrison, você é a pior mentirosa do mundo.

– Olha, o Nate gosta mesmo de você, e Casey sempre gostou. Ela só estava com dificuldade de perdoar você. – Com essa resposta, Aidan suspirou. – Então, quer dizer que você vai fazer isso?

– Claro que vou.

– Obrigada, obrigada, obrigada – respondeu ela, beijando o rosto e os lábios dele. – Você vai deixar a Casey muito feliz. Ela pensou que o dia perfeito dela estava arruinado. Nenhuma mulher quer que algo dê errado no dia do casamento. Quer dizer, esse deve ser o dia mais feliz da vida dela, certo?

Aidan estava com o olhar distante.

– Talvez eu deva telefonar para ela e dizer que vou fazer isso. Sabe, para tentar mesmo amenizar as coisas.

– Isso seria incrível.

Ele levou os lábios aos dela, beijando Emma com carinho, enquanto passava as mãos nas costas dela.

– Vai, entra no chuveiro. Vou para lá com você em um minuto.

– Por que eu acho que o caubói vai tentar aprontar alguma coisa durante o nosso banho?

Ele jogou a cabeça para trás e riu.

– Vai lá e eu vou conversar com a Casey.

– Tudo bem, tudo bem – murmurou ela ao se afastar dele.

O que quer que o Aidan tivesse para dizer, levou algum tempo. Emma estava saindo do chuveiro quando ele entrou no banheiro.

– Tudo certo? – perguntou ela, secando os cabelos com a toalha. Como ele não respondeu, ela olhou para o reflexo dele no espelho do banheiro. Ele estava escovando os dentes, mas os lábios estavam fixos em um sorriso largo, quase bobo.

– Aidan, você me ouviu?

Ele cuspiu a pasta de dente.

– Hein?

– Eu perguntei como foi o telefonema.

Mais uma vez, um sorriso largo curvou os lábios dele.

– Foi muito, muito bom.

Ela olhou para ele com curiosidade enquanto se secava.

– Bem, que bom. Fico feliz em ouvir isso. Ter você e Casey outra vez como amigos seria uma resposta às minhas orações.

Aidan ligou o chuveiro.

– Em, não era eu que não estava sendo receptivo. Quer dizer, eu fui golpeado nas bolas, Cristo!

– Eu sei que não. – Ela beijou o ombro nu dele. – É por isso que eu estou orgulhosa por você ser adulto e estar tentando fazer a coisa certa.

Ele ergueu as sobrancelhas para ela.

– Você está orgulhosa de mim?

– Hummm, humm. – Ao ver o sorriso de Aidan, ela deu um tapa na bunda dele. – Agora vai, senhor. As emoções de Casey hoje estão à flor da pele. Atraso é a última coisa de que nós precisamos.

– Eu achei que você fosse se arrumar com ela.

– Eu vou. – Emma olhou o celular na cômoda. – Droga. É melhor eu me vestir. Devo estar no spa em trinta minutos. Você seria um anjo e levaria meu vestido para a igreja?

– Claro. Quando ele se inclinou para beijá-la, a boca dele tinha gosto de hortelã.

– Obrigada – murmurou ela contra os lábios dele.

– Eu amo você – disse Aidan ao se afastar.

– Eu amo você mais – argumentou ela, com um sorriso.

***

Depois de uma manhã luxuosa no spa com tratamentos faciais e massagens, os cabelos e maquiagens estavam prontos para a festa de casamento. Emma não pôde deixar de rir de como a Casey estava cômica em um conjunto de moletom com a maquiagem finalizada e um véu complicado com a tiara cintilante.

Casey olhou para ela.

– O que foi? Você não acha que há algo de errado com esse traje, não é? Aposto que eu poderia entrar no Wal-Mart assim, e ninguém diria nada.

Emma segurou a mão dela.

– Humm, na verdade, receberia vários elogios dos compradores do Wal-Mart.

Casey riu.

– Vamos. Precisamos levantar a bunda e correr para a igreja.

Revirando os olhos, Emma disse:

– Só você diria bunda e igreja na mesma frase.

– Eu sei que você ama a minha boca suja.

– Eu amo tudo em você, boba.

Casey levantou a mão dela.

– Nem mais um comentário sentimental como esse, Em. Eu não posso arriscar a minha maquiagem.

Emma riu.

– Tudo bem. Eu vou passar o resto da manhã calada. Contente?

– Emocionada. Agora vamos.

Emma e Casey, junto com as outras madrinhas, foram para a Catedral Christ the King. Essa era a igreja que o Nate frequentava desde a infância, e Emma achou que foi uma escolha bonita para o casamento.

Ao se fechar no quarto para se arrumarem, elas se ocuparam em vestir o enorme vestido de Casey. Emma ficou em pé atrás, olhando para Casey. A promessa de mais cedo ficou esquecida quando lágrimas encheram os olhos dela.

– Você está incrível!

Casey levantou o dedo.

– Em, você prometeu!

– Eu não consigo evitar. Os hormônios me deixam ainda mais louca emocionalmente!

– Ugh, você tem mesmo que controlar o seu sistema hidráulico ou vai me fazer chorar, e essa coisa a prova d'água só funciona até certo ponto.

– Tudo bem, eu vou colocar o meu vestido.

– Que bom. E quando estiver pronta, pense em coisas nojentas, em pessoas irritantes, qualquer coisa para não chorar.

Emma passou a mão no quadril.

– Você não acha que as pessoas vão se perguntar por que a sua madrinha grávida tem um olhar "furioso" no rosto?

Casey riu.

– Contanto que você não chore, estamos bem.

– Você está impossível – murmurou Emma ao passar para o outro quarto. O vestido marrom estava na bolsa, pendurado no cabide, como Aidan havia entregado a ela. Emma o vestiu e depois de tentar lutar com o zíper, voltou ao quarto principal para pedir ajuda. Carlee, a irmã dezesseis anos mais velha de Casey, a ajudou contente.

Emma se olhava no espelho quando alguém bateu na porta.

– É o Aidan – chamou a voz. Carlee deu uma risada quando ela correu para abrir a porta.

Quando Aidan entrou, o olhar dele a procurou pelo quarto. No instante em que ele a viu, ficou radiante.

– Você está linda!

Emma sorriu.

– Obrigada – Olhando para o vestido, ela balançou a cabeça. – Sinceramente, eu me sinto um Oompa Loompa agora!

– Acredite em mim, querida, não parece. – Quando ela lançou um olhar cético, Aidan piscou para ela. – Então eu devo ter um fetiche pelo Willy Wonka porque eu devoraria você agora mesmo.

Emma bateu no braço dele quando a Casey perguntou:

– E eu? Nenhum elogio para a noiva?

Sem perder a oportunidade, Aidan disse:

– Você é uma linda visão da perfeição em branco que vai fazer o Nate perder o fôlego no instante em que vir você.

Casey sorriu.

– Vai com calma, Paizão, muita calma.

– Essa é a verdade.

– Vou aceitar então – respondeu ela.

– Estou feliz por fazer parte do seu grande dia.

– Eu também – respondeu Casey, com uma piscadela.

Emma ficou boquiaberta com aquela troca de gentilezas, principalmente quando a Casey beijou o rosto de Aidan também. O que tinha acontecido com o ódio que ela sentia por ele? Será que o fato de ele estar disposto a ir até lá e salvar o dia foi suficiente para Casey perdoar Aidan por tudo o que ele tinha feito de errado?

– Você precisa de alguma coisa? – perguntou ela.

– Eu só queria dar uma olhada em você, ver como estava se sentindo, mas acima de tudo, eu queria elogiar a sua beleza arrebatadora.

– Ai meu Deus, você é tão doce! – Carlee exclamou enquanto outra madrinha concordou com a cabeça.

Os lábios de Aidan se curvaram em um sorriso convencido à avaliação delas, enquanto Emma revirou os olhos.

– Sério?

Ele riu.

– Na verdade, está na hora de tirarmos as fotos das madrinhas.

– Acho que sim.

Aidan colocou a mão nos ombros dela, com uma expressão de preocupação.

– Eu podia estar brincando, mas eu quis mesmo ver se você estava bem.

O coração dela se aqueceu com a sinceridade no tom da voz dele.

– Eu estou bem.

Os lábios dele se transformaram em uma linha firme.

– Tenta ficar em pé o mínimo possível hoje.

– Aidan – protestou ela.

– Estou falando sério.

– Eu fui liberada para voltar a trabalhar e fazer todas as atividades normais há duas semanas, lembra?

– Isso ainda não significa que você deva se esforçar o tempo todo. Uma coisa foi voltar ao trabalho, mas entre o jantar de ensaio e a festa de formatura essa semana, você tem abusado.

Por mais que ela detestasse admitir, ela estava exausta.

– Tudo bem, tudo bem, sr. Mandão. Quando terminarem as fotos, eu vou me sentar e colocar os pés para cima até a cerimônia.

Um sorriso passou pelos lábios dele.

– Que bom. – Ele tirou uma das mechas de cabelo do rosto dela. – Mas guarda pelo menos uma dança para mim na festa.

O estômago dela se apertou quando ele mencionou sobre a festa. Ela não só cantaria na cerimônia, como Casey pediu a ela que cantasse na primeira dança dela com Nate. Aidan deve ter notado a apreensão dela porque se aproximou.

– Medo do palco?

Ela estava ficando enjoada.

– Um pouco.

– Você estará incrível. Como sempre.

– Espero que sim – murmurou ela.

Ele acariciou o rosto dela.

– Bem, eu sei. – Ele levou os lábios aos dela. Um formigamento calmo e agradável passou do topo da cabeça aos pés de Emma.

– Não, não, não! Vocês dois não vão começar! Vão arruinar a maquiagem de Emma antes das fotos! – protestou Casey.

Aidan gemeu contra os lábios dela antes que Emma conseguisse se afastar.

– Você parece uma noiva neurótica – ele brincou.

Casey riu.

– Cuidado, Paizão. Eu posso encontrar outra bolsa para bater em você.

Balançando a cabeça, Aidan riu da ameaça dela.

– Não pense que eu não preveni o Nate para ficar longe de você quando estiver nervosa e segurando uma bolsa. É uma arma perigosa!

Emma continuou tão chocada com brincadeira amigável entre eles que apenas os seguiu em silêncio enquanto entravam na igreja. Depois de tirar um milhão de fotos, primeiro com a Casey e, depois que ela desapareceu, com o Nate, Emma começou a sentir que seu rosto estava com um sorriso congelado, e que poderia ficar cega com tantos flashes.

Logo depois, chegou a hora da cerimônia começar. Emma se posicionou em frente à Carlee e olhou a multidão que estava presente. Sobre o ombro, ela observou quando Casey tomou o braço do pai. Ele beijou o rosto dela.

– Você vai ser sempre a minha menininha – disse ele.

Uma pontada de tristeza se espalhou pelo corpo de Emma ao lembrar que o pai nunca caminharia com ela por aquele corredor. Ao mesmo tempo, ela sabia que se ela e o Aidan se casassem, o avô dela ficaria mais do que feliz de fazer as honras. Ela afastou os sentimentos de tristeza e pesar. Abraçou os pensamentos de pura e completa felicidade pelo futuro dela e de Casey.

Ela não precisou forçar um sorriso radiante no rosto ao encontrar Aidan no altar. Ao deslizar o braço no dele ao passarem pelo corredor, Noah deu um pontapé suave. Ela não pôde deixar de se sentir a mulher mais abençoada do mundo.

CAPÍTULO DEZESSEIS

Emma se sentou com as outras madrinhas na mesa principal embaixo de vários lustres brilhantes. Ela não conseguia acreditar no quanto tudo estava bonito, dos arranjos florais às esculturas de gelo. As famílias de Casey e Nate investiram muito na recepção.

Depois de devorar o prato dele, Aidan ergueu os olhos para observar como ela estava brincando com a comida.

– O Noah vai ficar bravo se você não comer – advertiu ele, limpando a boca com um guardanapo de linho.

– Eu vou comer quando terminar de cantar. A última coisa que eu quero fazer é passar mal de nervoso no grande dia da Casey e do Nate. – Ao olhar cético dele, ela respondeu: – Eu prometo que assim que acabar de cantar, eu vou limpar o prato, incluindo vários pedaços do bolo!

Aidan bebeu um gole do champanhe antes de concordar com a cabeça.

– Quando você vai lá para cima?

– Depois dos discursos.

– Não vai demorar muito.

– Parece que é mais rápido do que eu pensava – respondeu ela, apontando para o irmão e padrinho do Nate, que se levantou com o microfone na mão.

Enquanto Anthony falou, Emma observou que era Aidan, não ela, que tinha começado a se remexer na cadeira. A mão dele passou do colo para o bolso do paletó várias vezes. Quando ela lançou um olhar interrogativo, ele respondeu:

– Desculpa.

Quando Anthony terminou o discurso e todos aplaudiram, Carlee pegou o microfone com a mão trêmula. Já com lágrimas nos olhos, ela não se conteve assim que começou a falar sobre a irmã. Não demorou até que todos estivessem chorando, incluindo Emma.

Quando o líder da banda pegou o microfone da Carlee, Emma sentiu que as borboletas que tinha no estômago se transformaram em pedregulhos. Mais uma vez, Aidan se remexeu na cadeira.

– Não diga que você está nervoso por minha causa? – sussurrou ela no ouvido dele.

– Oh, hum... é, acho que peguei o seu nervosismo ou algo assim – resmungou ele finalmente.

– E agora está na hora da noiva e do noivo virem até a pista para a primeira dança como marido e mulher.

Emma estremeceu.

– Aquela era uma dica.

Aidan sorriu.

– Boa sorte, querida.

– Muito obrigada – sussurrou ela.

Sem que mais ninguém visse, ele se inclinou e deu um tapa na bunda dela. A brincadeira derreteu o nervosismo dela.

Na primeira vez que a Casey a ouviu cantar no microfone na cafeteria preferida deles, ela jurou que Emma parecia uma de suas cantoras preferidas, a Patty Griffin. Então, não havia dúvida de que Casey queria que Emma cantasse *Heavenly Day* para a primeira dança dela com Nate. Essa também era uma das músicas que Emma mais gostava de cantar.

Ela segurou o microfone confiante e olhou para o salão de festas lotado.

– Há sete anos o meu ex-noivo disse: "Ei, acho que você vai adorar a namorada do meu colega de quarto. Ela é mesmo um doce, e também é louca e muito engraçada!".

Emma sorriu quando os convidados riram.

– Eu sabia desde quando conheci a Casey que o Travis tinha razão, e que nós seríamos melhores amigas. Eu também adorei o Nate. Eu sou abençoada por tê-la como minha melhor amiga durante todos esses anos e por ela e o Nate fazerem parte da minha vida nos bons e nos maus momentos. – Emma viu lágrimas brilharem nos olhos de Casey. – Não tenho palavras para expressar o quanto eu estou feliz e emocionada por eles começarem essa nova jornada na vida deles juntos como marido e mulher. Eu desejo a eles todas as bênçãos do mundo e peço a Deus que os agracie com muitos e muitos dias divinos.

A banda começou a tocar os primeiros acordes, e Emma seguiu para o centro do palco. Ela lançou o coração e a alma nas palavras, e quando terminou de cantar a última nota, sabia que tinha arrasado.

Um aplauso estrondoso soou em volta de Emma. Ela sorriu àquela reação.

– Muito obrigada.

Ao devolver o microfone ao líder da banca, ele gritou:

– Não foi incrível?

O aplauso continuou pelo salão de festas, fazendo as bochechas de Emma ficarem ainda mais vermelhas. Ela se estatelou apressada na cadeira ao lado de Aidan.

– Quantos de vocês gostariam de ouvir Emma cantar outra vez?

O público assoviou e gritou com aquela sugestão.

– Parece que eles querem mais, querida – disse ele, com um sorriso.

Emma balançou a cabeça.

– Eu já cantei duas vezes. Eles vão pensar que eu quero aparecer ou algo assim – protestou ela.

– Não quando as pessoas estão pedindo para você fazer isso.

A voz do líder da banda os interrompeu.

– Aidan, porque você não sobe aqui e vê se consegue convencer a Emma a cantar outra vez para nós?

Quando ele começou a se levantar, Emma agarrou a manga da camisa dele e o puxou.

– Não! – exclamou ela.

Ele deu um sorriso tranquilizador.

– Eu nunca vou entender como em um minuto você pode ser a cantora mais autoconfiante e profissional e, no seguinte, ter tanto medo de cantar.

– É só uma parte do meu doce lado neurótico – respondeu ela.

– Olha, respira fundo. Vou dar alguma desculpa de que você está muito cansada para cantar outra vez na sua situação delicada.

– Muito obrigada – murmurou ela.

Aidan subiu no palco e pegou o microfone do líder da banda. Ele olhou para a plateia.

– Bem, eu deveria estar aqui em cima para implorar para a Em cantar outra vez ou para me desculpar por ela. – Ele olhou para Emma. – Mas eu tenho que admitir que a verdadeira razão de eu estar aqui na frente de vocês não é nem uma nem outra.

Um sussurro de conversas passou pela multidão.

– Eu estou aqui na frente de vocês hoje como um dos homens mais felizes do mundo. Eu tenho o amor dessa linda mulher e um filho saudável a caminho. Mas isso ainda não é suficiente. Testemunhando o compromisso firmado hoje durante a cerimônia, eu não posso deixar de querer o que a Casey e o Nate têm. – Um coro de "awn" se espalhou pelo salão. – Então, só há uma pergunta que eu quero fazer para a Emma agora.

Quando ele se aproximou, Emma não pôde conter um sentimento de absoluta e total descrença. Ele apoiou o microfone na mesa. Colocando a mão no bolso do terno, ele pegou uma caixinha preta de veludo. Emma arregalou os olhos quando ele a abriu para revelar um diamante reluzente.

Ao pegá-lo nos dedos, ele se ajoelhou na frente dela.

– Emma Katherine Harrison, anjo de bondade e do perdão, amor da minha vida e mãe do meu filho, você quer me fazer o homem mais feliz do mundo e dizer que se casará comigo?

– Oh meu Deus – murmurou Emma. Ela não conseguia conter as lágrimas que saltavam dos olhos verdes dela e levou a mão à boca. – Oh meu Deus – repetiu ela.

– Essa não é exatamente a resposta que eu estava esperando – provocou Aidan.

Lágrimas rolaram pelo rosto dela quando ela lançou os braços em volta do pescoço dele.

– SIM! Sim, eu aceito me casar com você!

O salão foi novamente tomado por aplausos. Emma levou os lábios aos de Aidan. Quando ele começou a aprofundar o beijo, ela se afastou para beijar o rosto, o nariz e a testa dele. Finalmente, ela devolveu os lábios para ele.

Ele se afastou do abraço para pegar a mão esquerda dela. O dedo polegar dele acariciou as juntas dela deslizando o anel.

– Assim. Agora somos oficialmente noivos.

Ela riu antes de agarrá-lo pela camisa e puxá-lo outra vez para perto dela. Emma deu um beijo apaixonado, e ele riu contra os lábios dela.

– Em, você se lembra de que estamos em um salão lotado, certo?

Ela deu um grito e se afastou. Uma risada ecoou em volta deles.

– Isso é um ótimo sim, todos concordam? – perguntou ele para a multidão.

– Sim! – gritou Connor da mesa dele.

Emma cobriu o rosto, envergonhada. Felizmente, o líder da banda veio buscar o microfone.

– Que tal uma canção para os recém-casados e para os novos noivos? – perguntou ele.

– Não! Eu não quero me aproveitar do dia da Casey – protestou Emma.

– Querida, ela e o Nate sabiam disso. Foi isso que eu perguntei para ela no telefone.

– Sério? – Emma olhou para o Aidan e para onde a Casey estava com um amplo sorriso na pista de dança. Quando Emma ergueu as sobrancelhas em tom questionador, Casey acenou com a cabeça e mandou um beijo. Buscando a aprovação de Nate, ele sorriu e levantou o polegar para ela.

– Tudo bem, então. Vamos dançar.

Aidan a conduziu à pista de dança. Quando ela passou os braços em volta do pescoço dele, Emma não conseguia parar de olhar para o anel extasiada. Às vezes, quando eles balançavam com a música, ela se esquecia por um tempo até uma luz incidir sobre o diamante, e fazê-lo brilhar. Ela sentia vontade de se beliscar para ter certeza de que tudo aquilo não passava de um sonho maravilhoso.

– Você gostou?

– É lindo.

Aidan deu um sorriso radiante.

– Eu não tinha certeza do que você gostaria, então o Connor me ajudou a escolher.

– Mesmo?

Ele concordou com a cabeça.

– Ele tem muito bom gosto. – Um sorriso passou pelo rosto dele. – Claro que sempre que eu tentava escolher um anel mais barato, ele gostava de me lembrar das coisas do nosso passado.

Emma riu.

– Acho que eu nem quero saber tudo o que ele disse para induzi-lo a comprar um diamante tão grande.

– Ele deveria pensar em ter uma carreira paralela na CIA. Os poderes de persuasão dele são intensos.

A música terminou.

– Tudo bem. Chegou a hora de cortar o bolo – anunciou o líder da banda.

Depois que o bolo foi cortado e todos se deliciaram em açúcar, Emma mais uma vez voltou à pista de dança com Aidan. Ao se balançarem com a música, Aidan sorriu para ela.

– Futura sra. Fitzgerald, quando vamos nos amarrar?

Emma inclinou a cabeça para a direita, perdida em pensamentos.

– Por mais que eu não quisesse estar grávida em um vestido de noiva, eu quero fazer isso antes do Noah nascer.

– Ah, legitimar o Homenzinho e tudo mais, hein?

Ela riu.

– Exatamente.

– Você quer algo assim? – perguntou ele, apontando em volta pelo luxuoso salão de festas.

Emma franziu o nariz.

– Eu planejei algo assim há muitos anos. – Aidan ficou tenso com a alusão ao casamento dela com o Travis. – Quero algo simples, só com a nossa família e amigos mais íntimos. – Ela olhou para ele. – Poderíamos nos casar na minha igreja e fazer a recepção no celeiro.

Aidan respirou fundo.

– O Pop vai pirar se eu não me casar em uma igreja católica.

– Então nós podemos pensar em qualquer outra coisa.

– Que tal no jardim com vista para o lago?

– Você não acha que ficaria muito frio?

– Podemos fazer uma cerimônia curta e singela – brincou Aidan.

Emma sorriu.

– Tudo bem, parece uma boa ideia. Então, podemos fazer a recepção no celeiro. Assim parece melhor para você?

– Eu só me importo com a parte onde você diz "sim" e se torna minha mulher. – Aidan levou os lábios aos dela. – Você está tentando começar algo comigo, srta. Harrison?

Sem tirar os olhos dos dele, ela concordou com a cabeça.

– Leve-me lá para cima.

– Você está brincando?

– Você quer que eu implore?

– Emma – advertiu ele.

– Aidan – começou ela devagar – você quer, por favor, me levar escada acima para a grande suíte que nós alugamos e fazer amor comigo até eu desmaiar de exaustão?

Ele arregalou os olhos como se ela tivesse perdido a cabeça.

– Eu não acredito que você tenha acabado de dizer isso.

– Você prefere que eu seja agressiva e diga para você me levar lá para cima e transar comigo até eu desmaiar de exaustão? – provocou ela.

– Você está me matando, Em. Absoluta e completamente me matando.

– Então faz alguma coisa a respeito.

– Nós não devemos ficar até a Casey e o Nate irem embora?

– A família do Nate é italiana. Eles vão continuar bebendo e festejando até 2h da manhã.

Aidan franziu as sobrancelhas louras.

– Como a Máfia Italiana?

Emma riu.

– Acho que não. – Ela o cutucou em tom de brincadeira. – Só vai até lá e faz uma oferta irrecusável para eles, para que possa levar a sua noiva lá para cima para consumar o nosso noivado.

Ele franziu o rosto para ela.

– Devemos consumar um casamento, não um noivado.

– Tudo bem. Eu vou fazer isso. – Emma pegou a mão dele e o conduziu pela pista de dança.

– Pelo menos a multidão está se dissipando – observou Aidan.

– Do que você tem tanto medo?

– Eu não quero chatear a Casey e o Nate. Eles já foram piedosos e generosos o suficiente para compartilharem o dia deles com o meu pedido de casamento.

Quando eles se aproximaram, Casey estava lambendo uma crosta de gelo que ela esmagou no rosto de Nate. Emma se inclinou e sussurrou algo no ouvido dela. Casey deu um sorriso largo e concordou com a cabeça para ela. Aidan lançou um olhar desamparado para o Nate, que piscou.

– Eu entendo, cara – disse ele.

Emma arrastou Aidan pela mão.

– Tudo certo, Paizão, você pode me levar lá para cima e me dar prazer agora.

Ele riu.

– Se eu soubesse que colocar uma pedra na sua mão a tornaria tão divertida, eu teria feito isso bem antes.

CAPÍTULO DEZESSETE

Ao entrarem no elevador vazio, Emma pegou Aidan desprevenido e o empurrou contra a parede.

– Em, o que...

Ela o cortou apertando os lábios nos dele. Segurando as mãos dele, ela as empurrou sobre a cabeça de Aidan e as apoiou na parede. A língua dela mergulhou na boca de Aidan, procurando-o sofregamente, e se esfregando de forma sensual. Ele deixou escapar um leve gemido. Segurando as duas mãos dele, Emma arrastou uma de suas mãos para baixo do tórax dele e a abaixou para a cintura, em direção ao pênis.

Ele afastou os lábios. Ofegante, olhou os olhos verdes dela que queimavam de desejo.

– Emma Harrison, você está tentando me estuprar neste elevador?

Apertando o pênis dele, ela ergueu as sobrancelhas.

– Eu não pensei que você pudesse ser estuprado ao consentir.

Ele riu.

– É um bom ponto de vista. – Ao brincar com o pênis dele por cima da calça, os lábios dela beijaram um rastro quente até o pescoço de Aidan. Ele tremeu quando ela lambeu o queixo dele.

– Deixe-me adivinhar. Este momento extremamente quente é um possível efeito dos seus hormônios da gravidez?

A risadinha dela vibrou contra o rosto dele.

– Sim, é. Ugh, eles estão insanos. – Ela soltou o pênis dele e se afastou. – Acho que estou começando a entender como é ser você.

Jogando a cabeça para trás, Aidan riu.

– Quer dizer que você sente como é ser um cão no cio?

Ela arregalou os olhos e respondeu:

– Uh-huh.

– Então por que você se afastou?

– Bem, porque...

– Eu não estou reclamando, querida.

Ela riu e passou as mãos na frente do smoking dele.

– Então você não se incomoda de ser molestado em um elevador público?

– Não. Na verdade, eu estava gostando muito.

O elevador parou e as portas se abriram no andar deles.

– Acho que teremos que continuar no nosso apartamento – disse Emma.

Aidan tirou o paletó do smoking e o colocou na frente da cintura para esconder sua condição. Embora desfrutasse do fato de Emma ter sido tão agressiva no elevador, aquilo destruiu os seus planos para a noite. Não haveria nenhuma cena de sedução como um casal, considerando que ele já estava com o pênis ereto.

Emma pegou a chave da mão dele e abriu a porta. Ele prendeu a respiração quando ela entrou.

– Oh meu Deus – murmurou ela.

Ele esticou o pescoço para ver como ela andava de sapatos de salto pelas pétalas de rosa que cobriam o chão. Na mesa, estava um balde com champanhe e morangos. Embora ele não pudesse vê-la de frente, sabia que o olhar dela estava observando todo o quarto, onde velas estavam espalhadas esperando para serem acesas, e um pacote cor-de-rosa estava sobre a cama.

Ela se virou para olhar para ele na porta.

– É como...

Ele sorriu.

– A nossa primeira vez.

Lágrimas fizeram os olhos dela brilharem quando ela se aproximou de Aidan. Desta vez, quando ela o beijou foi com amor, não com paixão.

– Eu amo você tanto, Aidan – murmurou ela contra os lábios dele.

– Eu amo você também.

Afastando-se, ela levantou a cabeça.

– Eu nem vou perguntar o que está na caixa porque eu não acredito que você tenha encontrado uma lingerie que caiba em mim.

Ele revirou os olhos.

– Você age como se fosse um peso pesado. Tudo o que você tem estando grávida é a barriga. – Ele levou a mão à barriga dela. – Você é a grávida mais sensual e mais linda que eu já vi.

– Awn, querido, você é tão gentil. – Ela se inclinou e mordeu os lábios dele. – Mas você não tem que continuar me elogiando porque nós vamos fazer sexo esta noite.

Ele deu um gemido.

– Você e essa sua língua.

Ela riu.

– Bem, você está preso a ela, então é melhor aproveitar.

– Oh, eu vou aproveitar, assim como muitas outras partes do seu corpo.

– Menino malcriado, malcriado – ela murmurou antes de beijá-lo outra vez.

Aidan chutou a porta para fechá-la, enquanto Emma o empurrava para o quarto. Ao passarem pela mesa com os morangos e as taças de champanhe, ele parou. Aguardando desesperadamente para desfrutar daquele momento, ele disse:

– Espera um minuto, querida.

– O que foi?

– Por que eu não estouro o champanhe para comemorarmos o nosso noivado? – perguntou ele.

Emma ergueu as sobrancelhas ruivas.

– Mas eu não posso...

Aidan girou a garrafa para mostrar para ela que era só sidra, provocando um sorriso radiante no rosto de Emma.

– Oh, eu amo você. Você pensou em tudo.

Ele começou a desembrulhar a garrafa, mas Emma a tirou das mãos dele.

– Vamos guardar para mais tarde. – Os dedos dela, então, foram para os botões da camisa dele.

– Você não quer um pouco de sidra primeiro? – perguntou ele, com a voz divertida.

Ela o encarou, uma mistura de amor e desejo irradiava de seus olhos.

– Não. Eu só quero fazer amor com o meu noivo.

– Gostei de ouvir isso – respondeu ele quando ela levantou a camisa por cima dos ombros e dos braços dele. – Vou gostar mais ainda quando você for a sra. Aidan Fitzgerald.

– Humm... Minha sensibilidade feminista deveria ficar aborrecida com essa insinuação, mas eu gosto de como soa.

Ao tirar a calça, Aidan perguntou:

– Você não quer fazer nada louco como Emma Harrison-Fitzgerald, quer?

– Não, sr. Neanderthal, não quero. – Ela sorriu para ele. – Só quero ser sua esposa.

– E assim que possível, certo?

– Claro.

– Acho que nós podemos nos unir em algumas semanas.

Emma prendeu a respiração.

– Wow, eu não sabia que você estava com tanta pressa.

Ele passou a mão na barriga dela.

– Nós não temos tanto tempo antes da chegada do Homenzinho.

– Isso é verdade, mas planejar um casamento não é tão fácil, mesmo algo pequeno como estamos pensando.

– Eu só quero ser seu marido.

Ela riu.

– E você será, sr. Impaciente. Não vou a lugar nenhum, e se você tentar fugir, eu vou laçar você e amarrar os seus testículos.

– Hummm, essa é a minha vaqueira malcriada.

– Você é terrível. – Passando os dedos pelos cabelos dele, ela balançou a cabeça. – Nós podemos não estar juntos em um matrimônio sagrado, mas o nosso relacionamento foi consolidado no instante em que Noah foi concebido.

Quando Aidan levou os lábios aos dela, também levou os dedos ao zíper do vestido de Emma. Com um estalo, o vestido se abriu, e ele o puxou pelos ombros dela. Ele franziu as sobrancelhas ao olhar as calcinhas de vovó dela.

– Ooh, Em, você pode comprar mais dessas?

O rosto de Emma ficou da cor do vestido fúcsia que estava nos pés dela.

– Muito obrigada, mas eu tive que usar. – Ela cruzou os braços na frente dos seios nus em um acesso de raiva. Quando ele riu, ela lançou um olhar fuzilante. – Não é para rir, Aidan. Quer dizer, eu sempre fui uma mulher curvilínea, mas é melhor você se preparar para amar muito mais em mim.

– Eu já disse que você está igual, só tem a barriga... Mas qualquer gordura que quiser se instalar fica aqui. – Ele fez uma pausa para segurar os seios dela enquanto levou a outra mão à bunda dela. – Ou aqui. Tudo bem para mim!

Ela revirou os olhos.

– Mais uma vez, você está totalmente terrível.

– E você fica tão sexy quando está brava. – Ele a beijou antes que ela pudesse contestar. A boca de Emma se apertou em resistência, então ele deslizou a língua nos lábios dela. Como ela se recusou a se mover, um baixo resmungo escapou da garganta dele. – Deixa de ser tão teimosa, Em – murmurou ele contra os lábios dela.

A mão dele serpenteou entre eles para alcançar as coxas dela. Ele a apalpou e acariciou por cima da calcinha grande, fazendo Emma enrijecer. Quando ele deslizou um dedo entre o elástico e o calor que ela sentia, ela ofegou. Ele aproveitou a oportunidade para enfiar a língua na boca de Emma. As mãos dela que estavam jogadas ao longo do corpo foram para os cabelos dele e, quando ela enfiou os dedos pelos fios, Aidan soube que ela tinha se rendido.

– Essa é a minha garota – disse ele, beijando o rosto dela. Ao chegar à orelha de Emma, ele mergulhou e sussurrou: – Minha garota, bonita e saudável que me faz perder o fôlego independente do tamanho que esteja e da calcinha que está vestindo.

Um leve gemido se transformou em riso.

– Menos, Paizão. Muito, muito menos – respondeu ela, repetindo o que Casey tinha dito mais cedo.

Com os dedos ainda fazendo a mágica, ele se recostou na cama e se curvou ao lado dela. Os olhos dela se fecharam enquanto se contorcia na mão dele, empurrando o quadril quando ele acelerou o ritmo.

– Hummm, por favor – murmurou ela, com a respiração quente no rosto dele.

– Por favor, o quê, querida?

– Faça-me gozar, Aidan. – No instante em que o polegar dele esbarrou no clitóris dela, ela agarrou a barra do lençol e gritou.

Sem perder tempo, ele deslizou os dedos para fora, ainda a apertando e tirando a calcinha dela. E abaixou a cueca até os joelhos. Com a barriga maior que ela tinha, era sempre interessante encontrar uma posição. Abrindo as pernas, ele enfiou dentro dela.

Emma passou as pernas em volta da cintura dele, apertou e ele a segurou por trás dos joelhos. Quando ele forçou para entrar, ela ergueu os braços sobre a cabeça e puxou o lençol.

Como ela mordeu os lábios para acalmar seus gritos de prazer, Aidan parou os movimentos.

– Não seja tímida, Em. Deixe-me ouvir você – pediu ele.

Emma corou.

– E se mais alguém ouvir?

– Quem se importa? Eu quero ouvir você. Quero saber o que eu provoco em você.

Ela estremeceu com as palavras dele.

– Tudo bem – murmurou ela.

Ele sorriu.

– Que bom. – Quando ele voltou a mergulhar dentro dela, foi recompensado com um leve gemido de Emma. Levando a mão entre eles para acariciá-la, ele se mexeu para dentro e para fora, e ela gritou. Ele fechou os olhos e jogou a cabeça para trás como se os gritos de Emma fossem música para seus ouvidos. Não demorou muito tempo para ela perder o controle, chamando seu nome mais e mais vezes. Ele continuou empurrando para dentro e para fora, enquanto as paredes dela se contraiam em volta dele. Entretanto, ele não estava pronto. Ele queria prolongar o prazer o máximo possível. Mas quando sentia que a Emma se apertava em volta dele, arregalava os olhos. Ela sorriu triunfante quando ele começou a se entregar. Agora era a vez dele de emitir gritos e gemidos.

Quando ele terminou de tremer dentro dela, Aidan se deitou de costas, desabando ao lado de Emma na cama. O peito dele se expandia, e ele se esforçava para respirar.

Ela se aconchegou sobre ele e beijou seu rosto.

– Eu amo você – Aidan.

– Eu sei – disse ele, ofegante. O barulho da mão dela caindo sobre a coxa dele ecoou pelo quarto junto com o riso dele. Ele se virou para ver a expressão dela. – Eu também amo você muito, Emma.

CAPÍTULO DEZOITO

Três Semanas Depois

Emma observou sua imagem no espelho de corpo inteiro da avó. Virando-se para a esquerda e para a direita, ela deixou as camadas esvoaçantes do vestido de noiva girarem ao redor dela. Na opinião de Emma, o vestido era a coisa mais bonita que ela já tinha visto, com a cintura fluindo em pregas de cetim com um intrincado bordado de pérolas e canutilhos no corpete. Ela nunca imaginou que acharia um vestido de noiva para gestante tão lindo, principalmente com pouca antecedência.

Mas agora que o grande dia chegou, ela não estava tão certa.

– Ugh, eu acho que é seguro dizer que eu pareço o Homem-Marshmallow dos Caça-Fantasmas – gemeu ela.

– Oh droga não, não! – argumentou Casey, ajustando a tiara brilhante no topo da cabeça de Emma.

A prima de Emma, Stacy, concordou com a cabeça ao ajudá-la a ajustar o longo véu.

– Não seja boba, Em. Você está absolutamente deslumbrante.

– Se eu fosse hétero, eu gostaria que a minha noiva fosse exatamente como você – disse Connor, com um sorriso.

– Oh, Deus, você está começando a se parecer muito com Aidan – respondeu Emma.

– Agora os escute, querida. Você está maravilhosa! – exclamou a avó de Emma. Ela ainda nem tinha se virado para olhar a caixa de joias e pegar "algo emprestado" para Emma. A fita azul entrelaçada à cinta

-liga era o item "azul", enquanto o vestido e o véu compunham o item "novo". Cuidadosamente escondida sob as camadas de tecido, estava o item "velho", na forma de um par de botas de caubói. Hoje ela buscava conforto, assim como sapatos que se ajustassem aos pés inchados e não fariam com que ela tropeçasse ou caísse.

Emma suspirou.

– Agradeço por vocês tentarem fazer com que eu me sinta bem, mas sério, eu estou entre o Homem-Marshmallow e o Boneco Michelin.

Casey bufou.

– Pare de cavar elogios. – Segurando nos braços de Emma, ela a virou. – Você é a noiva mais linda que eu já vi na vida, e estou me incluindo neste grupo! Não importa que você esteja grávida de sete meses. No instante em que chegar ao altar, você vai deixar Aidan sem fôlego.

Lágrimas surgiram nos olhos de Emma com o elogio de Casey.

– Oh, droga, não começa com essa cachoeira agora, vai estragar a maquiagem! – Ela passou a mão rapidamente pelo rosto de Emma.

Emma a afastou.

– Tudo bem, tudo bem, não vou chorar.

– Que bom.

Com um colar de pérolas na mão, a avó se aproximou delas.

– Vocês todos poderiam nos dar licença um instante?

Casey sorriu.

– Claro. Vamos buscar os buquês na geladeira.

– Você não acha que vou deixar você colocar a flor na minha lapela.

– E por que não?

– Porque você sempre acaba me furando! – exclamou Connor. E eles continuaram brigando ao saírem pela porta.

Quando ficaram a sós, Emma franziu as sobrancelhas em tom de expectativa. A expressão da avó era tão séria que Emma ficou preocupada. Tentando aliviar a tensão, ela brincou:

– A senhora sabe que não precisa conversar sobre sexo comigo, certo?

A avó acenou com a mão em tom desdenhoso.

– Eu deveria esperar que não. Claro, imagino que já havia acontecido com Travis.

Emma corou e concordou com a cabeça. Sem dizer outra palavra, a avó se aproximou e ficou em pé atrás de Emma. Ela levou as mãos sobre a cabeça da neta e, então, deslizou um colar de pérolas pelo pescoço dela, que se acomodou pouco abaixo da clavícula de Emma.

Depois de fechá-lo, a avó segurou os braços da neta e observou o olhar dela no espelho.

– Durante toda a minha vida, eu quis um colar de pérolas verdadeiras. Para o nosso terceiro aniversário de casamento, o seu avô arranjou mais dois empregos para comprar essas pérolas para mim depois de fazer algo muito parecido com o que Aidan fez.

Emma prendeu a respiração horrorizada.

– Oh, vó, não posso acreditar que o vovô tenha feito algo assim!

– Ele pensou que poderia fugir do casamento ou de um compromisso, mas quando o fez, percebeu que era um erro. É algo que eu nunca contei a ninguém, nem mesmo para a sua mãe. – A avó sorriu. – Claro que nossa reconciliação depois desse affaire foi a razão pela qual ela nasceu. Acho que eu ganhei essas pérolas e a sua mãe com esse negócio.

– Então a senhora o perdoou?

– Eu ainda estou com ele, não estou?

Emma tocou as pérolas pensando em todos os anos felizes que os avós dela passaram juntos. Nenhuma vez ela os tinha visto brigar. Eles eram o que ela aspirava ser quando se casasse.

A avó bateu de leve nas costas de Emma.

– Eu quis contar isso hoje para que você pudesse entender que nenhum casamento é perfeito. Haverá bons e maus momentos, preocupação e alegria. Nunca pense que por causa do que aconteceu antes o seu amor não é tão forte e tão bonito quanto o de qualquer outra pessoa. É o amor que ultrapassa as provas mais difíceis e sobrevive que vale a pena ter.

– Obrigada, vó. – Ela se inclinou e beijou o rosto enrugado da avó. – A senhora acha que Aidan e eu seremos tão felizes quanto a senhora e o vovô têm sido?

A avó sorriu.

– Acho que sim.

– Assim eu espero.

– O tempo passa tão rápido quando você está feliz e apaixonada. Num minuto você estará jovem, e no seguinte estará na frente da sua neta, que se parece tanto com a mãe dela no dia do casamento.

À menção da mãe, os olhos de Emma embaçaram outra vez. Ela daria qualquer coisa para a mãe estar ao lado dela, arrumando o véu, e dizendo que ela era a noiva mais linda.

Quando ela levantou os olhos outra vez, a avó balançou a cabeça.

– A última coisa no mundo que a sua mãe iria querer é ver você triste hoje. Ela iria querer que você estivesse feliz e abraçasse o futuro maravilhoso que tem pela frente com Aidan e Noah.

– Eu sei disso. Mas é difícil.

A avó acariciou o rosto de Emma.

– Eu sei, minha menininha. Ela era a minha única filha e eu daria qualquer coisa para tê-la aqui. Mas ela nunca está muito longe. Ela está sempre bem aqui. – A avó colocou a mão sobre o coração da Emma. – Ela estará lá com você hoje e quando esse doce bebê vier ao mundo e for entregue aos seus braços, ela também estará lá.

Emma mordeu o lábio para abafar as emoções antes de lançar os braços em volta da avó.

– Obrigada por estar aqui comigo hoje.

– O prazer é meu, querida.

O avô pigarreou ao entrar pela porta.

– Tudo certo, a cerimonialista pediu para dizer para você que está na sua hora.

Emma se afastou dos braços da avó. Durante um segundo, ela viu o avô sob uma luz diferente pelos seus erros do passado, mas, então, pensou em Aidan e no perdão, e um sorriso passou pelos lábios dela.

Ela caminhou em direção a ele e beijou o seu rosto. Ao se afastar, ela passou a mão na lapela do terno dele e sorriu.

– Olha como o senhor está bonito.

O avô deu um sorriso radiante.

– É o meu melhor terno. Espero que esteja bem.

– Vai ser uma honra ser conduzida pelo senhor.

Ao saírem pela porta, ele parou.

– Virginia contou sobre as pérolas, não contou?

Emma ficou boquiaberta.

– Como o senhor soube?

– Pelo seu olhar quando eu entrei.

– Desculpe.

– Não se preocupe, Emmie Lou. Só estou surpreso que Aidan não tenha contado para você.

Ela arregalou os olhos sem conseguir acreditar.

– O senhor contou a ele? Quando?

– Quando ele veio aqui para buscar a comida, enquanto você estava de repouso.

– Mas por quê?

O avô franziu o rosto.

– Eu queria que ele entendesse que eu sabia o que ele tinha feito, mas ao mesmo tempo, eu queria que ele lutasse com todas as forças para ter você de volta.

– O senhor gosta tanto assim dele?

– Gosto. – O avô sorriu. – Acho que devo até amá-lo.

Emma levantou a cabeça e olhou para ele surpresa.

– Sério?

– Estou feliz por você, Emmie Lou. Acho que Aidan será um ótimo marido.

– Oh, vovô – murmurou ela, com os olhos cheios de lágrimas.

– Não chore agora.

– São lágrimas de felicidade, eu prometo.

– Sim, mas vou ficar em apuros se você estragar a maquiagem.

Ela riu.

– Tudo bem, então. Eu não gostaria que o senhor ficasse em apuros.

– Que bom. – Olhando para o vestido de Emma, ele coçou a cabeça. – Vamos ver como vamos conseguir tirar você daqui nessa coisa.

Ela deu uma risada ao se virar de lado e passar pela porta do quarto. Ao seguir para a sala de estar, ela encontrou a cerimonialista organizando as madrinhas.

– Como eu estou, tia Emma? – perguntou Georgie, girando com o minúsculo smoking.

Ela sorriu.

– Você está tão lindo e tão crescido.

Ele se endireitou.

– Achei que hoje eu carregaria as alianças.

– Desculpe, querido, mas a Casey e o seu avô, Patrick, vão cuidar das alianças.

Georgie levantou a cabeça.

– Então porque diabo eu sou o pajem?

Emma arregalou os olhos, enquanto Casey tentou disfarçar uma risada escondendo-se atrás do buquê.

– George Byron Parker! Não ouse dizer um palavrão assim! – reclamou Emma.

– Diabo é palavrão?

– É sim.

Georgie encolheu os ombros.

– Oh, eu acabei de ouvir o John e o tio Aidan usarem.

– Bem, deixe que fiquem em apuros, não você. – Ela bateu de leve nas costas dele. – Você tem um trabalho muito importante como pajem, mesmo sem as alianças. Você participará da nossa cerimônia de casamento e isso o torna muito especial.

– Mesmo?

– Sim.

George pareceu temporariamente satisfeito. Então, o rosto dele se anuviou outra vez.

– Eu tenho mesmo que andar com ela? – Ele apontou para a prima da Emma, Sarah, que seria a florista.

– O que há de errado com Sarah?

Georgie revirou os olhos.

– Ela é uma garota!

Emma mordeu o lábio para conter o riso.

– Prometo que ela é uma menina muito legal, e você não vai precisar segurar a mão dela ou algo assim.

– Que bom!

Marie, a cerimonialista, bateu palmas.

– Tudo bem, então. Está na hora. Georgie, Sarah, vocês sairão primeiro. Depois, eu preciso do Connor, da Stacy e da Casey... Oh, rimou! – Marie sorriu.

Casey revirou os olhos ao entregar à Emma o enorme buquê.

– Precisa mesmo dar certo.

Emma sorriu e isso ajudou a acalmar o nervosismo que ela sentia. Respirando fundo algumas vezes, ela tentou se tranquilizar. Depois de todos esses anos, finalmente estava acontecendo. Ela se casaria. Ao sentir um pontapé de Noah por baixo dos tecidos, ela balançou a cabeça e sorriu. Deus certamente tinha abençoado a estrada tortuosa de preocupações e perdas para conduzi-la a esse ponto de extrema alegria.

Ao pisarem na varanda da frente, Emma olhou para o céu. Era como se Deus estivesse sorrindo no dia especial deles, os abençoando não apenas com um céu bonito e sem nuvens, mas também com um dos dias mais agradáveis na Geórgia no final de janeiro. Ela apoiou o braço no do avô ao caminharem ao redor da casa. Lembranças passavam pela mente dela, de quando fizera a mesma volta com Aidan quando fugiram no meio da noite para uma escapada no lago.

O corredor de grama que os conduzia ao altar estava coberto com pétalas de flores vermelhas, cor-de-rosa e amarelas. O coração de Emma se aqueceu com esse toque especial, não apenas para alegrar a grama seca do inverno, como por ser uma lembrança feliz das pétalas de rosa que estavam no quarto de hotel na primeira tentativa de concepção do bebê e, também, da noite em que ficaram noivos. Isso trouxe um sorriso radiante ao rosto dela. Mas o sorriso brilhou ainda mais quando viu Aidan, que estava de pé em frete ao altar. Ele se colocou no meio do corredor, tentando desesperadamente alcançar o olhar dela.

O quarteto de cordas terminou de tocar *Canon in D* e, então, iniciou as primeiras notas da *Marcha Nupcial.*

– É hora do show, Emmie Lou – disse o avô, com uma mistura de diversão e pesar reverberando na voz.

Emma respirou fundo e seguiu pelo corredor. Quando todos se levantaram das cadeiras para a entrada dela, o olhar de Emma se fixou em Aidan, que finalmente a recebeu.

Ele estava boquiaberto e com os olhos azuis arregalados. Ela prendeu a respiração à reação dele. Em vez do sorriso convencido que ela esperava quando ela aparecesse, ficou surpresa ao observar lágrimas nos olhos de Aidan. O coração dela estremeceu e voltou a bater. Naquele instante, tudo o que ela queria era correr pelo corredor para encontrá-lo e abraçá-lo. Ela não conseguia imaginar que um dia poderia amá-lo mais do que naquele momento.

Uma eternidade pareceu passar antes que ela o alcançasse no corredor. Aidan limpou as lágrimas dos olhos com o dorso da mão. Embora um leve sorriso tenha passado pelo rosto dele, a emoção tomou os olhos azuis de Aidan.

– Emma, eu estou quase sem fala. Quer dizer, você está como eu nunca poderia imaginar. – Ele prendeu a respiração e estremeceu nos braços dela. – Você parece uma visão.

Mais uma vez, um retrospecto passou pela mente dela, da noite em que o encontrou para a primeira sessão de concepção do bebê. Ele tinha cruzado o salão de entrada lotado do hotel, beijado a mão dela e dito essas mesmas palavras.

– Deus, Em, eu amo você tanto que dói – sussurrou ele em tom aflito no ouvido dela.

– Eu sei. Eu também amo você tanto.

O celebrante pigarreou.

– Eu acho que ainda não chegamos a essa parte.

Lembrando-se de onde ela estava e de como estava arruinando completamente o planejamento, ela se afastou.

– Oops – respondeu ela, corando.

Um riso ecoou pela multidão. Com um passo para trás, ela deslizou novamente o braço pelo do avô.

– Acho que devo entregá-la, Emmie Lou, para que você não fuja o mais rápido que puder – brincou ele.

Ela sorriu para ele sem conter as lágrimas.

– O senhor nunca me entregará, e sabe disso.

– Eu não a entregaria em qualquer outra circunstância, Menininha. Principalmente se você não estivesse carregando esse meu bisneto saudável. Ele vai precisar de um homem para ensinar a ele algumas coisas.

– Vovô! – Emma assoviou quando Earl piscou para Aidan.

O celebrante pigarreou outra vez.

– Queridos amigos, estamos aqui hoje reunidos aos olhos de Deus para a união de Aidan Patrick Fitzgerald e de Emma Katherine Harrison nos laços do santo matrimônio. – Emma começou a ignorar o celebrante e mergulhar na imagem sorridente de Aidan diante dela.

Ela só notou quando o avô a entregou oficialmente e saiu do lado dela para se sentar com a avó. Emma teve dificuldade até mesmo para se concentrar no primo, Dave, que cantou uma versão fanhosa de John Lennon em *Grow Old Along With Me*. Não havia mais ninguém para ela naquele momento além de Aidan – o homem que fez todos os sonhos dela se tornarem realidade.

Emma voltou à realidade quando o celebrante chamou o nome dela, e ela, então, repetiu os votos sugeridos por ele.

– Eu, Emma Katherine Harrison, o aceito, Aidan Patrick Fitzgerald, como meu legítimo esposo. Para amá-lo e respeitá-lo, desse dia em diante, na alegria e na tristeza, na saúde e na doença, na riqueza e na pobreza até que a morte nos separe.

Com a voz estrondosa, Aidan repetiu os votos com uma confiança total e absoluta, que fez o coração de Emma se agitar. Em seguida, ele pegou a aliança com o Patrick, o padrinho, e deslizou pelo dedo dela.

– Com este anel, nós nos casamos.

Quando ela olhou para ele, Aidan piscou para ela, e Emma não pôde conter o sorriso ao perceber que ele inclinou a cabeça em tom convencido. Ela pegou a aliança com Casey, a deslizou no dedo dele, e repetiu as palavras.

Eles, então, se viraram para o celebrante, que sorriu.

– Pelo poder a mim confiado por Deus, todo-poderoso, e pelo estado da Geórgia, eu vos declaro marido e mulher. – Ele olhou para Aidan. – Você já pode beijar a noiva.

– Já era hora – respondeu Aidan antes de acariciar o rosto de Emma. Os lábios dele encontraram os dela em um beijo apaixonado. Um aplauso arrebatador ecoou em volta deles quando Aidan se afastou.

Unindo o braço ao dele, eles caminharam pelo corredor e pelo jardim até o celeiro.

***

Quando Dave e a banda dos primos dela entoaram com perfeição a letra da primeira dança, Emma se balançou nos braços de Aidan. Olhando o toldo com luzes cintilantes, ela não conseguia acreditar como Marie e a equipe dela transformaram o celeiro com uma atmosfera encantadora para o inverno. Estava simplesmente de tirar o fôlego e ela não conteve um suspiro de satisfação ao ver como tudo ficou tão perfeito.

Trabalhar na agenda apertada deles não foi fácil, mas a avó, junto com as tias e primas dela, conseguiram preparar uma refeição melhor do que qualquer empresa de bufê conseguiria fazer. Só de pensar no delicioso churrasco que experimentou, Emma soltou um leve suspiro.

Com os olhos azuis brilhando, Aidan olhou para ela.

– Desculpe – sussurrou ela.

– Você comeu muito?

– Talvez.

– Nossa, está ótimo.

– Está, não é mesmo?

– Sim, tudo está muito bom. Bem, essa música poderia ser um pouco melhor. – Aidan franziu o nariz. – Como eu deixei você escolher John Denver para nossa primeira dança como marido e mulher?

– *For You* é uma música linda. Você já se deu ao trabalho de escutar a letra? É sobre passar o resto da vida com você e só com você!

Aidan sorriu.

– Você tem razão. É uma música bonita. E o Dave está fazendo um ótimo trabalho. Ainda assim...

– E o que você preferiria? – perguntou Emma, ao fim das últimas novas.

Antes que pudesse pressioná-lo outra vez, Dave interrompeu os pensamentos dela.

– Nossa próxima música foi escolhida especialmente pelo Aidan. Ele queria que a Emma soubesse o quanto a letra significa para ele e para o relacionamento deles. Então, Em, *You Save Me*.

Emma prendeu a respiração ao alternar o olhar de Dave para Aidan. O sorriso convencido de sempre curvou os lábios dele.

– Você fez mesmo isso? – perguntou ela, quando Dave começou a cantar o clássico do Kenny Chesney.

– Fiz.

Ao se acalmar nos braços dele, Emma deixou a letra familiar ecoar pela mente. Ela sentia a respiração de Aidan aquecer seu rosto.

– É verdade, Em. Você me salva. Eu ainda estaria perdido se você não tivesse entrado na minha vida, e eu agradeço a Deus todos os dias por você ter me dado outra chance para mostrar o quando a minha alma chama por você. Nunca haverá qualquer outra pessoa no mundo para mim.

Lágrimas rolaram dos olhos dela quando ele a olhou. O rosto de Aidan estava determinado.

– Estou falando sério, Em.

– Você também me salvou – sussurrou ela.

Ele a beijou com carinho antes de apertar o rosto contra o dele.

– Se você tivesse me dito nessa época no ano passado que eu estaria casado e com um filho a caminho, eu teria rido e dito que você estava louca – disse ele. Emma ficou tensa, e ele deu um sorriso. – Nossa, eu era doido.

Ela sorriu para ele.

– Eu teria feito o mesmo se alguém tivesse dito que eu não só estaria casada como carregando o filho de um chato que me paquerou na festa de Natal.

Aidan riu.

– O destino tem uma maneira estranha de fazer as coisas, não é?

– É mesmo.

Ele a apertou nos braços quando a música terminou.

– Então, por que não nos apressamos para cortar o bolo, para podermos sair daqui e começar a nossa lua de mel?

Emma revirou os olhos.

– Você está mesmo tão impaciente?

Ele riu.

– Você me descartou há dez dias. Vou explodir.

– Eu quis que a nossa primeira noite como homem e mulher fosse especial – replicou ela.

Um sorriso passou pelos lábios dele.

– Então vamos fazer com que seja especial mais cedo.

– Paciência é uma virtude, sr. Fitzgerald. Eu não vou deixar de dançar essa noite por causa da sua libido. Além disso, quero dançar com o vovô e com o seu pai e quero que você dance com a vovó. Nós só vamos ter uma recepção de casamento uma vez.

– Certo, certo – murmurou ele.

Inclinando o corpo, ela sussurrou na orelha dele:

– Eu prometo que farei valer a pena para você.

Aidan riu.

– Você não precisa me prometer nada, querida. Eu estou tão loucamente apaixonado, que farei qualquer coisa que você pedir, incluindo esperar para irmos para a cama.

Passando os braços em volta do pescoço dele, ela disse:

– Oh, quem precisa de poesia quando tenho você para dizer frases românticas assim?

Ele riu.

– Você sabe que eu não presto, querida!

CAPÍTULO DEZENOVE

Fogos de artifício iluminaram o caminho deles pela escuridão, Emma e Aidan correram para o carro enquanto os convidados jogavam alpiste sobre eles. Emma só deu uma rápida olhada para o Mercedes decorado com creme de barbear e preservativos antes de abrir a porta e se jogar no banco. E tentou tirar os grãos de alpiste que grudaram nos cabelos e no vestido dela.

Aidan sorriu ao ligar o carro.

– Espero que não sejamos atacados por um bando de pássaros com todo esse alpiste nas nossas cabeças.

Emma riu.

– Então, qual é a distância até a cabana do seu amigo?

– Cerca de vinte minutos daqui, em Blue Ridge.

Como Emma estava no último trimestre, Aidan preferiu que eles não fizessem uma viagem aérea para a lua de mel. Ele conseguiu reservar uma semana na cabana de madeira de um dos colegas do trabalho.

– Desculpa por não ser um lugar exótico como o Caribe ou romântico como Veneza – disse Aidan, ao chegarem à estrada.

– Depois que Noah nascer, eu prometo que vou com você para a Itália.

– Fechado. E como eu sei que você não vai entrar num avião sem ele, vamos tornar o Homenzinho um viajante internacional antes de completar um ano.

– Awn, amei. – Emma segurou a mão de Aidan. – Não importa aonde nós vamos, contanto que eu esteja com você.

Ele levou a mão dela aos lábios e a beijou.

– Para mim também, querida.

Depois de fazer um retorno, eles seguiram pela estrada escura e por curvas pela montanha. Olhando o endereço no celular, Aidan fez uma última curva.

– Greg organizou tudo esta tarde e trouxe algumas coisas para nós.

– Para deixar o lugar mais erótico? – Emma perguntou com um sorriso.

Aidan riu.

– Talvez. E trouxeram comida. Sairemos para jantar algumas vezes também se você quiser.

– Nós dois aqui no meio do nada, como eu sei que você não me fará de refém para ser sua escrava sexual?

Aidan jogou a cabeça para trás e riu.

– Não querida, você é minha mulher, nunca minha escrava sexual.

– Que pena – murmurou ela. Quando ele tirou os olhos arregalados da estrada para olhar para ela, Emma riu. – Brincadeira!

Ele soltou uma respiração forte ao estacionarem na calçada. Holofotes a cegaram momentaneamente. Quando Emma saltou do carro, se esforçou para não ficar boquiaberta sem conseguir acreditar. Ela olhou para Aidan e balançou a cabeça.

– O que foi? – perguntou ele.

– Você disse que o seu amigo estava nos emprestando uma cabana. Isso – ela apontou para a mansão gigantesca – não é uma cabana. É, pelo menos, um lodge. Aposto que tem oito ou dez quartos.

– E nós podemos batizar todos eles enquanto estivermos aqui – observou Aidan.

Ela riu.

– Sim, só precisamos ver esse aqui.

– Vem. Se você acha que é incrível, espera até ver por dentro. – Pegando a mão dela, Aidan a puxou até a entrada e subiu os degraus da varanda. Ao destrancar a porta, ele olhou para trás com um brilho travesso nos olhos.

– O que quer que você esteja pensando, posso dizer sem dúvida que a resposta é não!

Aidan riu.

– Vem. Eu só quero carregar a minha noiva pela porta.

Ela revirou os olhos.

– Sua noiva está grávida de sete meses. Além disso, você deve fazer isso na sua casa, não no nosso destino de lua de mel.

Ignorando-a, Aidan passou um dos braços por baixo dos joelhos dela e o outro por trás das costas de Emma. Ela gritou ao ser erguida do chão antes de ele chutar a porta da frente. – Oomph – murmurou ele cambaleando na porta.

Emma começou a rir com a expressão determinada e a cor roxa que tomou o rosto dele.

– Não vá ficar incapacitado antes de começar a nossa lua de mel, querido – provocou ela.

– Não, não – respondeu ele e a colocou de pé na sala.

– Awn, meu herói – disse ela, apoiando-se para beijá-lo.

Ele sorriu para ela.

– Vai em frente e explore a ca...

– O lodge – corrigiu ela.

– O que for. Vou buscar a nossa bagagem.

– Cuidado. Eu não quero que um menino da cidade como você seja levado por um urso ou por um coiote.

Ele balançou a cabeça.

– Sempre essa sua língua.

Quando Aidan saiu pela porta, Emma voltou a atenção para a sala de estar. Estava mobilhada com grandes sofás estofados e cadeiras. Uma lareira do teto ao chão estava no meio da sala e, depois de pegar o controle remoto em uma das mesas e apertar um botão, ela a acendeu. Inclinando a cabeça, Emma observou o teto alto e riscado por vigas de madeira. Ao caminhar pela sala, viu a grande escadaria circular que conduzia ao andar de cima.

Aidan entrou bufando com três das bolsas deles.

– Você precisa de ajuda? – perguntou ela.

– Não, consegui – veio uma resposta surda por trás da bagagem.

Quando ele andou pelo corredor, ela o seguiu. Ao final do corredor, estava o quarto principal. Ela arregalou os olhos quando Aidan acendeu a luz. Não só havia uma enorme cama de quatro colunas, uma área de estar com sofá, namoradeira e cadeira, como também a própria lareira com um tapete felpudo na frente.

– Isso é...? – perguntou ela, apontando para o chão.

Aidan sorriu.

– Não, é pele de urso falsa ou qualquer outra pele falsa e politicamente correta.

– Bom saber.

– Aposto que é macia ao toque da pele – murmurou ele, com a respiração aquecendo o rosto dela.

– Aposto que sim. – Ela se inclinou e deu um beijo prolongado nele. Ao se afastar, ela olhou as bolsas que estavam nos pés dele. – Espera. Isso não é tudo.

Aidan franziu o rosto.

– Não é o suficiente para começarmos?

Ela balançou a cabeça.

– Você não trouxe a minha caixa dos prazeres.

Ele ergueu as sobrancelhas.

– Sua o quê?

Um sorriso dissimulado passou pelos lábios dela.

– Você escutou. Tem todos os itens que eu ganhei no meu chá de lingerie. Algemas, óleo de massagem, algumas calcinhas comestíveis...

Aidan levantou a mão.

– Não precisa explicar mais. Estou algemado – respondeu ele ao sair do quarto e correr pelo corredor.

Balançando a cabeça, Emma voltou a atenção para a parede oposta do quarto. Havia janelas do teto ao chão, com portas de vidro que se abriam para uma sacada. Ela abafou um grito ao observar a vista magnífica pela janela. Somente com o brilho da luz da varanda, ela conseguia ver as montanhas a quilômetros de distância e não conseguia imaginar como seria de tirar o fôlego quando o sol surgisse.

O som de mais bagagem caindo no chão a alertou sobre a presença de Aidan outra vez. Ele passou o braço pela cintura dela, puxando-a para trás, enquanto outra mão deslizou para acariciá-la.

– A vista não é deslumbrante?

– É mesmo – murmurou ele no pescoço dela, enquanto o pênis dele passava nas costas dela.

– Você poderia parar de ser um cão no cio por apenas um minuto e olhar lá para fora? – Ela apontou para a enorme extensão de pinheiros.

– Cinco segundos atrás as palavras óleo de massagem e calcinha comestível saíram dos seus lábios deliciosos. Eu não quero olhar para nada além do seu corpo até ter você pelo menos duas vezes. – Quando ela começou a se contorcer para sair dos braços dele, a respiração de Aidan esquentou o lóbulo da orelha dela. – Você. Nua. Banheira. Agora.

Ela olhou por cima do ombro e revirou os olhos.

– Você parece um homem das cavernas!

Ele riu.

– Eu também me sinto como um. Fazer com que eu passasse quase duas semanas sem sexo foi tortura, Em.

– Na verdade, é uma boa prática. Depois que Noah nascer, serão pelo menos cinco ou seis semanas até eu receber alta outra vez.

Aidan gemeu.

– Ah Deus, não me lembra. – Levou a mão à barra do vestido dela, e o puxou pela cabeça da Emma. – Tira os sapatos – instruiu ele. Com alegria, ela tirou os sapatos de salto baixo que já estavam fazendo os pés dela incharem.

Pegando a mão dela, ele a conduziu para o corredor.

– Mas eu não deveria entrar grávida em uma banheira de água quente – protestou Emma.

– Eu cuidei de tudo, querida. Garanti que eles tomariam todas as precauções necessárias para reduzir a temperatura da água. Vai ser o mesmo que um banho morno.

– Mesmo?

Ele assentiu e a puxou para mais perto dele.

– Além disso, imagino que montando em mim, você não ficará completamente submersa na água, de qualquer forma.

Emma balançou a cabeça.

– Você sempre tem um pequeno plano relacionado ao sexo, não é?

– É.

Ela riu quando Aidan abriu a porta do quarto em frente à suíte principal. Com apenas um estalo de um interruptor, luzes de velas iluminaram o quarto.

– Velas acionadas por eletricidade? Quem é o seu amigo? *O Terror das Mulheres* ou algo assim?

Aidan riu e começou a desabotoar a camisa.

– Na verdade, ele é casado e tem cinco filhos.

– Acho que ele gosta de manter o clima de romance, hein?

A banheira borbulhava no canto do quarto perto de outras janelas que iam do teto ao chão. Ela imaginou que a vista durante o dia seria quase tão impressionante quanto a do outro quarto.

Depois de arrancar a camisa, Aidan começou a tirar a calça. Emma seguiu a sugestão e foi ajudá-lo. Ao tirar o cinto dele, ela o dobrou na mão. Enquanto Aidan se abaixava para tirar a calça e a cueca, ela aproveitou a oportunidade para bater na bunda nua dele com o cinto. O estalo ecoou pelo quarto.

Aidan se levantou surpreso, esfregando a bunda.

– Emma, que diabo foi isso?

Ela riu.

– Você não gosta de receber um tapinha de vez em quando?

Os cantos dos lábios dele se curvaram para cima em um sorriso.

– Eu não disse isso.

Sem tirar os olhos dele, ela bateu outra vez e estremeceu quando os olhos azuis dele queimaram de desejo.

– Por que você está me batendo?

– Porque você tem sido um menino malcriado.

Ele ergueu as sobrancelhas louras.

– Estou sendo malcriado agora?

– Humm, humm. Desde que nós chegamos aqui, você só se preocupa em ter o *seu* prazer. – Ela levou a mão ao peito. – E o *meu*?

– Ah, então eu devo atender ao seu prazer primeiro?

– Sim, por favor.

– E o que você gostaria que eu fizesse?

O atrevimento de Emma começou a oscilar e, de repente, ela não pensou que pudesse falar essas palavras.

– Hum, bem... Eu quero que você entre nessa banheira.

– E? – provocou Aidan ao abrir o sutiã dela com precisão rápida de especialista.

– Eu quero a sua boca em mim.

– Quer? – Ele tirou a calcinha dela, deixando-a vulnerável ao olhar faminto dele. Aidan levou o polegar à boca de Emma, em seu lábio inferior. – Você quer a minha boca aqui?

– Não – murmurou ela.

Ele desceu os dedos pelo queixo dela e do pescoço para os seios.

– Você quer a minha boca aqui? – repetiu ele.

Ela balançou a cabeça. Ao tirar o sutiã, ela deslizou a mão dele para baixo do quadril e entre as pernas dela.

– Quer a minha boca aqui?

– Quero. Por favor – sussurrou ela, quando a mão dele começou a trabalhar em frenesi.

– Então vem aqui.

Emma gritou em tom de frustração quando Aidan tirou a mão. Ele se apoiou na banheira. Ela observou enquanto o corpo nu e delicioso dele entrou. Ele colocou o dedo nela. Ela deixou o roupão cair no chão. Quando ela entrou na banheira, Aidan ainda estava parado. Suavemente, ele a segurou para que se sentasse ao lado dele. Ajoelhando-se atrás dela, ele levou as mãos aos joelhos de Emma, para afastar as pernas dela.

Olhando para ela, Aidan passou as pontas dos dedos de um lado para o outro por cima das coxas dela, fazendo-a tremer. Emma mordeu o lábio de baixo para evitar arquear os quadris contra os dele. Inclinando-se, ele começou a beijar e a lamber a parte interna das coxas de Emma. Quando a respiração quente dele atingiu o clitóris dela, ele se virou e começou a dar atenção à outra perna.

– Aidan...

– O que foi, querida?

– Para de me provocar – murmurou ela.

O riso dele reverberou contra a pele sensível da parte interna das coxas dela e ele levantou a cabeça.

– Desculpa. Você falou onde queria a minha boca, certo?

– Sim.

Enfiando a cabeça entre as pernas dela, Aidan lambeu um rastro lento. Os dedos dele espalharam o calor dela antes que ele enfiasse a língua. Ele mergulhava para dentro e para fora, e Emma mordeu os lábios para conter os gritos, mas um gemido escapou do peito dela. Com uma das mãos, ela agarrou a borda da banheira, e passou a outra pelos cabelos de Aidan.

Depois de tirar a língua de dentro dela, ele começou a circular e chupar o clitóris, e empurrou um dedo e depois dois para dentro dela. Imitando os movimentos que tinha feito antes com o dedo, ele chegou ao ponto G, e Emma jogou a cabeça para trás e gritou. Como ele continuou brincando com os dedos e com a língua, ela gritou o nome dele. Ela tirou a mão dos cabelos dele e agarrou as bordas da banheira com as duas mãos. Os quadris dela se moviam contra a boca e os dedos de Aidan, forçando mais fundo. E ela levantava e mexia a bunda de um lado para o outro da banheira. Quando ela pensou que não conseguiria mais aguentar, enrijeceu e sentiu um orgasmo forte e rápido.

– Aidan! Oh, isso! ISSO! – exclamou ela.

Embora ainda estivesse apertando os dedos dele, Aidan usou o outro braço para puxá-la da banheira para se sentar sobre ele. Em vez de guiá-la para ficar de frente para ele, Aidan a virou para montar de costas. Ele substituiu os dedos com o pênis que pulsava. E gemeu ao deslizar para dentro, bem fundo. Agarrando os quadris de Emma, ele a puxou para subir e descer no pênis dele.

Emma se inclinou para trás para poder virar a cabeça e beijá-lo. E curvou o braço para passar os dedos nos cabelos despenteados dele. A língua dele mergulhou pela boca de Emma, e as mãos dele saíram da cintura para os seios doloridos dela. Ele apalpou a carne e girou os mamilos para enrijecerem, fazendo com que ela suspirasse de prazer.

– Você pode aguentar mais forte, querida? – perguntou ele, contra o rosto dela.

– Posso.

As mãos dele deixaram os peitos dela e ele agarrou outra vez a cintura de Emma, e ergueu os quadris para enfiar mais forte ao empurrar o pênis para dentro e para fora. Emma o olhou sobre o ombro antes de apertar o pênis dele.

– Oh, nossa, Em – murmurou ele antes de jogar a cabeça para trás contra a borda da banheira.

Apoiando as mãos nas coxas, ela se movimentou mais e mais rápido, até que os dois gemessem de prazer com o som da pele batendo e da água escorrendo pelo chão. Depois de algum tempo, Aidan perguntou tentando respirar:

– Falta pouco?

– Talvez – respondeu ela.

A reação dele foi levar uma das mãos para entre as pernas dela. No instante em que os dedos dele esfregaram o clitóris dela, Emma sentiu um orgasmo. E gritou o nome dele outra vez ao lançar o corpo para trás contra o dele, apoiando a cabeça no ombro de Aidan. Ele deu alguns empurrões mais fortes antes de gozar dentro dela.

Quando Aidan terminou de tremer, passou os braços apertados em volta dela antes de beijá-la no pescoço.

– Nossa, valeu a pena esperar.

Como mal conseguia se mexer, Emma murmurou:

– Você acha?

– Oh, sim.

– Estou feliz por você pensar assim. Eu queria que a primeira vez que fizéssemos amor como homem e mulher fosse especial. – Olhando para ele, ela sorriu. – Eu não tenho certeza se acabamos de praticar algo qualificado como fazer amor, mas vou considerar.

Ela riu.

– Não, não era. Vou fazer para você. Da próxima vez eu farei lento e suave, e realmente fazer amor com a minha mulher. – Quando ele chupou o lóbulo da orelha dela, Emma estremeceu.

– Hummm, parece bom. – Esse momento deles foi interrompido quando o estômago de Emma roncou.

– Acho que abriu o seu apetite, hein? – observou Aidan.

– Ultimamente eu sempre estou com fome. Ou acho que deveria dizer que Noah tem sempre estado com fome.

– Vá em frente e invada a dispensa.

– Tem certeza?

Com um sorriso convencido, ele perguntou:

– Que tipo de idiota obcecado por sexo eu seria para negar comida para você?

– Humm, seu ego habitual? – provocou ela.

– Não tem graça. – Ele falou com a voz rouca antes de se afastar dela e ajudá-la a ficar em pé. Como ela cambaleou um pouco, as mãos dele agarraram a cintura dela. – Cuidado agora. Deixa eu ajudar você. – Quando ele saiu da banheira, segurou as mãos dela para ter certeza de que ela não escorregaria.

Ela recompensou os esforços dele com um beijo.

– Obrigada, meu amor.

– Não foi nada.

Dois roupões felpudos estavam pendurados atrás da porta, e depois de se secar, Emma vestiu um deles e andou pelo corredor até a cozinha. Abrindo a enorme porta de aço da geladeira, ela olhou o conteúdo. Aidan deve ter feito um pedido e tanto para eles, porque havia uma grande bandeja de hortaliças, outra com todos os tipos de frios e queijos para sanduíches, e uma tigela com frutas frescas.

Depois de pegar hortaliças e frutas, os olhos dela passaram por uma lata de chantilly. Olhando para o quarto, ela lambeu o lábio e se perguntou se teria coragem para sugerir mesmo aquilo. Olhando para a geladeira, ela colocou os itens na pia antes de respirar fundo e pegar tudo. Ao começar a mastigar algumas cenouras e aipos, ela sabia o que realmente queria.

– Querido? – chamou ela.

– Sim.

– Você trouxe aquela caixa que a vovó mandou com as sobras do churrasco?

– Só um minuto. Acho que está aqui.

Enquanto ela o ouvia procurar desajeitadamente na montanha de malas, abriu a tigela de frutas. Ela comeu até a metade quando ele por fim apareceu.

– As caixas da sua avó parecem um container – observou ele.

– Ela leva a sério os Tupperwares e outros recipientes. – Apontando para a bolsa floral, Emma disse: – Eu comprei essa para ela no Americus Mart, em Atlanta. – Então, outra coisa chamou a atenção dela, que prendeu a respiração. – Você encontrou as minhas algemas?

Os lábios dele se curvaram em um sorriso.

– Enquanto procurava as sobras, encontrei a sua bolsa dos prazeres.

Ela corou ao pensar em alguns dos artigos.

– A maioria do que estava lá eram presentes divertidos do meu chá de lingerie. Não são itens para usarmos de verdade.

– Então por que você os trouxe?

Ela deu de ombros.

– Eu estava com pressa, então só joguei tudo na bolsa.

Aidan girou as algemas verdes e peludas no dedo.

– Você não quer experimentar essas?

Lambendo o lábio, ela disse:

– Quero, se você quiser.

– O que isso significa?

Lentamente ela andou em volta da bancada da pia. Aidan nem precisou se preocupar em vestir um roupão ou qualquer outra roupa. Ela tirou as algemas do dedo dele com uma das mãos e levou a outra para o tórax dele. Empurrando-o, ela o direcionou para uma das cadeiras da cozinha.

– Senta – instruiu ela.

– Sim, senhora – respondeu ele, com um brilho curioso nos olhos.

Abrindo uma das algemas, ela pegou a mão dele. Sem protestar, Aidan a deixou fixá-la em volta do pulso. Andando para trás dele, ela pegou sua outra mão e o algemou. Aidan puxou a corrente, mas não conseguiu se soltar.

– Humm, eu sou o seu prisioneiro agora?

– Talvez.

Olhando sobre o ombro, a lata de chantilly chamou a atenção dela. Ao pegá-la, Aidan se ajeitou na cadeira.

– Aonde você vai?

Ela sorriu para ele.

– Você vai ver. – Ela, então, pegou a lata e voltou para perto dele.

Ele olhou a lata e ergueu as sobrancelhas.

– E o que você planeja fazer com isso?

– Comer, é claro. – Ela a sacudiu e abriu a tampa. Inclinando-se, Emma apertou uma linha em ziguezague pelo tórax dele até a base do abdômen. Aidan estremeceu quando o líquido frio bateu em sua pele. Colocando as pernas sobre as dele para se sentar, ela se abaixou no colo de Aidan. Quando ela lambeu os lábios com ansiedade, ele estava com o pênis ereto entre eles. Ela olhou para baixo e sorriu.

– Abaixa, menino. Vai chegar a sua vez.

Aidan gemeu com aquela insinuação e deixou a cabeça cair para trás. Ela levou a boca ao tórax dele e começou a lamber e chupar o chantilly. A respiração de Aidan ficou descompassada quando ela seguiu mais para baixo, mordendo e provando a pele dele. Assim que chegou ao pênis, ela voltou ao tórax de Aidan. Ele soltou um suspiro frustrado e enrijeceu os quadris. Ao limpar o tórax dele com a língua, ela se levantou de seu colo.

– Levante-se.

– Espera. O quê? – perguntou Aidan rapidamente.

Emma revirou os olhos.

– Você acha mesmo que eu vou ficar de joelhos nesse chão de madeira? – Ela fez um barulho de reprovação. – Você tem que trabalhar comigo, Paizão.

Um olhar aliviado passou pelo rosto dele.

– Graças a Deus.

Ela levou os lábios aos dele, dando um beijo prolongado. Aidan passou a língua em volta da boca de Emma e por cima dos lábios dela, procurando o adocicado do chantilly. Deslizando a mão entre eles, ela passou os dedos sobre o pênis dele.

Aidan gemeu contra os lábios dela. Ela se afastou e terminou o beijo para se sentar na cadeira. As mãos dele forçaram a algema.

– Tira o seu roupão – comandou ele.

Ela olhou para ele e balançou a cabeça.

– Por favor? – insistiu ele.

– Você quer mesmo que eu fique nua?

– Hummm, você sabe que eu sempre quero ver você. Seus seios, suas pernas, sua vagina.

– Aidan! – exclamou ela, derrubando o chantilly.

– O que foi?

– Eu não posso acreditar que você tenha dito aquela palavra!

– Qual? – Ele provocou.

Sabendo que ele não desistiria até que ela repetisse, ela sussurrou:

– Vagina.

Ele riu.

– O que você preferiria que eu dissesse? Sua...

Ela voou com a mão para tampar a boca dele e silenciá-lo, e balançou a cabeça.

– Não, não! Essa é ainda pior.

Quando ela tirou a mão, os lábios dele se curvaram em um sorriso.

– Emma, você não gostou quando eu acariciei e lambi a sua vagina hoje?

– Por favor, para de dizer isso! – Ela se inclinou para pegar a lata de chantilly.

– Quando eu sair dessas algemas, vou colocar o dedo no seu...

Ela lançou um olhar de advertência.

– É sério, Aidan.

Um sorriso malicioso passou pelo rosto dele.

– Você vai me implorar para enfiar no seu... lá em baixo.

Esforçando-se para não sorrir, ela disse:

– Se você não parar, vou usar essa faixa do roupão para amordaçar você para que eu não tenha que ouvir mais nada.

Aidan riu.

– Pelo menos isso significa que você ficaria nua.

– Você é terrível.

– Vamos, querida. Eu acabei de ver cada centímetro de você há quinze minutos.

– Tudo bem, tudo bem. Se isso vai fazer você parar de falar – reclamou ela e desamarrou a faixa do roupão, que caiu do corpo dela.

Aidan piscou para ela, em tom de elogio.

– Obrigada, linda.

Ela olhou para ele timidamente.

– Tudo bem.

Levantando a cabeça, ele perguntou em seguida:

– Agora você quer, por favor, me chupar?

Emma deixou escapar o riso.

– Se você pede com tanta gentileza assim, é claro que eu faço – provocou ela. E mostrou a lata de chantilly para ele. – Mas vamos adoçar as coisas, ok?

– Hummm, ok.

Depois de colocar uma quantidade considerável de chantilly na palma da mão, ela começou a espalhar o creme no pênis de Aidan. Ele estremeceu e fechou os olhos. Quando ela se apoiou para passar a língua em volta da cabeça, ele gemeu. Ela deslizou a língua da base à ponta, apertando e lambendo o doce. Então, ela o segurou com uma das mãos e o enfiou na boca. E chupou com força.

Ele enrijeceu os quadris e forçou as algemas com os braços. Ela sabia que ele queria se libertar para passar os dedos pelos cabelos dela. Quando ela afastou a boca, o corpo dele tremeu.

– Em, por favor.

Ignorando-o, ela continuou a lamber o chantilly e a fazer longos movimentos com a mão. Os dedos dela estavam quase unidos, então ela acelerou o ritmo. Voltando a colocar só a ponta na boca, ela passou a língua em volta do pênis, alternando entre chupar e sacudir em tom de provocação. O tórax de Aidan se expandiu e a respiração dele ficou ofegante.

Quando ela o teve mais fundo na boca, ele soltou um gemido. Ela poderia sentir que ele enrijecia e endurecia para gozar. Emma empurrou mais forte e mais rápido com a mão, enquanto trabalhava com a boca na parte de cima.

– Isso… uh… oh, Deus, Em! – Um tremor atravessou o corpo dele quando ele gozou na boca de Emma. – Nossa, isso! – Ele mexeu e ergueu os quadris ao gozar.

Ele olhou para ela com um brilho no olhar.

– Por favor, me fala que você tem a chave disso?

Levantando-se da cadeira, ela fez um gesto para ele a seguir pelo corredor, e ele obedeceu com alegria.

CAPÍTULO VINTE

Um Mês Depois

Aidan marchou pela porta da garagem, exausto ao pensar na possibilidade de subir a bordo de um avião para Charlotte dentro de algumas horas. Pelo menos ele tinha conseguido sair do trabalho um pouco mais cedo. Depois de jogar a pasta na mesa da cozinha, ele chamou:

– Em?

– Estou no quarto do bebê – respondeu ela, com a voz abafada vinda do andar de cima.

Ele sorriu ao subir as escadas. A voz dela parecia uma música. Ao chegar à porta do quarto, ele a encontrou atarefada, guardando algumas mantas azuis nas gavetas da cômoda.

– Ei, querida.

Ela se virou.

– Oi. Eu só estava terminando aqui, e ia arrumar a sua mala.

Ele franziu o rosto, e disse:

– Eu ainda não tenho muita certeza se devo deixar você.

Ela cruzou o quarto e andou em direção a ele.

– Vai ficar tudo bem. Você só vai ficar fora por dois dias.

– Mesmo assim, eu não gosto da ideia.

Emma passou os braços em volta do pescoço dele.

– A data prevista para o parto é daqui a três semanas e meia. O primeiro bebê raramente antecipa, então vai dar tudo certo.

– A Casey ainda vem passar a noite com você, certo?

Ela sorriu.

– Sim, exagerado. Na verdade, ela e o Connor vão me levar para jantar, e depois vamos fazer uma festa do pijama.

Aidan riu.

– Essa deverá ser uma noite interessante.

– Com inveja por perder os preparativos e as fofocas?

– Não, acho que vou dispensar.

– À vontade.

Ele olhou as paredes do quarto do bebê pintadas de azul claro. A princípio, ele foi cético sobre a ideia de Emma de fazer o tema "Arca de Noé" para brincar com o nome de Noah. Com os contatos do trabalho, ela encontrou um artista para fazer um arco-íris e um mural com o tema de animais pelas paredes. Ele não conseguiu acreditar no quão surpreendente ficou. A última peça da mobilha foi entregue uma semana atrás, então o quarto agora estava equipado com uma cama, uma bancada para trocas, cômoda com gavetas, poltrona e pufe. Agora tudo o que faltava era o próprio Noah para completar o quadro.

– Parece que você tem tudo quase pronto para a chegada do nosso Homenzinho.

Ela concordou com a cabeça, esfregando a barriga.

– Só mais alguns bichos de pelúcia... uma girafa e um elefante ainda estão no prazo da encomenda.

– Mais bichos de pelúcia? Você já tem animais suficientes aqui para montar um zoológico.

Ela riu.

– Não é uma Arca que nós queremos, querido.

– Mesmo assim.

Ela segurou a mão dele.

– Vamos. Você pode tomar banho e se barbear enquanto eu faço a sua mala.

– Você está insinuando que eu estou fedendo?

Ela riu enquanto eles desciam a escada.

– Não, mas como você dormiu demais hoje de manhã e correu pela porta sem se barbear nem tomar banho, eu acho que você deveria se aprontar antes do jantar de negócios desta noite.

– Eu pensei que você gostasse quando eu deixo a barba por fazer, não?

Ela sorriu e passou a mão no rosto dele.

– Eu gosto, querido.

Ele se aproximou e acariciou as costas dela quando eles entraram no quarto.

– Você sempre gosta mais quando passa nas suas coxas se eu estou abaixado na sua frente.

– Aidan Fitzgerald! – exclamou ela, dando um tapa na mão dele.

Ele riu.

– Você sabe que é verdade.

Ela balançou o dedo em negativa.

– Entra no chuveiro, porquinho.

Passando os braços em volta da cintura dela, ele a puxou.

– Eu poderia ficar bem mais sujo se fizéssemos uma rapidinha. Um bom bota fora antes de eu precisar ir embora.

Ela se livrou dos braços dele.

– Você precisa tomar banho e depois tem que pegar o voo, senhor. Então, vá se aprontar.

Aidan gemeu.

– Você é realmente uma estraga prazer. Não tem amor pelo seu marido. Pensei que a proibição ao sexo só deveria acontecer *depois* do nascimento de Noah.

Ele sabia que estava em sérios apuros quando os olhos verdes dela se estreitavam para ele.

– É, bem, eu sinto *muito* por estar exausta por trabalhar em tempo integral, manter essa casa e, principalmente, carregar o seu filho cuja teimosia dos Fitzgerald não tem limites e quer chutar e se mexer a noite toda quando deveria estar dormindo – observou ela.

Passando a mão nos cabelos, ele deu um suspiro frustrado.

– Desculpa. É que eu sinto a sua falta... Sinto falta de nós dois. É só isso – disse ele, antes de se arrastar para o banheiro.

Ele tomou banho e fez a barba em tempo recorde. Com uma toalha enrolada na cintura, Aidan abriu a porta do banheiro. Ele deu um passo para dentro do quarto e congelou. O queixo dele caiu em choque.

Emma estava deitada na cama, apoiada nos cotovelos e vestindo uma camisola verde que ele tinha comprado para a noite de núpcias que ela nunca tinha conseguido usar. O que fez o pênis dele realmente tremer foi o fato de ela estar usando as botas e o chapéu de caubói.

A boca dele secou.

– O que você está fazendo?

– Bem, como eu tenho estado tão cansada ultimamente e não tenho entrado no clima, me senti mal por negar a você uma rapidinha. Você de fato tem sido gentil e compreensivo, e um cão no cio como você tem um limite.

Aidan riu.

– Obrigado... eu acho.

– Assim, eu pensei que faria as pazes com você com esse presente, querido – respondeu ela, com um sorriso contido. Ela bateu de leve na cama ao lado dela. – Então sobre aqui, caubói. Finalmente eu estou pronta para dar uma volta.

Aidan levantou a cabeça e sorriu.

– Bem, yippee ki-yay!

Ela riu e se aproximou dele.

– Eu não acredito que você tenha dito isso.

– Sim, bem, eu não acredito que você tenha dito que quer dar uma volta, como se eu fosse um cavalo.

– Você já foi o meu cavalo uma vez, lembra?

– Fui. Agora eu sou seu marido, então a coisa de dar uma volta é um pouco ridícula.

– É um jogo, querido. – Tirando o chapéu, ela o colocou na cabeça dele. Quando ele tentou tirá-lo, ela disse: – Uh-huh. Gostei.

– Você não pode estar falando sério, está?

Ela mordeu o lábio antes de puxar a toalha da cintura dele. Emma ficou embevecida com a visão e sorriu para ele.

– Hummm, sim, adoro ver você nu com um chapéu de caubói.

– Em, você é uma menina malcriada – murmurou ele, ao se inclinar para beijá-la. Ele fez um trabalho rápido para tirar a camisola pela cabeça dela. Ver a forma nua e voluptuosa dela fez o pênis dele subir até a barriga. Ele acariciou os seios fartos dela com a língua e mergulhou neles com a boca. Então brincou com mamilos dela até ficarem enrijecidos, fazendo Emma gemer e lamber o lábio dele entre os dentes.

Ela passou as mãos em volta do pescoço dele e acariciou e puxou os cabelos na base de seu pescoço. Ele gemeu na boca de Emma ao passar os dedos dos seios às coxas dela.

– Sem calcinha? Você estava muito confiante de que a sua ceninha garantiria que eu seria um alvo certo, hein?

Ela riu.

– E quando você não é um alvo certo?

– Nunca. Porque eu nunca tenho o bastante de você.

A expressão divertida de Emma se amenizou.

– Awn, querido, isso não é tão doce – disse ela, com os olhos brilhando de amor por ele. Ela aproximou os lábios dos dele e o beijou apaixonadamente, deixando as emoções fluírem pelos beijos. – Eu amo você, Aidan – murmurou ela contra os lábios dele.

– Eu também amo você. – Deitando-a de costas, ele a segurou pelos quadris e a deslizou até a beira da cama. Abrindo as pernas dela, ele se posicionou no meio e ficou em pé. – Tudo bem se eu não levar você para dar uma volta?

– Você pode fazer como quiser, caubói.

Ele deu um sorriso malicioso, enquanto os dedos procuravam entre as pernas dela, que já estava pingando de desejo.

– Você estava mesmo pronta para mim, hein?

– É o chapéu – disse ela, enquanto ele enfiava e tirava o dedo.

Ele revirou os olhos.

– Sério?

Ela franziu o rosto para ele.

– Você fantasia sobre mim em uma lingerie verde... eu quis você com um chapéu de caubói.

– Então eu estou feliz por conseguir realizar as suas fantasias. – Ele encontrou o clitóris dela, e ela agarrou os lados da cama.

– Oh isso, isso, aí mesmo, Aidan. Oh, Deus! Por favor! – exclamou ela, empurrando os quadris na mão dele. Quando ele alcançou o limite dela, ela jogou a cabeça de um lado para o outro ao gozar.

Ele tirou os dedos e se posicionou na frente dela. Com um empurrão, ele a preencheu, fazendo os dois gemerem.

– Hummm, passa as pernas bem apertadas em volta do meu corpo, querida. Eu quero essas deliciosas botas de caubói batendo na minha bunda.

Ela obedeceu e ele perdeu o fôlego com o prazer. Agarrando o colchão, ele começou a empurrar para dentro e para fora. As pernas de Emma permaneceram apertadas em volta dele e quando ele diminuiu o ritmo, ela bateu as botas no corpo dele, indicando que queria que ele fizesse mais rápido.

Olhando para ela, ele ergueu as sobrancelhas.

– Tem certeza?

Ela lambeu os lábios.

– Hummm, humm – murmurou ela.

Obedecendo ao comando, Aidan bateu dentro dela. Quanto mais rápidos eram os movimentos dele, mais suor começava a gotejar pelo seu corpo. Ele precisaria de outro banho quando terminasse com ela. Ele sabia que eles não tinham muito tempo, então quando ela se contraía, significando que já estava quase atingindo o orgasmo, ele agarrou os quadris dela e empurrou mais rápido e mais firme, até gritar o nome de Emma ao gozar dentro dela.

Inclinando-se, ele se apoiou para beijar os lábios dela.

– Obrigado, querida. Foi incrível.

Ela riu.

– E obrigada por satisfazer a minha fantasia de caubói.

– Foi um prazer, senhora. – Aidan respondeu ao jogar o chapéu para trás. – Agora, depois que você tirar as deliciosas pernas, poderia me dar a honra de me levar ao aeroporto?

– Vou ficar feliz também.

– Só preciso de um segundo para passar um pouco de perfume para mascarar o cheiro de sexo. Não quero deixar os meus colegas de trabalho com inveja.

– Aidan! – Emma gritou, empurrando-o.

Ele riu.

– Não há nada que eu ame mais do que provocar você, Em. Principalmente quando você reage assim.

Ela sorriu.

– E eu amo que você tenha que me provocar tão impiedosamente.

Ele acariciou o rosto dela.

– E eu amo você.

CAPÍTULO VINTE E UM

Depois de deixar Aidan no aeroporto, Emma correu de volta para casa. Ela só teve tempo de se aprontar e a campainha tocou, anunciando a chegada de Casey.

Beau correu pelo corredor atrás dela quando ela foi abrir a porta. No segundo toque, Emma gritou:

– Você pode me dar um desconto? Estou andando devagar.

Ela ouviu a risada de Casey na varanda antes da campainha voltar a tocar várias vezes.

– Não seja ridícula, Case! – disse Emma, ao abrir a porta.

Casey esfregou os olhos de tanto rir.

– Eu tinha que provocar você. – Ela então observou Emma. – Awn, Em, você está linda – gritou ela, e a beijou no rosto.

– Obrigada. Eu me sinto jogada.

– Como assim? Você teve toda a tarde para se aprontar antes de levar Aidan ao aeroporto, não teve?

Emma abaixou a cabeça e corou.

– Bem, eu posso ter dado um presente de despedida para Aidan.

Casey outra vez começou a rir.

– Em, sua menina malvada.

– Eu não posso evitar. Mesmo estando exausta, os estúpidos hormônios da gravidez me deixam excitada o tempo todo!

– Humm, eu fico excitada o tempo todo, e nem tenho o benefício de estar grávida – observou Casey.

– Então você vai matar o pobre Nate quando engravidar. É insano. Pode acreditar.

Franzindo o nariz, Casey disse:

– Bem, isso é algo com o que eu vou ter que me preocupar em um futuro bem distante. Tenho certeza de que não vai acontecer agora.

Emma pegou a bolsa.

– Pronta para irmos?

– Sim. Vamos buscar o Connor.

Quinze minutos depois, Casey estacionava na calçada da casa de Connor. Ele insistiu muito em levá-las no novíssimo Lexus 350 SUV dele.

– Ótimo carro, meu amigo – disse Emma, ao se sentar no banco de trás.

– Obrigado. O Jeff e eu adoramos.

– Ainda está tudo bem com vocês dois? – perguntou ela.

Connor olhou para trás e sorriu.

– Sim. Na verdade, nós estamos falando em casamento.

– Sério? Isso é maravilhoso.

– É. Claro que nós não podemos fazer isso por aqui, mas estamos quase fazendo o compromisso.

– Que incrível – disse Casey, ao colocar o cinto de segurança.

– Espero que vocês sejam minhas madrinhas... ou padrinhos... bem, parte do cortejo nupcial.

Emma e Casey riram.

– Vai ser um prazer – respondeu Casey.

– Contanto que seja depois que eu tiver bastante tempo para perder um pouco de peso da gestação – brincou Emma.

Connor parou no sinal vermelho.

– Oh, por favor. Como se você tivesse muito para perder.

Emma gemeu.

– Pode acreditar. É mais do que você pensa. – Inclinando-se no banco, ela apontou os dedos inchados para Connor. – Olha um pouco da adorável retenção de líquido.

– Ew, isso é nojento.

– Você deveria ver os meus pés.

Connor balançou a cabeça.

– Oh, por favor, Em. O seu ganho de peso foi basicamente nos seios e na barriga.

Emma franziu o nariz quando Connor riu.

– E você tem um maravilhoso par de seios desde a sétima série.

– Connor! – exclamou ela antes de bater no braço dele.

– Por favor, você sabe que desde que fez doze anos, todos os garotos falavam dos seus peitos, não do seu rosto.

Emma revirou os olhos.

– Tudo bem, tudo bem. Chega dessa conversa sobre os meus peitos esta noite. Acho que está na hora de mudarmos de assunto!

– Tudo bem – Casey e Connor murmuraram em uníssono.

– Então, onde vamos comer? – perguntou Casey.

– Há dois restaurantes novos que abriram no centro esta noite. Podemos ver algumas celebridades também – disse Connor. E olhou para trás para ver a reação de Emma.

Ela franziu o nariz.

– Nós não podemos fazer algo mais família com menos multidão?

– Jesus, você já parece uma mulher casada e velha – reclamou Connor.

– Eu não posso impedir que a gravidez me deixe cansada.

– Oh, não. Não culpe a sua gravidez. É culpa sua fazer sexo com Aidan usando botas de caubói – disse Casey, com um sorriso malicioso.

Emma corou quando Connor gemeu.

– Oh, Deus, eu poderia ter passado sem essa. – Ele balançou a cabeça tentando afastar aquele pensamento. – Tudo bem, então sem lugares badalados para a sra. Botas de Caubói aqui.

– Ugh, às vezes eu não consigo aguentar vocês dois – murmurou Emma quando a Casey sorriu.

– Bem, a noite é sua, querida, então você pode escolher – disse Casey.

– Que tal o Cheesecake Factory? – sugeriu Emma.

– Tudo bem, vamos para onde nada acontece – brincou Connor.

– Que bom. Estou empolgada – disse Emma com um sorriso.

Quando chegaram ao restaurante, precisaram se esforçar para passar pela multidão.

– Não parece que não está acontecendo nada aqui! – gritou Emma com o barulho.

– É sexta-feira à noite. Qualquer lugar vai estar lotado.

Trinta minutos depois, quando eles finalmente conseguiram uma mesa, os pés de Emma estavam gritando em agonia. Quando ela se sentou, a dor subiu pelas costas dela.

– Ow! – Ela gritou.

– Você está bem?

Ela riu.

– Estou. Só esperava almofadas mais fofas – não que eu não tenha proteção suficiente. – Quando o Connor começou a abrir a boca, ela o repreendeu. – Muito obrigada, mas eu também não preciso de comentários sobre como eu nunca cuidei da minha coluna.

– Você é tão hipócrita – respondeu ele, com uma piscadela.

Quando terminaram a refeição e Emma comeu sua sobremesa preferida, o Reese's Peanut Butter Cup Cheesecake, ela estava exausta. Não queria mais nada além de ir para casa, colocar o pijama e se enrolar no sofá. Ela só esperava que Casey e Connor não tivessem outros grandes planos para a noite.

Ao se levantarem, Emma estremeceu e esfregou as costas. O que foi uma dor leve durante o jantar agora estava latejando. Ela mancou para sair do restaurante e tentou desesperadamente acompanhar o ritmo de Connor e Casey.

– Pessoal, não estamos na corrida de Peachtree Road. Vocês poderiam ir mais devagar! – gritou ela.

– Deus, Em, eu pensei que você não conseguisse andar mais devagar – observou Casey, andando atrás dela.

– Minhas costas estão me matando.

Casey suspirou.

– Você teve alguma torção durante o sexo?

Emma apertou os olhos.

– Não foi uma torção fazendo sexo. Começou quando eu me sentei.

Felizmente, eles chegaram até o carro. Quando ela entrou na SUV, ela sentiu uma ondulação estranha pelas costas e uma enchente correu pelas coxas dela. No início, ela morreu de vergonha por pensar que estava com incontinência por causa da gravidez. Entretanto, ela entendeu o que estava acontecendo. Ela foi ao banheiro antes da refeição chegar... e antes da sobremesa.

– Oh, Deus – murmurou ela.

– O que aconteceu? – perguntou Casey, observando o reflexo dela no espelho e retocando o batom.

Emma prendeu a respiração.

– Bem, eu acho que a minha bolsa acabou de estourar.

Casey e Connor se viram nos bancos, com uma expressão de choque e pavor no rosto.

– O quê? – perguntou Casey.

– É. E eu tenho certeza. Está por toda parte.

– Oh, droga, Em, não me fala que você arruinou os meus bancos de couro novos? – Connor gemeu.

Casey bateu no braço dele.

– Ela não pode evitar.

Emma corou.

– Mil desculpas, Connor. Eu prometo que vou pagar uma limpeza profissional. – No instante em que as palavras saíram da boca de Emma, uma dor profunda passou pela barriga dela, fazendo-a gritar. Ela fechou os olhos e respirou fundo, tentando suportar.

– Em? – perguntou Casey.

Quando a dor passou, ela abriu os olhos. Casey e Connor a encaravam com esperança.

– É, hum, acho que precisamos cancelar a nossa festa do pijama. Eu preciso ir para o hospital. Agora.

CAPÍTULO VINTE E DOIS

– Boa noite! – Aidan exclamou ao deixar o jantar corporativo. Revirando os olhos, ele lutou contra o cansaço que o abateu. Ele só queria voltar para o hotel e dormir. Ao ouvir o toque familiar de Emma no celular, ele tirou o aparelho do bolso. – Já está com saudades, querida? – brincou ele.

– Você não faz ideia – respondeu ela, com a voz forçada.

Ele gelou na calçada.

– Em, há algo errado?

– Hum, bem, não se apavora...

– Tarde demais.

– Minha bolsa estourou e eu acabei de dar entrada no hospital.

Aidan apertou os olhos em agonia.

– Você não pode estar falando sério.

– Pode acreditar, eu gostaria de estar brincando.

– Mas a data prevista é daqui a três semanas. Eu nunca deveria ter vindo.

– Escuta, está tudo bem. Você só precisa ir para o aeroporto.

– Em, não existe voo de Charlotte para Atlanta esta noite.

– Eu sei. É por isso que eu tenho um plano B.

– E o que isso inclui?

–Pesh está a caminho para buscar você no avião dele.

– Você só pode estar brincando. – Como ela não respondeu por um minuto, ele disse: – Em, você está aí?

Ele a escutou prender a respiração.

– Sentindo. uma. dor. realmente. forte.

Ele estremeceu.

– Oh, droga. Desculpa. Eu quero tanto estar aí para segurar a sua mão... para ajudar você.

Ela levou alguns segundos para responder.

– Que bom. Então você vai encontrar o Pesh no aeroporto?

– Em, você sabe que eu tenho medo de aviões pequenos.

– Aidan – ela rosnou antes de bufar e suspirar.

Quando ela gemeu de dor, ele sabia que estava em apuros.

– Deixa eu adivinhar, neste momento você não liga a mínima para o meu medo ou para o que eu quero ou não fazer, certo?

– Exatamente! – ela gritou.

– Tudo bem, tudo bem. Eu vou para o aeroporto, e estarei aí assim que possível.

– Que bom.

– Eu amo você, Em.

– Eu também amo você.

Com medo e ansiedade reverberando pelo seu corpo, Aidan estendeu a mão trêmula para fazer sinal para um táxi. E resolveu deixar para trás a bagagem no hotel. Noah estava a caminho e ele precisava encontrar Emma desesperadamente. Ele mal tinha se sentado no banco de couro do táxi quando o celular tocou outra vez. Embora fosse um número desconhecido, ele tinha alguma ideia de quem seria.

– Alô, aqui é Pesh Nadeen – a voz familiar ecoou do outro lado da linha.

– Hum, oi.

– Escuta, quando você chegar ao aeroporto, peça para levarem você para o hangar de aviões de pequeno porte e não para os portões principais. Eu o estarei esperando.

– Ok. E uh, obrigado outra vez por fazer isso pela Emma... Quer dizer, por mim. Por nós.

– Sem problemas. É um prazer.

Aidan revirou os olhos ao desligar o telefone. Claro que o prazer era dele. Pesh era o tipo de sujeito metido que mesmo sem ter conseguido ganhar Emma de forma romântica, ainda faria a coisa certa. A gentileza de Pesh não deveria ter irritado tanto Aidan, mas por alguma razão, ele não conseguia esquecer o que quase aconteceu entre Emma e Pesh.

Aidan torceu a mão durante toda a viagem até o aeroporto. Ao saltar do carro, ele olhou pelo hangar. E arregalou os olhos e estremeceu ao ver o que ele imaginava ser o avião de Pesh na pista pequena.

Ele encostou a cabeça na porta, olhando todas as outras armadilhas que estavam dentro.

– Hum, oi?

Pesh saiu por uma porta lateral com uma prancheta.

– Ei, Aidan. Eu só estava conferindo o nosso plano de voo com a torre. Mas estamos prontos agora.

– Oh, tudo bem.

Ao saírem do hangar para a pista, Aidan parou. Quando Pesh percebeu que ele já não caminhava mais ao seu lado, se virou.

– O que aconteceu?

– A Emma não falou que eu tenho medo de aviões pequenos?

– Não, mas ela parecia estar um pouco preocupada em fazer você chegar a Atlanta quando eu conversei com ela.

Aidan estremeceu.

– É só um tipo de aversão... ou medo de qualquer coisa menor do que um 747.

Pesh ergueu as sobrancelhas escuras.

– Mas esse é um Cessna 270, um dos aviões de pequeno porte mais seguros do mundo.

Apontando para a aeronave, Aidan perguntou:

– Não é do tipo que bateu com o JFK Jr, é?

Pesh balançou a cabeça.

– Aquele era um Piper Saratoga. – Ele abriu a porta lateral para Aidan. – Vai, sobe. Precisamos seguir. – À hesitação persistente de Aidan, Pesh sorriu. – Você está com medo mesmo, não está?

Aidan apertou os olhos.

– Estou sim. Pode me chamar de mariquinha ou o que quiser, mas essas coisas são uma armadilha para a morte!

Sem dizer mais nada, Pesh pegou a bolsa que estava do lado dele. Então, tirou um vidro de remédio e o entregou para Aidan.

– Que diabo é isso? – perguntou Aidan.

– Valium. Ajudará você a relaxar durante o voo.

Aidan sorriu maliciosamente para Pesh.

– Não é ilegal que médicos tenham drogas por perto para oferecer às pessoas?

– Eu não sou um traficante de drogas – respondeu Pesh. – Uma expressão de dor passou pelo rosto dele. – O remédio era da minha falecida esposa. Ela sempre ficava nervosa em voos comerciais ou no meu avião. Já está vencido, então não está tão potente, mas deve ser o suficiente para acalmá-lo.

Aidan ficou boquiaberto, mas Pesh contornou o avião.

– Droga – murmurou ele. Aidan tinha acabado de ser um grande idiota com um cara que só estava tentando ajudá-lo a voltar para ver o filho nascer. Abrindo o frasco, ele pegou dois comprimidos por já estarem vencidos. Ele os engoliu e estremeceu com o gosto que ficou na boca.

Colocando um pé na frente do outro, ele caminhou até o avião e subiu. Pesh já estava usando o head-set e mexendo nos botões.

– Ei – disse Aidan. Como Pesh não respondeu, Aidan se levantou e tocou o braço dele. – Desculpa. Eu fui um imbecil dizendo aquilo para você. Quer dizer, você só estava tentando me ajudar, de mais de uma maneira.

Pesh deu de ombros.

– Tudo bem. Você só está estressado.

– Não é desculpa para eu agir como um completo idiota, principalmente sobre a sua falecida esposa. – Aidan prendeu a respiração. – A Emma nunca me contou que você era viúvo. Sinto muito pela sua perda.

– Obrigado – respondeu Pesh. Ele deu um sorriso genuíno para Aidan antes de voltar à cabine e aos controles do piloto. Quando começaram a seguir para a pista, Aidan agarrou os lados do assento.

Pesh entregou um par de fones de ouvido para ele.

– Aqui, isso vai ajudá-lo com o barulho da cabine.

Aidan os aceitou com relutância. E escutou uma voz.

– Voo 33, pronto para a partida.

– Copiado – respondeu Pesh.

Aidan apertou bem os olhos, esperando que o Valium vencido começasse a fazer efeito. Ele se concentrou nos pensamentos com Emma, imaginando como ela estaria passando. Ele esperava e rezava para que Noah aguardasse para nascer até ele conseguir chegar lá. Aidan só queria ver a primeira respiração do filho ao nascer.

Quando abriu os olhos mais uma vez, eles estavam pegando altura. A escuridão envolvia o avião, que se inclinava entre as nuvens. Depois da decolagem, Pesh pegou o celular.

– Cara, que diabo você está fazendo?

– Eu preciso dar um rápido telefonema.

Aidan balançou a cabeça rapidamente de um lado para o outro.

– Uh-huh. Olha para o céu ou algo assim. Você não precisa de distração e nos fazer bater!

Pesh riu.

– Fica calmo. Está tudo certo.

Aidan mostrou-se descontente com uma respiração pesada. Ele daria qualquer coisa para ter o rosário com ele. Claro que teria que procurar em várias gavetas para encontrá-lo. "*Deus, eu prometo passar a ir à missa todos os dias... Bem, pelo menos toda semana, se o senhor me levar em segurança nessa armadilha da morte para que eu esteja são e salvo ao lado de Emma.*"

A voz de Pesh arrancou Aidan desses pensamentos.

– É o dr. Alpesh Nadeen. Peço para ficar em contato permanente sobre o quadro de Emma Harrison, no quarto andar da maternidade. Toda e qualquer posição sobre o parto deve ser informada. – Após um toque, Pesh assentiu. – Obrigado. – Ele desligou o celular e o entregou ao Aidan. – Agora você vai saber tudo o que está acontecendo.

Aidan ergueu as sobrancelhas.

– Wow, obrigado.

– Sem problemas. Nem posso imaginar como deve ser difícil para você.

Com um suspiro, Aidan respondeu:

– Qualquer que seja o descontrole emocional para mim, eu nem quero pensar no que Emma está passando.

– Você pode ter certeza de que ela está recebendo o melhor cuidado físico.

Aidan franziu o rosto.

– Droga, eu nem quero pensar na parte física... Principalmente na dor que ela deve estar sentindo. Quero estar lá com ela durante tudo isso.

– Se há uma certeza sobre Emma, é que ela é forte física e emocionalmente. Ela vai se sair bem.

– Você acha?

Pesh virou para ele e sorriu.

– Depois que a epidural fizer efeito, tenho certeza que sim.

Eles foram interrompidos pelo toque do telefone de Aidan. Ele o tirou do bolso do paletó.

– Alô? Emma?

– Não, é a Casey. Emma quis que eu telefonasse para ter certeza de que vocês estão bem e no voo.

O coração de Aidan derreteu ao pensar que até mesmo naquele quadro, Emma ainda tinha o ego habitualmente compassivo e estava preocupada com ele.

– Diz para ela que eu estou bem, e para não se preocupar mais comigo.

Casey começou a retransmitir a mensagem e, então, Aidan escutou um grito agudo.

– Nossa, Emmie Lou, continua empurrando! Eu gostaria de poder sentir na minha mão outra vez – disse Connor.

– Hum, então como as coisas estão? – perguntou ele, hesitante.

– Não queira saber.

– Bem, Pesh pediu ao hospital para nos manter informados sobre o quadro dela.

– Que bom porque agora ela está dando um olhar péssimo para mim por eu estar no telefone.

– Ei, Em, nós poderíamos colocar você e o Aidan no Skype se quiser – sugeriu Connor.

– Eu não quero a minha vagina no Skype! Eu só quero o Aidan aqui, ok? – gritou Emma com uma raiva que Aidan já tinha experimentado muitas vezes.

– Entendeu o que eu disse? – perguntou Casey.

– Nossa! Isso é intenso.

– Oh, graças a Deus. O anestesista acabou de entrar. Cuide-se, ok?

– Vou me cuidar. Dê a Emma todo o meu amor.

– Tudo bem.

Aidan desligou o telefone e se remexeu no assento.

– As coisas estão bem difíceis neste momento, hein? – perguntou Pesh.

– É – murmurou ele.

– Vai dar tudo certo, Aidan.

Ele olhou para Pesh, que sorriu.

– Ela ainda vai amá-lo depois disso também. Você realizou os sonhos dela. No instante em que ela segurar Noah nos braços pela primeira vez, qualquer dor e sofrimento pelos quais ela tenha passado vão evaporar na mesma hora. E você vai ser quem deu isso a ela.

– Nossa. Você é mesmo um cara decente, não é?

Pesh riu.

– Acho que sim.

A cabine do piloto pareceu começar a girar, e Aidan precisou fechar os olhos por causa da vertigem.

– É você que está fazendo isso ou são os comprimidos?

Pesh riu.

– Tenho certeza de que são os comprimidos.

A próxima coisa que Aidan soube foi que estava sendo sacudido para acordar.

– Vem, preguiçoso. Precisamos entrar no carro.

– Acabou? Não batemos? – perguntou Aidan, esfregando os olhos.

– Não. Estamos sãos e salvos aqui no McCollum.

A menção do aeroporto fez Aidan acordar. Ele tateou o cinto de segurança e saiu pela porta que Pesh tinha aberto para ele.

– Estamos a apenas dez minutos do hospital, certo?

– Sim, a última chamada chegou logo antes de pousarmos. O Noah ainda não nasceu, e Emma só tem sete centímetros de dilatação.

Aidan franziu a sobrancelha. Todo o conhecimento sobre gravidez parecia ter voado pela janela.

– Espera. Então isso significa que...?

– Ela não vai empurrar até ter dez centímetros. Temos tempo.

– Graças a Deus.

Eles entraram no Jaguar de Pesh que os esperava. Quando Pesh acelerou, Aidan ergueu as sobrancelhas.

– Não tem medo da polícia?

– Ser médico é como ter passe livre para sair da prisão. Tudo o que eu tenho que dizer é que é uma emergência.

Aidan sorriu.

– Eu estou gostando mais de você a cada minuto.

Pesh riu.

– Eu sabia que subiria no seu conceito.

– Não tenho certeza sobre isso.

Eles correram para a entrada da maternidade. Aidan abriu a porta do carro. Quando foi fechá-la, encontrou o olhar de Pesh.

– Eu nunca vou poder lhe agradecer o suficiente por isso. Sério.

– Fiquei feliz por fazer isso. Pela Emma... e por você. – Pesh sorriu. – Agora vai conhecer o seu filho.

– Eu vou. E obrigado outra vez! – Aidan correu do meio-fio para as portas automáticas da entrada. E entrou no primeiro elevador disponível. Quando chegou ao andar, correu pelo corredor até o quarto de Emma.

Ele abriu a porta devagar. Ao ver a enfermeira entre as pernas de Emma, ele teve um sentimento estranho de déjà vu de quando a levou para a emergência. Inclinando-se, ele apoiou os cotovelos nos joelhos e tentou pegar um fôlego.

– Olá, Paizão! Você chegou bem a tempo – disse Connor, com um sorriso.

– Sério? – disse ele.

A enfermeira sorriu.

– Sim, a dilatação acabou de chegar a dez, e nós vamos começar a empurrar.

– Aidan, vem cá – disse Emma, com a voz um pouco rouca.

Ele tropeçou para chegar ao lado dela. Aidan acariciou o rosto dela antes de beijá-la nos lábios. Em seguida, ele beijou o rosto e a testa dela.

– Desculpa, Em. Sinto muito mesmo por não estar aqui com você.

– Está tudo bem. Você não poderia ajudar.

– Eu sei, mas...

Emma deu um leve sorriso.

– Vou deixar você fazer as pazes comigo em outro momento, ok?

Ele deu um gemido.

– Ah, então essa vai ser a munição que você vai usar contra mim nos próximos anos, hein?

– Talvez.

Ele passou a mão nos cabelos ruivos, lisos e sedosos, para tirar o suor do rosto dela.

– Tem sido ruim?

– A dor? – Quando ele concordou com a cabeça, ela franziu o rosto. – Estava bem horrível até a anestesia epidural fazer efeito.

– As contusões nos meus braços atestarão isso – brincou Connor.

– Então não está doendo agora?

– Não. Na verdade, eles têm que me dizer que estou tendo uma contração.

Aidan olhou para Casey por cima do ombro.

– Acho que vocês passaram por toda a diversão sem mim, hein?

Casey sorriu.

– Desde que nos falamos rapidamente por telefone, não sei se você pode considerar como diversão. – Ela balançou a cabeça. – Quando Em sente dor, ela fica mais assustadora do que a Regan em *O Exorcista*.

Aidan riu quando Emma corou.

– Eu estava tão mal assim?

– É, mas eu ainda amo você – respondeu Casey. Ela se inclinou e beijou o rosto de Emma.

A gentil enfermeira de meia-idade estendeu a mão para Aidan.

– Eu sou Annie. Entendo que você seja o orgulhoso futuro pai?

Aidan assentiu.

– Sim, sou eu.

– Estou muito feliz por você ter conseguido chegar a tempo para ver o seu filho chegar ao mundo.

– Eu também. – Ele olhou para Emma. – Eu nunca pensei que fosse dizer isso, mas agradeço a Deus pelo Pesh.

Ela sorriu.

– Nós devemos muito a ele.

Aidan levantou a mão.

– Não vamos nos entusiasmar agora.

Ela sorriu.

A porta se abriu, e uma médica não muito mais velha do que Emma entrou no quarto. Ela pareceu familiar e Aidan se lembrou de que a tinha visto uma vez quando eles fizeram uma peregrinação por alguns obstetras. No jaleco branco dela lia-se "dra. Karen Middleton".

Ela sorriu para eles.

– Então o bebê Noah decidiu chegar ao mundo?

Anne concordou com a cabeça.

– É, decidiu.

Vestindo um par de luvas de borracha, ela olhou para Aidan e Emma.

– Então, mostremos a ele o caminho. Vamos?

CAPÍTULO VINTE E TRÊS

Emma prendeu a respiração. Agora sim. Quando ela começou a empurrar, estava na hora certa.

– Ok, Emma, você está pronta – disse Annie.

Ela assentiu e, usando as mãos, empurrou o corpo na cama.

– Se você não se importa, vou colocar um espelho, para que você possa assistir Noah nascer. Tudo bem? – perguntou Annie.

– Claro. Eu quero vê-lo.

– Hum, onde eu posso ficar para ter certeza de que não verei a vagina da Em? – perguntou Connor. Emma lançou um olhar para ele, que levantou as mãos. – Eu amo você, querida, mas já faz dezoito anos que não vejo isso, e gostaria que ficasse assim.

Annie riu.

– Fique por trás da cama, e você não vai ver nem um reflexo – instruiu ela.

– Muito obrigado!

Annie, então, apontou para Aidan.

– Você pode levantar uma das pernas dela e – ela fez uma pausa para olhar entre Casey e Connor. Imediatamente ele balançou a cabeça e insistiu:

– Como eu disse, estarei aqui no canto do quarto.

Casey riu.

– Eu adoraria ajudar.

Aidan pegou a perna esquerda de Emma, enquanto a Casey pegou a direita.

– Tudo bem, Emma, respire normalmente, agarre a parte de trás das suas pernas, e empurre enquanto nós contamos – instruiu a dra. Middleton.

Emma respirou fundo e, em seguida, começou a empurrar o mais forte que podia. Ela mal escutou a dra. Middleton e a Annie contarem até dez.

– Bom. Pare. – Emma respirou quando a dra. Middleton disse: – Ok, outra vez.

Fechando os olhos para se concentrar, ela passou por mais três ciclos exaustivos quando Annie exclamou:

– Abra os olhos, querida. Ele está coroando.

Emma arregalou os olhos, e o olhar de expectativa se fixou no espelho, vendo maravilhada a pequena cabeça de Noah.

– Awn, Em, parece que ele tem cabelos ruivos! – comentou Casey.

Aidan sorriu.

– Nah, eu acho que é mais vermelho, quase como o Ginger.

Ela cerrou os dentes.

– Não ouse chamar o nosso filho de Ginger!

Connor e Casey riram enquanto Aidan se inclinou e beijou o rosto dela.

– Eu estou só brincando, querida. Espero que escureça um pouco e fique tão lindo quanto o seu.

Emma abriu a boca para agradecer, mas a dra. Middleton a interrompeu, dizendo:

– Certo. Agora outro grande empurrão. – Quando Annie contou até dez e Emma começou a relaxar, a dra. Middleton balançou a cabeça. – Continua, continua. – Quando a Emma pensou que não conseguia mais, a dra. Middleton disse: – Ok, pare.

A cabeça de Emma caiu no travesseiro pelo esforço. Ela não sabia se ainda tinha alguma força para empurrar outra vez. Fechando os olhos, ela respirou fundo algumas vezes para reduzir o esgotamento.

– Só mais um empurrão forte, Emma – disse a dra. Middleton.

Apertando a parte de trás das coxas com força, ela usou toda a força que ainda tinha e empurrou. A voz da dra. Middleton ecoou sobre um gemido alto que escapou dos lábios da Emma.

– E aqui está ele! – exclamou ela, segurando Noah, que chorava e estava cheio de sangue, para Emma e Aidan verem.

O mundo ao redor de Emma pareceu parar e ela só conseguia se concentrar nos gritos fortes de Noah. Era como se todas as moléculas, todas as células e todas as fibras do ser dela zumbissem com a vida nova que estava à sua frente. Noah – carne da carne dela e sangue do sangue dela – era a coisa mais linda que ela já viu ou ouviu até aquele momento. Lágrimas rolaram dos olhos dela.

– Nossa, nossa, ele ainda é um meninão por estar três semanas adiantado – observou a dra. Middleton com um sorriso.

Sem conseguir falar, Emma estendeu os braços para Noah, desesperada para segurá-lo. Ele não parecia real até que ela pudesse colocar as mãos nele.

– Espere um pouco, mamãe. Precisamos limpá-lo um pouco – disse Annie.

Uma toalha foi colocada na barriga de Emma, onde Noah foi colocado. Ele continuou gritando quando Annie o apoiou sobre a toalha. Quando ele estava mais limpo, ela o embrulhou em uma manta. Uma eternidade parecia passar antes que ela entregasse Noah nos braços de Emma.

Depois de beijar a cabeça dele, Emma o segurou contra o peito. O choro dele parou de imediato. Os olhos dele, antes fechados com raiva, abriram e ele a encarou. No instante em que os olhos deles se encontraram, o coração de Emma parou. As emoções dela estavam descontroladas e ela não tinha certeza se conseguiria se conter.

– Oi, meu anjinho. Eu esperei por você por tanto, tanto tempo – murmurou ela.

Quando Aidan se inclinou ao lado da cama para passar o dedo no rosto de Noah, o bebê continuou olhando para Emma.

– Parece que ele só tem olhos para você – observou Aidan.

Ela não se deu ao trabalho de limpar as lágrimas que tinha no rosto. Olhando para Aidan, ela perguntou:

– Ele é lindo, não é?

Aidan sorriu.

– Ele é a coisa mais surpreendentemente linda que eu já vi na minha vida inteira – respondeu ele, com a voz engasgada de emoção.

– Papai, você está pronto para cortar o cordão umbilical? – a dra. Middleton perguntou, passando uma tesoura cirúrgica para ele.

Emma assistiu com diversão quando Aidan tirou as mãos trêmulas das dela.

– Bem... Onde eu devo...?

Annie apontou para a área e Aidan cortou com hesitação o Noah de Emma.

– Bom trabalho.

– Certo, mamãe, eu detesto levá-lo embora, mas precisamos pesá -lo e fazer o teste do pesinho. Em seguida, você pode ficar mais um tempo com ele.

Depois de beijar o rosto e o narizinho dele, Emma entregou Noah com relutância para Annie. Levantando o pescoço, ela observou quando elas o colocaram na balança.

– Ele está com 3,4 kg.

– Imagine se tivesse cozinhado por outras três semanas ou mais – disse Aidan.

Emma estremeceu.

– Nem faça piada sobre o quanto ele poderia ter crescido. Ele já é grande o suficiente!

Com um sorriso, ele a beijou.

– Falando em incrível e bonito, posso só dizer o quanto eu estou orgulhoso de você?

Ela sorriu para ele.

– Mesmo?

Ele concordou com a cabeça.

– Eu acabei de ver vida saindo de você. Isso é... bem, isso é muito intenso!

– Sabe, alguns homens tem dificuldade de olhar para as esposas ou namoradas da mesma forma depois que elas dão a luz – disse a dra. Middleton, terminando os procedimentos de pós-parto com Emma.

– Eu posso entender o motivo – murmurou Connor, da cadeira no canto do quarto.

Aidan balançou a cabeça.

– Ela pode ser mãe agora, mas sempre vai ser a minha Em – respondeu Aidan.

– Nossa, Paizão, isso foi fofo – observou Casey, limpando as lágrimas dos olhos. Ela se inclinou para tirar as mechas de cabelo do rosto de Emma. – Foi emocionante e assustador. Mas eu não teria perdido por nada no mundo.

Emma beijou o rosto de Casey.

– Estou muito feliz por você ter estado aqui comigo. – Olhando sobre o ombro, ela sorriu para Connor. – E você também.

– Eu só estou feliz por ter conseguido ver tudo sem realmente ver tudo... se você me entende – respondeu Connor, com uma piscadela.

Emma e Aidan riram e Casey balançou a cabeça.

– Não acredito que você tenha tanto medo de uma vagina.

– Eu sou íntimo o bastante de Emma sem precisar ficar tão perto e íntimo da vagina dela! – replicou Connor.

Emma desviou a atenção de Casey e Connor, para voltar a se concentrar em Noah. Ela observou quando as impressões dele foram tiradas, quando ele gritou ao fazer o teste do pezinho e, finalmente, foi enrolado em uma manta e uma touca foi colocada na cabeça dele.

– Pronto para segurá-lo, Papai? – Annie perguntou com um sorriso.

O coração de Emma derreteu um pouco quando Aidan olhou para ela pedindo aprovação. Ela sorriu e concordou com a cabeça.

– Você não quer segurá-lo primeiro?

Embora ela não quisesse mais nada além de ter Noah nos braços outra vez, ela queria que Aidan tivesse esse primeiro momento como pai.

– Não, vá em frente. Está na hora de você carregar o seu filho.

– Tudo bem – disse ele.

Quando Annie entregou Noah nos braços de Aidan, lágrimas rolaram pelo rosto de Emma ao observar o olhar total e absolutamente maravilhado no rosto de Aidan. Ela olhou para Noah, sem piscar e sem se mexer. Finalmente, ele balançou a cabeça.

– Ele parece um vaga-lume todo embrulhado assim.

– Mantê-lo embrulhado o faz se sentir como se estivesse de volta no útero – respondeu Emma.

Aidan continuou olhando para Noah. Um punho pequenino escapou do embrulho apertado, e ele o empurrou quase de forma desafiadora para Aidan, que deu um sorriso largo.

– Ah, aí está o espírito do Fitzgerald Lutador. Ninguém o segura, certo, Noah?

Emma balançou a cabeça.

– Você vai mudar o tom sobre esse espírito desafiador quando ele se tornar adolescente.

– Nah, eu gosto dele forte e briguento. – A reação de Noah foi mostrar a língua, o que fez Aidan rir. – É, viu, já está convencido para o pai dele.

Casey deu um passo hesitante em direção ao Aidan.

– Então nós sabemos que ele tem a personalidade terrível do pai dele...

Aidan ergueu as sobrancelhas.

– Ei.

Casey sorriu e bateu de leve nas costas dele.

– Só estou provocando você, Paizão. Minha pergunta é: com quem ele se parece?

– Ele se parece com você, Em – observou Aidan ao olhar os traços de Noah.

– Humm, deixa eu ver – disse Casey, observando por cima do ombro de Aidan. Ela deu um gritinho e levou a mão ao peito. – Oh meu Deus, esse rostinho! Ele é tão lindo e adorável!

Emma sorriu de orelha a orelha com o elogio de Casey. Connor se aproximou deles.

– Entre Aidan e Emma, estava certo que ele seria bonito. Mas ele realmente é um mini-Emma? – perguntou Connor.

Casey levantou a cabeça.

– Não, ele tem muito do Paizão também.

Aidan lançou um olhar sobre o ombro para Casey.

– Mesmo?

Ela concordou com a cabeça.

– Ele definitivamente tem os cabelos e a boca de Emma, mas tem o seu nariz e os seus olhos.

Aidan sorriu para Emma.

– Ele tem alguns genes muito bons, isso é certo.

Ela riu e revirou os olhos.

– Uh-oh – murmurou Aidan, quando o rosto de Noah mudou e ele parecia pronto para perder a calma e dar uns gritos.

– Parece que agora é um bom momento para ver se ele quer mamar – sugeriu Annie.

– Ele já está com fome? – perguntou Aidan, sem poder acreditar.

– Alguns saem do útero prontos para comer, outros levam horas – respondeu Annie.

– Se ele estiver com fome, eu quero tentar – disse Emma, estendendo os braços para Noah.

– É, hum, agora acho que vou lá fora – disse Connor, andando em direção à porta.

Casey riu.

– Por que não saímos e contamos para a multidão que Noah está aqui?

– Há uma multidão? – perguntou Emma, surpresa.

Casey assentiu.

–Nate enviou uma mensagem de texto para mim dizendo que a sala de espera está cheia, com as famílias sua e do Aidan. O Patrick está lá, e a vovó e o vovô acabaram de chegar. Ele disse que os meninos da Becky a fizeram prometer que ela os traria mesmo se fosse no meio da noite. Tenho certeza de que todos vão querer segurar o sr. Bonitão.

Emma ficou um pouco impressionada com a possibilidade de tantas visitas, principalmente com o esgotamento pós-parto que começava a sentir. Mas foi tomada por um senso de renovação ao pensar em todas as pessoas que estavam esperando para ver e amar Noah. Isso a fez sentir muito grata e muito amada.

– Tudo bem, parece ótimo.

Quando Casey e Connor se foram, Emma abaixou um dos lados da roupa do hospital e pegou Noah do colo de Aidan. Quando ela o levou ao peito, sentiu uma apreensão de não conseguir fazer aquilo. E se o leite não fosse forte o bastante, ou se eles precisassem procurar uma consultora em amamentação? Ela sabia por amigas e tinha lido em livros o quando amamentar é complicado.

Mas, como um milagre, depois de se contorcer por alguns segundos, Noah pegou o mamilo dela e começou a mamar bastante.

– Oh, você tem muita sorte – observou Annie.

Com os olhos cheios de lágrimas, Emma olhou com carinho do filho para Aidan. Um sorriso passou pelos lábios dela.

– Oh, você não faz ideia.

Epílogo

Aidan esfregou os olhos antes de passar os braços sobre a cabeça. Um olhar no relógio da tela do computador indicou claramente que a noite havia chegado. O telefone dele vibrou no bolso do paletó e também o lembrou de que ele precisava ir andando. Então, ele tirou o paletó do encosto da cadeira junto com a pasta e seguiu para a porta.

Quando as portas do elevador se abriram, o barulho de uma confusão chamou a atenção dele. Em vez de se aprontar para salvar o dia outra vez, ele apenas sorriu. Ele sabia que a causa daquele barulho era um anjo de oito meses com os olhos azuis do pai e uma versão mais clara do cabelo ruivo da mãe.

Ao virar o corredor, ele viu Emma parada do lado do carrinho de bebê, corando com toda a atenção que Noah estava recebendo de várias admiradoras. Embora eles já estivessem casados há quase um ano, ele ainda ficava sem fôlego cada vez que a via. Na maioria dos dias, ele não conseguia vê-la tão arrumada quanto ela estava agora. Com sapatos de salto alto pretos, saia preta curta, e uma blusa verde esvoaçante que exibia um contorno fabuloso dela, Emma fez um calor passar debaixo da cintura de Aidan.

Ultimamente, desde que se tornou mãe em tempo integral, Emma passava o tempo de calça de ginástica ou jeans. Mas para ele, ela parecia incrivelmente bonita e sensual com uma camiseta rasgada e as cuecas dele. Enquanto ela ainda reclamava por ter que perder cinco quilos da gravidez, ele amava o fato de esse peso parecer estar nos seios e na bunda dela, e ele sempre a provocava com isso.

No fim, deixar o emprego foi uma decisão difícil para Emma. No início, ela tentou trabalhar em meio período, mas a maioria dos dias ela terminava em lágrimas ao pensar em deixar Noah. Como Aidan queria que ela ficasse feliz, sugeriu que ela pedisse demissão. Então, quando Noah fez três meses, Emma deixou a empresa.

Por isso, nessa noite em especial ela quis encontrá-lo no escritório para que as mulheres com quem ela trabalhou pudessem ver o quanto Noah cresceu. Ele percebeu que não eram apenas as várias mulheres com quem ela trabalhou, mas também algumas pessoas do andar dele, incluindo sua secretária, Marilyn. Todas estavam em pé em volta, sorrindo e acariciando Noah. Ele estava sentado no carrinho como um rei na corte. Observando-as pelas pestanas longas, ele mostrava os dois novos dentinhos de baixo quando sorria.

Aidan balançou a cabeça para o filho. Ele já era um terrível paquerador e sabia exatamente como encantar as mulheres. Ele era mesmo igualzinho ao pai para chamar a atenção das mulheres. Claro que sempre que Aidan fazia aquele comentário, Emma estava pronta para bater no braço dele e revirar os olhos.

Ele se aproximou do grupo de mulheres.

– Bem, olá!

Noah desviou o olhar das admiradoras para Aidan.

– Dada! – exclamou ele e ergueu os bracinhos.

O coração de Aidan derreteu com aquela cena. Não importava quantas vezes ele escutasse Noah chamar por ele, a reação era sempre a mesma. Um amor puro formigava da ponta da cabeça dele aos pés.

– Oi, Homenzinho – disse ele, pegando Noah do carrinho.

– Dá um beijo no papai – incentivou Emma.

Noah se inclinou na mesma hora para dar um beijo molhado no rosto de Aidan. Um coro de "awn" o envolveu.

– É inacreditável o quanto ele se parece com você, Aidan – disse Marilyn.

– Parece mesmo, não é – respondeu ele, sorrindo para Emma.

Ela revirou os olhos enquanto outra mulher balançou a cabeça.

– Eu vejo algo da Emma nele também, principalmente o sorriso doce.

Emma riu.

– Só quando ele não está dando o sorriso convencido dos Fitzgerald, como na maior parte do tempo.

Noah começou a se contorcer nos braços de Aidan.

– Você está ficando com fome, Homenzinho?

Emma tirou uma chupeta da bolsa e a colocou na boca aberta de Noah, que estava pronto para gritar.

Marilyn sorriu.

– Bem, é melhor deixarmos vocês dois irem andando.

Levou alguns minutos para eles se despedirem e para cada uma dar um beijo no rosto de Noah. Ele pode ter reclamado antes, mas se divertiu ao receber a atenção delas e acenou alegre um adeus antes de tirar a chupeta para jogar beijos.

Aidan acomodou Noah outra vez no carrinho.

– Eu cuido dele, querida. Você pode descansar.

Emma abriu a porta para Aidan passar, balançou a cabeça e sorriu.

– O que foi? – perguntou ele.

– Tenho certeza de que a maioria das pessoas nesse prédio não acreditaria ao ver o sr. Mulherengo Fitzgerald empurrando um carrinho de bebê.

Ele franziu o rosto.

– Obrigado, mas esse é o ex-sr. Mulherengo Fitzgerald.

Ela riu.

– Está certo. Você é o meu sr. Mulherengo agora. – Ela deu um tapinha leve na bunda dele ao andarem pela calçada.

– Sra. Fitzgerald, peço gentilmente que a senhora não bata na minha bunda em público.

– Oh, é mesmo?

Ele curvou os lábios em um sorriso sensual.

– Guarde para quando chegarmos a casa.

Emma riu.

– Tudo bem, eu vou fazer isso.

Quando o sinal na faixa de pedestres abriu para eles atravessarem, Aidan empurrou o carrinho pela rua.

– Você tem certeza de que devemos levar Noah ao O'Malley's?

Emma lançou um olhar exasperado.

– Nós já o trouxemos pelo menos cinco vezes aqui. Jenny tem lotado o meu celular com mensagens de texto perguntando quando vamos voltar.

– É, mas ele era menor. E tem toda aquela fumaça.

– Nós nos sentamos no espaço para não fumantes, Aidan. – Ao chegarem do outro lado da rua, ela olhou para ele. – Além disso, ele é meio irlandês. Não deveríamos criá-lo perto das bebidas?

Ele revirou os olhos.

– Muito engraçado.

Ela sorriu e segurou o braço dele.

– Eu amo você, querido.

– Eu também – respondeu ele, antes de se inclinar para beijá-la.

Quando Emma entrou pela porta, Jenny correu em direção a ela.

– Oh meu Deus! Pensei que vocês tinham decidido não vir! – Ela mal olhou para Aidan e para Emma, antes de olhar para Noah. – Esse é o meu meninão lindo! – Depois de cuspir a chupeta e sorrir, ele estendeu os braços para Jenny pegá-lo no colo.

– Vejo que estamos com a popularidade baixa ultimamente, hein? – disse Aidan com um sorriso.

– Exatamente. Pelo menos isso sempre acontece. Quer dizer, em qualquer lugar que nós vamos, da casa do seu pai à casa dos meus avós, é o mesmo – respondeu Emma.

A Jenny pegou Noah no colo e eles a seguiram para dentro do bar.

– Podemos ter uma mesa o mais longe possível da área de fumantes? – perguntou Aidan.

Ele observou quando Emma e Jenny trocaram um olhar antes que Jenny concordasse com a cabeça.

– Claro. Nikki, você pode levá-los à mesa quinze, por favor?

Nikki assentiu e os conduziu pelo bar. Quando Emma quis pegar Noah, Jenny balançou a cabeça.

– Não, não, não. Eu ainda não fiquei com ele o suficiente.

Emma riu.

– Quando ele ficar irritado e quiser comer, é só trazer.

– Vou fazer isso. Vocês dois podem ter alguma privacidade. Como em um encontro – disse Jenny, com um sorriso.

– Certo. Eu nem lembro o que é isso – observou Aidan.

– Ah, acho que sim. Lembra quando Megan ficou com Noah para nós há dois meses para voltarmos ao lodge nas montanhas?

Aidan rapidamente se lembrou de quando deixou Noah com a sobrinha dele, no apartamento de Megan, antes de irem para o lodge onde passaram a lua de mel. Enquanto Noah ficou feliz em ir para a casa de Megan e entusiasmado por poder brincar com o primo, Mason, Emma se lamentou durante todo o passeio às montanhas. Pensando sobre o comportamento dela, ele balançou a cabeça.

– Você quer dizer a noite que você passou mandando mensagens de texto para a Megan a cada cinco minutos para ter certeza de que Noah estava bem? – perguntou ele.

Emma sorriu.

– É, essa mesmo.

– Que seja – respondeu ele ao olharem para Nikki, que estava em pé na frente da mesa.

Quando Emma se levantou para se sentar ao lado dele na mesa, Aidan ergueu as sobrancelhas. Ao observar o semblante leve no rosto dela, ele perguntou:

– Com o que você está sonhando?

– Você não se lembra?

– Do quê?

Ela suspirou.

– Essa é a mesma mesa em que nós nos sentamos na noite em que você chegou da Índia.

– Sério?

Ela assentiu antes de se inclinar e dar um beijo prolongado nele. A língua dela mal tinha passado pelos lábios dele, quando alguém pigarreou, terminando a cena. Nikki deu um sorriso quando Emma se afastou de Aidan rapidamente.

– Coca-Cola para mim – respondeu Emma.

Aidan sorriu.

– Você deveria tomar um drinque. Quer dizer, você não está mais amamentando no peito, e estamos supostamente em um encontro.

Ela corou e Aidan sabia que Emma estava envergonhada por ele ter mencionado a amamentação no peito. Finalmente, ela deu de ombros.

– Não, estou bem.

– Vamos. Pede uma marguerita, Em. Você merece comemorar e relaxar um pouco. Eu até vou ficar careta esta noite – afirmou Aidan.

Ela balançou a cabeça para ele e olhou para Nikki.

– Só uma Coca-Cola.

Aidan protestou.

– Tudo bem. Seja uma estraga prazeres. Quero um chopp da Heineken.

– Vou voltar para tirar o pedido da comida em um minuto.

Aidan concordou com a cabeça antes de Nikki sair. Então, ele voltou a atenção para Emma.

– Por que você não quis beber um drinque? Você ficou com medo de que fosse embebedar você para me aproveitar?

Ela sorriu.

– Desde quando eu preciso de álcool para aumentar a sua libido?

Ele jogou a cabeça para trás e riu.

– Nunca.

Um grito chamou a atenção deles para onde Jenny estava com Noah no colo. Ele estava se esticando para pegar um dos balões que o garçom do bar estava enchendo para ele. Aidan não pôde deixar de sorrir ao olhar o rosto de Noah, que balançava as pernas com alegria.

Emma pigarreou, e Aidan olhou para ela.

– Desculpe, querida. Agora sou eu que não estou me comportando bem no nosso encontro.

– Bem, falando da sua libido... – Aidan observou enquanto ela olhava o cardápio e mordia o lábio.

– Em, o que aconteceu? Você está um pouco pálida. Está tudo bem?

– Eu preciso contar uma coisa para você.

Com o canto dos olhos, Aidan viu Jenny com três balões andando com Noah para um grupo de admiradores. Ele levantou o dedo.

– Só um segundo, Em. – Ele se levantou da mesa. – Jenny, não o leve tão perto da área de fumantes – disse ele.

Ela olhou para ele por cima do ombro e concordou com a cabeça. Quando ele sentiu que Noah estava em segurança e longe do perigo de sentir a fumaça, ele se virou para Emma.

– Desculpa. O que foi?

– Bem, é que... Eu sei que nós não estávamos planejando, mas...

– Awn, olha, Em. Noah está jogando beijos para todos os caras no bar.

A próxima coisa que ele soube é que ela agarrou o rosto dele com as mãos, forçando-o a olhar para ela.

– Você pode, por favor, me escutar?!

– Jesus, o que aconteceu com você?

Ela apertou os olhos verdes.

– Eu estou grávida! Foi isso o que aconteceu.

O coração dele parou.

– V-você está o quê?

A expressão de Emma se amenizou por um instante.

– Eu acabei de vir da médica. Esse embrulho no estômago eu pensei que fosse... É, não era o que eu pensava. Estou grávida de seis semanas.

– Santo Deus... Mas nós estávamos usando camisinha.

Ela corou.

– Não no fim de semana que passamos no lodge.

Ele abaixou o tom de voz.

– Sim, mas eu tirei.

Emma ergueu as sobrancelhas.

– E você é o sr. Esperma Super Potente, lembra?

Aidan engoliu seco. A mente dele girou com pensamentos descontrolados. Ele seria pai outra vez. Ele nem tinha pensado na possibilidade de ter outros filhos até Noah fazer pelo menos dois anos ou mais. Tudo bem que as irmãs dele, Angie e Julie, tinham diferença de quatorze meses, mas ele nunca imaginou ter dois tão próximos. Noah ainda estaria usando fraldas quando o novo bebê chegasse. Jesus, ele mal conseguia sobreviver a todas as trocas de Noah... Como seria com dois?

– Aidan? – incentivou Emma. Quando ele olhou para ela, Emma entendeu de imediato o que ele estava sentindo. Ela estava emocionada com a possibilidade de ter outra criança para amar, mas também estava com medo da reação dele.

Ele levou os lábios aos dela e deu um beijo longo e tranquilizador. Quando ele finalmente se afastou, lágrimas rolaram pelos olhos dela.

– Isso significa que está tudo bem para você?

Ele tocou na barriga dela com carinho.

– Vou admitir que estou bastante assustado em pensar em outro filho, mas nós já passamos por tanta coisa. Outro bebê só vai significar mais amor.

O sorriso iluminado dela aqueceu o coração dele.

– Depois você fez a minha vida ficar completa dando o seu coração e o seu amor para mim. Eu não consigo imaginar nada mais incrível do que ter outro filho seu. – Ela deu um beijo prolongado nele.

Quando ela se afastou, ele sorriu.

– Isso significa que eu posso esperar a sua libido aumentar logo, como quando você estava grávida de Noah?

Ela deu um sorriso malicioso e piscou.

– Oh, sim.

Ele fechou os olhos com uma felicidade exagerada e levou a mão dela ao peito dele.

– Sente o meu coração.

Ela o cutucou quando a Nikki voltou para tirar o pedido. Quando Emma pediu o Rib-eye de sempre, Aidan olhou para ela surpreso.

– Você vai pedir um bife?

– Claro, por que não? – respondeu ela, ao devolver o cardápio para Nikki.

– Achei que carne deixasse você enjoada como no seu primeiro trimestre de gravidez do Noah.

Emma estremeceu.

– É mesmo. Eu nem podia pensar no cheiro, lembra? – Uma expressão de surpresa passou pelo rosto dela. Ao mesmo tempo, ela sorriu. – Acho que isso significa que o bebê é uma menina!

– Oh, Deus! – exclamou ele.

Emma inclinou a cabeça de um lado para o outro e olhou para ele.

– Qual é o problema, Paizão? Você não acha que pode lidar com uma menina?

– Acho que vou ficar bem até ela ficar adolescente e então posso acabar na cadeia por cortar o pinto de algum imbecil!

Emma riu.

– Pobrezinha. Tendo você como pai, ela não vai conseguir namorar até fazer trinta anos.

– E vai ser bom porque se ela tiver a metade da beleza da mãe, ela terá todos os meninos a perseguindo.

Lágrimas brilharam nos olhos de Emma com o elogio.

– Você é tão doce.

– É a verdade.

– Mas eu me lembro de você dizendo que também contribuiria com alguns ótimos genes.

– Nós formamos um ótimo par para fazer bebês, não é?

Emma suspirou.

– Em mais de uma maneira.

Aidan riu.

– Quem saberia que você é tão fértil e que eu seria tão potente?

– Isso só significa que depois deste bebê, nós temos que ter mais cuidado e pensar em mais opções.

Aidan balançou a cabeça rapidamente de um lado para o outro.

– Nem pense em sugerir que eu faça vasectomia!

Emma revirou os olhos.

– Eu só estava pensando em pílulas anticoncepcionais ou algo para mim. Não pense que eu quero tirar a sua masculinidade ou algo assim.

Aidan não conteve um suspiro de alívio.

– É bom ouvir isso.

– Mas não pense que só porque eu vou tomar anticoncepcionais, vou parar com esse assunto de fazer bebês.

Ele franziu as sobrancelhas.

– Sério?

– Hummm, humm. Eu quero uma família grande como a sua.

– Em, acho que eu nunca pensei em ter cinco filhos.

– Oh, mas você é tão bom nisso – provocou ela.

Ele gemeu.

– Lá vem você com essa sua língua outra vez.

– Bem, vou me matar se você não me beijar.

– Vou obedecer com prazer, senhora.

Aidan levou os lábios aos dela. Da mesma forma que a boca de Emma abriu de forma convidativa, um gemido alto os fez se separarem. Eles viram quando Jenny veio correndo para trazer Noah vermelho e chorando.

– O que foi, amorzinho? – perguntou Emma.

– Muh! Muh! – gritou ele.

Emma balançou a cabeça e sorriu ao pegar Noah do colo de Jenny.

– Eu não consigo acreditar que ele consiga dizer dada o dia inteiro, mas eu sou chamada de "muh"!

Enterrando o rosto no pescoço de Emma, os gritos de Noah se acalmaram quando ela cantou para ele. Em seguida, a comida deles chegou.

– Quer vir com o papai, Homenzinho, para a mamãe conseguir comer?

Noah apertou os braços em volta do pescoço de Emma com aquela sugestão.

– Vem agora. A mamãe precisa comer para o seu irmãozinho ou irmãzinha.

Quando Aidan estendeu os braços para pegar Noah, ele gritou e se agarrou à Emma.

– Oh, Jesus. Ele está ficando tão apegado à mamãe – Aidan se lamentou.

– Não há nada de errado com isso. Parece me lembrar de outro menino Fitzgerald que era assim, e cresceu muito bem – respondeu Emma, acariciando as costas de Noah e beijando a cabeça ruiva dele.

Aidan assentiu com a insinuação a ele e à mãe dele. Ela tinha razão. Ele era muito apegado à mãe, e se orgulhava disso.

– Bem, isso é verdade. Mas ele fez algumas besteiras até encontrar o amor de outra boa mulher – respondeu Aidan.

– Então, só precisamos esperar e rezar para que Noah encontre o mesmo algum dia. – Emma sorriu, olhando para ele por cima da cabeça de Noah. – E, até então, ele pode ficar apegado a mim.

– Vamos, Homenzinho. Você é apegado ao papai, não é? – insistiu ele.

Espiando pelos cabelos ruivos de Emma, Noah sorriu para Aidan. O pequeno gesto fez o coração de Aidan apertar, e ele perdeu o fôlego.

– Você está bem? – perguntou Emma.

– Estou mais do que bem. – Ele se inclinou para beijar o rosto de Noah antes de beijar os lábios dela com carinho. – Estou me sentindo incrível.

AGRADECIMENTOS

Agradeço, primeiramente, a Deus pela incrível bênção que recebi com a publicação de ***A Proposta***, como também por todas as facetas da minha vida.

A todos os leitores que escolheram ***A Proposta***, com quem eu estarei para sempre em dívida. Seu apoio, reconhecimento, seu amor por Aidan e Emma, seu carinho pelos personagens secundários, suas mensagens e e-mails, os vídeos dos fãs e páginas no Pinterest – isso me salvou. Palavras seriam inadequadas para expressar o quanto eu os aprecio e os amo! Grandes abraços e beijos – sou uma garota do sul, e amamos abraçar!

À minha falecida mãe, **Ginger Jackson Ashe**: um agradecimento póstumo se faz necessário a essa mulher surpreendente que me deu a vida. Por vinte e três anos, eu fui o foco principal, a alegria principal, e a fonte do tremendo e infalível amor até ela ser levada de nós tão cedo. Cada mulher forte sobre a qual eu escrevo, todas as mães cujo universo inteiro é o filho, todas as mulheres que lidam com o que a vida lhes deu – é por causa da minha mãe. Desde quando eu era pequena e escrevi a minha primeira história, ela acreditou em mim e na minha escrita, embora quando ela disse que eu seria ganhadora do Pulitzer Prize, eu rapidamente tenha respondido com: "Romancista de Dez Centavos"! Os sacrifícios e o amor dela me apoiaram nos dez anos seguintes e foram uma bênção todos os dias. Eu amo você e sinto muito a sua falta, Mama!

À minha recém-falecida avó, **Virginia Jackson**: eu nunca pensei que estaria escrevendo um agradecimento póstumo a essa mulher incrível cuja perda inesperada em maio de 2012 despedaçou o meu mundo. Embora fosse uma mulher pequena, ela foi apelidada de Grande Mama por um primo e por mim, e foi um nome que muitas pessoas aderiram. Do tempo em que eu escrevi minhas primeiras palavras, o apoio dela foi infalível. Independente de quantas rejeições, sem importar o quanto o caminho para a publicação parecia obscuro, a convicção dela de que eu seria um sucesso e uma estrela (nepotismo dela – risos) nunca oscilou. Exatamente como a minha mãe, ela é cada mulher forte, cada mulher incrível, e cada garota atrevida e insolente – uma verdadeira Magnólia de Aço de força, beleza e coragem. Eu amo você e sinto a sua falta, Grande Mama.

Às melhores companheiras e amigas que qualquer escritor poderia querer: **Kelli Maine**, **Michelle Valentine** e **Emily Snow**. Tem sido uma honra caminhar com vocês pelas trincheiras da escrita nos últimos três anos. Eu não conseguiria fazer isso nem um dia sem vocês e o seu apoio. Eu tenho uma dívida tremenda com os olhos de águia, a magia do enredo e a torcida de vocês. AMO VOCÊS! Agradeço à **Kristen Proby** pelo seu apoio e elogios.

À **Hannah Wylie**: eu nunca vou esquecer o que você significa para mim e para a minha escrita. Desde a primeira leitura de ***The Guartians*** até ***A Proposta***, seu apoio tem sido infalível. Você tem sido uma incentivadora, assim como alguém com quem eu posso contar nos tempos difíceis. Obrigada mais uma vez por ser uma parceira crítica e amiga.

Cris Soriaga Hadarly: palavras parecem insuficientes para verbalizar o que você significa para mim e para a minha escrita. Eu não poderia esperar ou pedir que uma leitora melhor se tornasse fã que virou amiga. Seu amor e apoio têm sido uma luz na minha vida, junto com aquele seu lindo e afetuoso sorriso. Agradeço a Deus por isso. Eu desejo o 2013 mais espetacular para você, minha querida!

Michelle Schultz Eck: eu agradeço a Deus por ter colocado você na minha vida e por ter nos aproximado tanto geograficamente! Por toda a ajuda e apoio na promoção de ***A Proposta***, assim como pelos seus olhos no prêmio, também conhecido como continuação! Sua sinceridade e apoio infalíveis significaram muito, tanto quanto nossos laços de perda.

Brandi McGee Polatty: muito obrigada pela amizade e apoio. Sinto que você entrou na minha vida por uma razão, assim como estar geograficamente próxima! Obrigada pelo incrível website. Está demais!

Eu não teria o sucesso incrível com ***A Proposta*** se não tivesse recebido o reconhecimento e apoio de alguns blogueiros fantásticos: **Literati Literature Lovers, Aestas's Book Blog, The Book Avenue Review, SUBCLUB Books, Flirty and Dirty Book Blog, Shh's Mom's Reading, Ana's Attic, Into the Night Reviews, Holly Loves Indie, Lori's Book Blog, Kindlehooked, Natasha is a Book Junkie, Three Chicks and Their Books, Sinfully Sexy Book Reviews, & The Rock Stars of Romance e Tina's Book Blog.**

Heather Gunter: obrigada por ser uma revisora incrível e por ser minha parceira no crime para a minha primeira e provavelmente única tatuagem!

Além da minha Máfia de Amigas, agradeço pelos que leram em primeira mão a continuação: **Denise Sprung, Marilyn Medina, Michelle Eck e Lisa Pantano Kane**. Obrigada por dizerem como estava e por me contarem o que funcionava ou não.

Marilyn Medina: a irmã que eu escolhi e gêmeas Golden Girls, eu não sei o que eu teria feito sem o seu apoio, amizade e olhos de águia. Eu ainda estaria perdida em certos pontos e cometendo erros de digitação ridículos! Você colocou o seu chapéu de plumas e me mostrou o mundo, e eu nunca vou me esquecer disso nem de você, minha querida!

Elizabeth Martinelli também conhecida como **Mama Liz**: eu não sei onde eu estaria sem o seu amor e apoio. Você esteve comigo nas horas mais difíceis e foi uma amiga e uma segunda mãe para mim. Seu apoio à minha escrita foi incansável. Eu sou abençoada e grata por ter você na minha vida.

Paige and Enzo Silva: vocês foram os melhores amigos virtuais que uma garota poderia querer. Vocês ficaram ao meu lado nos bons e nos maus momentos, e eu nunca vou esquecer o amor e apoio de vocês. Vocês foram os melhores incentivadores e os melhores amigos "para levantar o ânimo de uma garota".

Aos meus segundos pais, **Jimmy and Joy Stephens**, junto com a minha irmã adotiva, **Missy Mulkey**: palavras não conseguiriam expressar o agradecimento pelo que vocês significaram em toda a minha vida, principalmente no ano passado. Eu agradeço a Deus diariamente pelo amor e apoio de vocês e por serem meus pais quando os meus se foram.

À **Elizabeth Harper** pelo amor e pelo incentivo ao ***A Proposta*** quando eu ainda era apenas uma escritora desconhecida. Também agradeço à **Mersina**, do Goodreads, pela contribuição fantástica com a recomendação de ***A Proposta***! Eu ainda sorrio quando leio!

À **Raine Miller** pelo conhecimento empresarial e pelo incentivo, assim como pelos livros incríveis! Drinques por minha conta em Vegas!

Às senhoritas do **The Smutty Book Whore Mafia** por me apoiarem tanto e, principalmente, por todas as risadas, conversas malcriadas e fotos "brilhantes" – assim como pelos resmungos e meus próprios "gritos"! Vocês são demais!

Outras garotas maravilhosas que precisam receber agradecimento são as meninas do fã clube **The Rock the Heart** por todo apoio, risadas e conversas malcriadas!

